文史台灣

陳芳明◦主編

麥田出版

Edited by F. M. Chen
Professor of Chinese Literature, National Chengchi University.
Published by Rye Field Publications, a division of Cité Publishing Ltd.
11F., No. 213, Sec. 2, Sinyi Rd., Jhongjheng District, Taipei City 100, Taiwan.

文史台灣 1

後殖民及其外
Rethinking Postcolonial Literary Criticism in Taiwan

作　　者　邱貴芬（Kuei-fen Chiu）
主　　編　陳芳明（F. M. Chen）
責任編輯　胡金倫

發 行 人　凃玉雲
出　　版　麥田出版
台北市信義路二段213號11樓
電話：(02) 2351-7776　傳真：(02) 2351-9179
發　　行　城邦文化事業股份有限公司
100台北市愛國東路100號1樓
電話：(02) 2396-5698　傳真：(02) 2357-0954
網址：www.cite.com.tw　E-mail: service@cite.com.tw
郵撥帳號　18966004 城邦文化事業股份有限公司
香港發行所　城邦（香港）出版集團
香港北角英皇道310號雲華大廈4/F, 504室
電話：(852) 2508-6231 傳真：(852) 2578-9337
馬新發行所　城邦（馬新）出版集團
Cite (M) Sdn. Bhd. (458372U)
11, Jalan 30D / 146, Desa Tasik, Sungai Besi,
57000 Kuala Lumpur, Malaysia.
電　　話　(603) 9056-3833　傳真：(603) 9056-2833
E-mail: citekl@cite.com.tw
印　　刷　凌晨企業有限公司
初版一刷　2003年9月29日
售　　價　300元
ISBN 986-7691-73-3

後殖民及其外

Rethinking Postcolonial Literary Criticism in Taiwan

邱貴芬◦著　*by* Kuei-fen Chiu

「文史台灣」編輯前言

陳芳明（國立政治大學中國文學系教授）

台灣文學與台灣歷史的研究，在二十世紀八〇年代下半葉開始展現前所未有的磅礴氣象。這一方面是由於戒嚴體制的宣告終結，使長期受到壓抑的思想能量獲得釋放；另一方面則是由於台灣資本主義的高度發達，使許多潛藏於社會內部的人文智慧獲得開發。見證到這種趨勢的日益提升，坊間逐漸以「顯學」一詞來定義台灣文學研究的盛況。

在現階段，台灣研究是否臻於顯學層次仍有待檢驗。不過可以確定的是，以中國為價值取向的研究途徑，已逐漸被以台灣為主體取向的思維方式所替代。這種學術轉向在於印證一個事實，所有知識的追求與探索，都不可能偏離其所賴以維持生存的社會。戰後台灣知識分子的前輩大多致力於言論自由與思想自由的爭取。在強勢的中國論述支配下，台灣學界往往充滿感時憂國的焦慮情緒，以及承受歷史包袱的危機意識。這種沉重而濃厚的政治風氣，自然不利於台灣研究的開展。

解嚴後的十餘年來，幾乎每一門學術領域都次第掙脫政治權力干涉，使知識建構開始與社會改造產生密切互動。「台灣政治學」、「台灣社會學」、「台灣經濟學」等等社會科學的研究，都先後回歸到自己的土地上。因此，台灣文學與台灣歷史的研究也在同樣的軌跡上，順勢崛起，蔚為風氣。一個「台灣學」的時代已經來臨，並且也預告這個名詞將可概括日後台灣學術研究的總趨勢。

在面對全球化思潮的挑戰之際，台灣文化研究風氣的高漲，誠然具有深遠的文化意義。在二十世紀，當台灣還停留於殖民地社會的階段，知識分子所負的使命，便是如何對現代化做出恰當的回應。現代化運動轟轟烈烈到來時，他們既要站在本土化的立場進行抗拒，又要站在思想啟蒙的角度採取批判性的接受。在抗拒與接受之間，台灣知識分子創造了極為可貴而又可觀的批判文化傳統。這份豐碩的文化遺產，為台灣本土運動奠下厚實的基礎。

進入二十一世紀以後，全球化（globalization）的趨勢，則又漸漸凌駕於現代化運動的格局之上。做為第三世界成員的台灣知識分子，承擔的使命更為艱鉅。在龐大全球化論述籠罩之下，本土化運動顯然必須提高層次，全面檢討與人文相關的各種議題。本土論述所要接受的挑戰，已經不再只是特定帝國主義的霸權文化，而是更為深刻而周延的晚期資本主義文化。台灣文化的自我定位，有必要置放在全球格局的脈絡中來考察，

在這樣的形式要求下，抵抗策略固然還是維護文化主體的主要利器；不過，如何以小搏

大，如何翻轉收編與被收編的位置，如何採取更為主動的姿態來回應全球化趨勢，正是二十一世紀台灣知識分子的全新課題。尤其是參加世界貿易組織（ＷＴＯ）之後，台灣社會開始被提到發展知識經濟的日程表上。在全球知識生產力的競爭場域，台灣的學術研究確實已經達到需要與國際接軌的階段。

「文史台灣」叢書的設計，除了豐富台灣文史研究本土論述的內容之外，更進一步肯定勇於突破、勇於超越的治學精神。文學本土論與台灣主體論誠然有其生動活潑的傳統，但停留於僵化的、教條的思維，必然為學術研究帶來傷害。本叢書系列強調開放的、差異的主體性思考，尤其特別重視具有開展性、擴張性的歷史解釋與文學詮釋。文化差異絕對不可能構成文化優劣，因此本叢書的目標在於尊重由各種不同性別、族群、階級所形成的知識論。所有在地的知識都是台灣文化主體的重要一環，也是形成全球文化生產不可或缺的一環。在迎接「台灣學」的時代到來之際，本叢書系列編輯主要有三個方向：

一、有關台灣議題的探討研究，以文學與歷史為重心，同時也不偏廢哲學、藝術、政治、社會等專書論述。

二、有關台灣文史的外文著述之漢譯。

三、結合當代國際思潮的台灣文史研究。

序：想像時間

陳芳明教授為這本書催生，並一再囑咐，要寫一篇「感性」的序。理性和感性的界線在哪裡呢？要怎樣的文字才算「感性」？我發現這個課題竟成了一大難題，以至於一篇短短的序竟延宕了數月，遲遲無法交稿。

那麼，就談「時間」吧（「時間」算不算「感性」的題目？）。

熟識我的朋友都知道，我最大的問題是「記憶」，我能記住的人和事是這麼少，經常親友談起一些（幾年前）發生在我身上或周遭的事情，我竟毫無印象。記憶體這麼小的結果是我的人生經常需要親友來幫忙記憶和印證，否則回首過往歲月，可能只有稀微的黑白印象。這樣的「失憶」對我的研究當然有所影響，我從事研究的一大焦慮是：記不得看過的資料，寫論文時需要旁徵左引，如何是好？就在這樣的恐慌當中，一路走來竟也完成了一些論文，連我自己也覺得不可思議。

不過，我懷疑，這樣低於常人的「記憶」問題，是不是我自己潛意識裡迴避時間的結果。不知從何時開始，我對時間就有一股莫名的恐懼。所以，我不寫日記、不保留信件，有意無意間避免在人生的行程當中留下任何痕跡，怕的是往後碰見這些青春歲月的蛛絲馬跡，會無法承受逝去的甜蜜時光的感傷。忘了就好。可是，也許對時間的焦慮和恐懼其實就是對時間的迷戀？也因此，我的論文最大的主題，與其說是族群、性別或國族，不如說是時間——如何想像時間？也許這是為什麼我的研究總是環繞著「歷史」——如何呈現歷史？想像歷史？敘述歷史？歷史是什麼？歷史不過是過往的時間。如果我可以成功地想像過往時間裡所發生過的林林總總，找到一個最可以網羅時間的豐富脈絡的方法的話，那麼，我是不是就可以妥善地「處理」、「安排」時間？我論文反覆找尋的不過是安排時間的方式：女性與歷史、「現代性」、「全球化」、「記錄」與歷史影像……。

四十歲時在英國劍橋，在那個時間遺蹟處處的國度更深刻地體驗時間的美好與（因此帶來的）焦慮和恐慌。從此，我更決意我的時間只要花在喜歡的人和事上，更一意孤行地挑選（我認為值得我）花時間的生活模式。不愉快的人事，盡早抽身結束，因為時間太寶貴了。我深刻體會浮士德的心情。

四十歲之後，對時間的焦慮更進一層，因為好像生命裡擁有的東西，一個個開始失去。眼力（開始老花眼了）、體力（無法再像以前一樣坐在電腦前就是一整天）、周遭的人也有了一些人世無可奈何的變化（好友吳潛誠走了，許多人老了），親友移民國外，不能再像以往一樣相聚……。凡此總總，都讓我對時間更加不知如何是好。或許這可以解釋我未來幾年研究的兩大主題：一者是台灣的現代性，一者是紀錄片。前者有關台灣與現代時間的問題，後者有關我們對時間的影像記錄。我的父親生於日據時代，說得一口令所有人欽羨的流利日語。父親年輕時留學日本，後來因為工作的關係往來於日本與台灣之間。他對於現代東西一向展現高度的敏感度。由於日本在科技方面相對於台灣的進步，我記得小時候我們的生活中總不時出現一些他從日本帶回來的新鮮東西，讓我們驚奇不已。而從很早很早開始，他就是個「玩相機」的人，小時候我們家居生活的一大樂趣就是大家團團圍坐，看他為我們和其他事物拍攝的幻燈片與8mm影片。是不是就在那觀賞年輕的爸爸、年輕的媽媽、小時候的我和兄弟姐妹、以及曾經養過的令我們懷念的大大小小的狗的過程當中，我開始產生對時間的依戀和焦慮？我不知道。不過，我現在才慢慢體會我父親對我的影響超乎我的想像。

其實，所有的研究，都有生活體驗與經驗的淵源。

這本書的出版，除了要感謝學術界的眾多朋友與我切磋對話之外，更要感謝陳芳明教授和胡金倫先生在出版過程中的協助。中興中文研究所博士班研究生傅素春耐心校稿更讓我受益良多，特別在此致謝。

目次

作品現象探討篇

獻給吳潛誠

研究方法篇

台灣（女性）小說史學方法初探

女性創作與九〇年代台灣文學史的建構與書寫

觀察台灣文學現象的人應該都不會否認，戰後台灣女性小說家的創作豐盛，在各個時期裡，女作家輩出，並往往鼓動當代文壇風潮。戰後初期的潘人木、孟瑤、林海音、華嚴、郭良蕙、童真都備受當時台灣文藝界注目。女作家的璀璨在一九七〇年代似乎稍稍低沉，但是，除了上述前輩女作家多數仍持續創作之外，同時期卻也產生了幾個響叮噹的人物，如聶華苓、於梨華、陳若曦、施叔青等。台灣女性小說的創作在一九七〇年代中葉至八〇年代初期達到從未有的高峰；當時被稱為「閨秀文學」所引起的騷動，至今仍是台灣文壇人士在談論台灣女性小說時所津津樂道的。當時的「閨秀文學現象」產生了不少到現在台灣讀者仍耳熟能詳的作品：如蕭麗紅的《桂花巷》（1977）、《千江有水千江月》（1981）、廖輝英的〈油麻菜籽〉（1983）、《不歸路》、袁瓊瓊〈自己的天空〉（1981）、蘇偉貞〈紅顏已老〉（1981）。同時，朱天文、朱天心已享有文名，而李昂、平路正各自經營與「閨秀文學」大不相同的創作風格。從一九八〇年代後半葉步入九〇年代，台灣女性小說的創作更令人驚喜，除了八〇年代成名的上述作家迭有佳績之外（如李昂一九九〇年的《迷園》、一九九七年的《北港香爐人人插》；朱天心一九九二年的《想我眷村的兄弟們》、一九九八年的《古都》；朱天文一九九四年的《荒人手記》；蘇偉貞一九九四年的《沉默之島》），邱妙津（《鱷魚手記》1994）、陳雪（《惡女書》1995）、洪凌（《異端吸血鬼列傳》1995）開展了台灣女同志小說的書寫空間，而被標為「新世代作家」的成英姝（《公主徹夜未眠》1994）、朱國珍（《夜夜要喝長島冰茶的女人》1997）、賴香吟（《散步到他方》1996）、郝譽翔（《洗》1998）、劉叔慧（《夜間飛行》1996）等正以面貌各異的創作加入台灣女性小說的行列。

根據李瑞騰（1998）就一九八四年和一九九五年出版的《中華民國作家‧作品目錄》所歸納的數據，台灣女作家的量從一九八四年所列的百分之二十九增至一九九五年的百分之三十五；一九四〇和五〇年代出生的女作家如李昂、朱家姊妹、蘇偉貞、平路等仍活躍於台灣文壇，創作不斷，但一九六〇年之後出生的女作家在女作家總人數更逼近同年代出生台灣作家總數的一半。不管在質量方面，台灣女作家在小說創作上的表現都不容忽視；更重要的，如果在每個台灣成長的歷史階段，我們都有如此眾多的女作家以小說與時代對話，而她們的創作也都在當時文壇引起一定的注意和討論，那麼，台灣文學史家是如何記載這些在台灣文學生態占有一席之地的女性小說創作？如何評估她們的創作表現？如何鋪陳這一路走來台灣女性小說五十年的書寫脈絡、傳承、和流變？如李瑞騰所言：「從蘇雪林（1897）到邱妙津（1969），占台灣寫作人口約三成五的女性作家，整體表現如何？她們書寫了什麼樣的時代與心情？形成了什麼樣的書寫歷史？」，這的確是史家建構台灣小說史時不能迴避的重要問題。

女作家介入台灣文學文化形塑的情形顯然需要有史觀性的深度評估。不過，在當前台灣文學史的主要論作裡（以葉石濤的《台灣文學史綱》和彭瑞金的《台灣新文學運動四十年》為代表），女性作家的小說創作卻未得到相當的照應。提出這個台灣文學史撰述結構的異議，並非簡單的資源分配問題。文學史撰述裡隱含的資源分配不均問題固然是當代文學批評的一大重要議題（Von Hallberg 1984; Smith 1985; Showalter 1989; Gates 1989; Gugelberger 1981; Guillory 1990），但是，我覺得更值得關切的是這麼豐沛的女性創作不入史，長久以後，終將煙消雲散，埋葬在台灣文學歷史的陰暗角落。鑑於女作家現今在台灣文壇享有的盛名和市場擁有率，我們或許很難想像有朝一日這些作家的作品都會被遺忘，或許百年之後談台灣小說，大多數的人甚至不知道有朱天心！在當代文壇享有盛名和流通量大其實都無法保證作品一定流傳到後代（Lovell 1987: 136）。這可是有前車之鑑的。女性主義批評者重審英國小說史，就發現在英國小說奠基之初，女性小說家幾占總作家人數的一半，女作家的作品在當時不僅叫座又叫好，許多男性作家甚至因此採用女性化的筆名，期待打入小說市場（Spender 1989）！然而，當二十世紀的讀者瀏覽英國小說史，經典作家幾乎都是男性。女作家當年的顯赫只留下一片淒冷空白，留待女性主義者去挖掘塵封的歷史，重建女性小說書寫的傳統（Showalter 1977; Robinson 1993）。事實上，以上述英國小說史的例子為他山之石，我們會發現女性創作被遺忘的效應已在台灣文學史上顯現。談台灣小說，朱西甯、司馬中原、白先勇仍是大家熟悉的人物，然而，又有多少年輕讀者知道與這些作家同時期在寫作的潘人木、童真、華嚴、孟瑤？為什麼會產生這樣的現象？為什麼現存的台灣文學史著作往往忽略了女性創作？那些作品在當時文壇產生極大的衝擊，也積極介入台灣文學的塑造，為什麼現在已鮮有人記得？

早期女性主義文學批評者在處理這個問題時，通常提出的理論如下：如果我們承認，作家創作的泉源與作家本身的經驗息息相關，女性作家的創作與她的性別位置就脫離不了關係。在此情況下，女作家出自女性位置的書寫，男性讀者往往不知如何解讀，便將其視為瑣碎、無關重要的創作（Woolf 1980; Kolodny 1980）。在男性讀者往往輕忽女性創作的情況下，傳統中女性作品的主要讀者為社會資源稀薄的女性，女性創作再製、流傳的機率便大大減低（Kolodny 1980）。換言之，作者的（性別）身分對作品是否成為典律有舉足輕重的影響。不過，除了上述因素之外，典律的形成牽涉到其它複雜的因素。在討論相關問題的文獻方面，我以為John Guillory（1993）的意見頗值得關心台灣文學史書寫的同好參考。Guillory認為個別讀者對一部作品的反應和評估對作品是否能長久流傳並無決定性的影響，只有當作品的評估被納入某一套社會文化再製的機制（如學校課程書單）、閱讀脈絡裡（如文學史、書寫傳統）的時候，作品才有長期存活的可能性（Guillory 1993: 28）。換言之，就典律的形成和文化產品的長遠消費再製而言，作品在當代市場是否暢銷或大眾的反應並非決定性的因素；作品是否能被安置在某一套文學傳統脈絡裡來閱讀恐怕才是關鍵（Guillory 1993: 33）。

殖民歷史與台灣文學史裡女性創作的地位

回頭來看台灣女性小說在台灣文學史中的地位。這麼豐沛的女性創作、這麼積極與當代台灣文壇對話的歷史痕跡竟不見台灣文學史家重視、探討、保存，而逐漸步入被遺忘的文學史角落，我想有相當複雜的原因，而這些原因恐怕都和台灣的被殖民經驗有或多或少的關係。我想從當今主流台灣史著作所定義的台灣文學和女性文學，與媒體傳播這兩個層面來探討，並從中思考台灣文學史學的幾個問題。

㈠重訪台灣文學史觀

歷史書寫牽涉到史家切入歷史的角度以及對歷史資料的詮釋；而史料的篩選、淘汰與上述兩個因素有密切關係。台灣文學史的書寫也不例外。眾所周知，台灣文學史的書寫與台灣文學傳統的建構並非純粹的文學問題，從日據時代台灣新文學運動開始，有關台灣文學如何定義的爭論即與台灣的政治定位和民族意識辯證產生互動關係（葉石濤 1990；彭瑞金 1991；尉天驄 1978；馬森 1992）。歷史書寫召喚記憶，台灣文學史重述記憶，往往強調被殖民體制下壓抑的歷史；重新挖掘台灣戒嚴時代被壓抑的日據時代作家作品，並勾勒台灣文學傳承的脈絡。但是，台灣文學究竟傳承了什麼樣的傳統，書寫了什麼樣的歷史經驗，這往往需要史家透過篩選的資料來定義。現存有系統做這樣鋪陳敘述的著作首推葉石濤先生的《台灣文學史綱》和彭瑞金先生的《台灣新文學運動四十年》。這兩位台灣文學史的建構者如何定義台灣文學？他們所鋪陳的台灣文學傳承流變的基調是什麼？史家的立場和關注點往往決定各時代龐雜的文化產品何者入史，何者將被排除於史述之外。

葉石濤曾在一篇短文〈「台灣文學史」的展望〉（1990）裡如是定義台灣文學的特質：

> 一部台灣文學史必須注意台灣人在歷史上的共同經驗；也就是**站在被異族的強權欺凌的被壓迫的立場來透視才行**，這台灣人的三百多年來的辛酸經驗，除非是現時的台灣居

民以外，無人能有這種深刻的內心感觸。（99。引者強調）

彭瑞金《台灣新文學運動四十年》的〈序〉裡則明白表示了他撰寫台灣文學史的立意：

> 以台灣新文學發源的日據階段而言，新文學是新文化運動的一環，更是新民族運動的重要精神標示，新文學作家和他們的創作，與反日抵抗運動之間，無從壓居區隔，文學和歷史、現實的交融，已經成為台灣文學的一種性格……
>
> ……但真正值得我們關心在意的，還在四十多年來，甚至可說是整整七十年來，**台灣人如何經由文化創造運動中的文學創作，去思考、尋找自己民族靈魂的經驗**，以及尋獲的是什麼？而文學又如何具體地去描繪記錄這樣的經驗與心靈探索的果實？（1991: 15-7。引者強調）

兩位先生的文學史大致以日據時代具有強烈政治性格的台灣新文學運動為台灣文學傳統的濫觴，一路敘述到八〇年代，文學與台灣政治環境的互動是重要的關照點。文學創作（特別是小說）和國族形構之間的密切關係當然早有精闢論文加以剖析（Anderson 1983; Brennan 1990），由於台灣國家定位問題的紛擾，這個關係在台灣文學界自是源遠流長。葉石濤所言台灣人的立場是「站在被異族的強權欺凌的被壓迫的立場」和彭瑞金視台灣文學創作為追尋台灣國魂的過程。基本上，兩位史家評估台灣文學作品時，作家的政治立場扮演了相當重要的角色。而這樣的堅持著述方向不僅是這兩部重要台灣文學史論述的基調，也處處見於現今台灣文學史相關論述（陳芳明 1992；林瑞明 1996）。

由於台灣文學史的建構與政治反對運動密切結合，與此基調看似無甚關聯（如多數被歸類為「閨秀文學」的作品），甚或大唱反調（如許多戰後初期由大陸來台的女性作家作品）的台灣女性作品無法放入這個文學傳統的敘述脈絡，便極容易在史料篩選過程中被淘汰。除非我們所定義的台灣史觀做某一程度的修正，在堅持史家「台灣立場」之時，卻也將表達不同立場、關懷，曾在台灣文壇歲月呼風喚雨的小說也納入，否則，台灣女性將難以翻轉目前在台灣文學史裡的地位。換言之，**台灣文學史學方法是否該考慮將史家立場與作品立場分開處理，史家關注的重點不在作品是否表達了與史家立場一致的政治立場，而是在殖民歷史脈絡裡，作品與當時台灣主流／非主流意識形態、文壇形成怎樣的對話狀態**。這樣的史學方法和書寫方向才可能評估潘人木《蓮漪表妹》、孟瑤《這一代》、郭良蕙《心鎖》、乃至朱天文《荒人手記》、朱天心《想我眷村的兄弟們》，甚至新世代作家朱國珍〈夜夜要喝長島冰茶的女人〉、陳雪女同志小說《惡女書》的意義。

當然，談史學方法，我們知道，不僅文學作品的產生有其時代背景，文學論述亦然

（Eagleton 1976: vi-vii）。《台灣文學史綱》和《台灣新文學運動四十年》分別在八〇年代中葉和九〇年代初出版，時值台灣政治生態劇烈變化，各種論述與認同辯證紛紛擾擾的關鍵時期，兩位先生的堅持自有其時代脈絡。不過，站在九〇年代末期來審視台灣文學史的撰述，或許我們的關照點可以稍作調整：在探討殖民經驗對台灣文學創作的深遠影響之時，台灣文學史的鋪陳著眼點不再那麼放在作品所表達的「反對運動」精神，而在勾勒各時期台灣文學的生態，探討當時檯面上作品（或在檯面下營造「另類空間」作品）的意識形態布局？我將在下節討論李昂和朱天心的作品時再回到這個問題。

㈡女性小說與台灣媒體傳播

我認為台灣女性小說不入史，還有一個重要原因：那就是女性小說在戰後與主流媒體的密切關係。談這個問題，我想先引用有長期媒體出版編輯經驗的聯經出版公司企畫部主任孟樊的一段話：

> ……被動的讀者大眾之所以普遍接受某類型作品，其實是來自出版者（當然包括雜誌及副刊的編輯）的鼓勵，出版社編者在某種程度上替讀者決定了該閱讀那些作品或不該讀那些作品，甚至也往上回溯到作者那邊，決定作者的寫或不寫（不出版也就等於未

寫），決定作者該寫哪種類型的作品；換言之，作品能否流行，能否為多數讀者所接受，一大半的責任都落在使作品從作者藉由它傳播出去的這個「轉換（傳遞）者」的身上。有鑑於此，文學的研究，不只是要從過往專注於作者、作品（文本）之上轉而側重讀者身上，從文學傳播的角度言，更要放在「編者」這個角色上……。（1997: 30）

台灣女性小說的一大特色就是其暢銷性。而作品是否能夠刊載出版，是否暢銷，與主流媒體的支持度有密切的關係。從潘人木的《蓮漪表妹》到成英姝的《公主徹夜未眠》，多數大家所知道的台灣女性作家作品的問世都透過主流媒體，其中不乏風行一時的暢銷作。但是，如眾所周知，從日據時代到解嚴，主流傳播媒體受政治力的影響不可謂不深（葉石濤 1987；彭瑞金 1991；向陽 1992；莊宜文 1997）。也因此，站在反對運動立場的台灣文學史家對主流媒體所推銷的作品向來深懷戒心。五〇年代活躍於台灣文壇的女作家多數是隨國民政府逃難來台，與官方組織「中國文藝協會」、「中國青年寫作協會」、「台灣婦女寫作協會」等往來甚密。她們的作品得以問世與當時報刊、文學獎主流媒體的政治取向不無關聯。當然，當時政治環境的肅殺氣氛，也大幅度壓縮了意識形態批判性創作的空間；著墨於家庭、男女關係的小說的流行顯然也有其特定的時代脈絡（葉石濤 1987: 96）。至於一向為觀察台灣女性文學現象者所津津樂道的八〇年代「閨秀文學」，其興起與當時政府打壓「鄉土文學」

的政治干預不無關聯（呂正惠 1992）。就台灣文學場域隱含的政治勢力鬥爭而言，解嚴前的台灣女性小說有相當大的比例透過政府強力干預的主流媒體出爐，或直接或間接為主流政治勢力服務（呂正惠 1992；張誦聖 1994）。在此情況下，我們可以理解，即使作品本身在性別議題或其他層面有其顛覆性，也難得親反對運動立場的台灣文學論述者垂青。

另外一個影響女性小說創作入史的原因則來自於台灣女性小說的暢銷性。撇開台灣殖民歷史中主流媒體受控於政治干預的因素不談，在文學批評傳統裡，作品的暢銷與其藝術性往往被視為有衝突之處。根據 Terry Lovell（1987: 78-9）研究英國小說時所提出的看法，小說的緣起與資本主義市場機制有密切的關係，小說之為一種文化商品，當然希望越受歡迎越好，但是，由於藝術強調不為錢財所役，太過暢銷的文化產品總讓文學評論者懷疑它的藝術價值。我無意為暢銷通俗文學辯護，主張通俗文化與藝術產品本為一流。我也不打算採用 John Fiske（1989: 2）的說法，強調通俗文化消費過程顛覆主流價值的潛能。我同意 Douglas Kellner（1995: 39）的看法，過分強調讀者／觀眾在消費文化工業產品時的抗拒顛覆性，乃落入「無批判性民粹主義」，無助於改善現有社會權力架構。通俗文化與藝術之間的界線當然不是涇渭分明，不過文化研究的重點與其放在打破一切範疇，不如探究範疇是如何被設定規範的（Grossberg, Nelson and Treichler 1992: 13）。我在這裡所要提出的看法是：多數台灣女性小說與主流媒體的良好關係，在解嚴前不免有自覺或不自覺附庸主流政治勢力之嫌，而在解嚴後隨著台灣大眾傳播的日益資本主義化市場傾向（楊志弘、麥莉娟 1989），其藝術真誠性容易受到質疑。在此情況下，台灣女性小說入史更多一層障礙。

總言之，我認為要探究台灣這麼豐沛的女性小說在台灣文學史上卻有顯著不對稱的地位，至少要考慮兩個因素：一則為台灣文學史的定義和基調，二則為女性小說與主流媒體的關係。不過，基本上，我認為小說本身通俗暢銷所造成的障礙遠不如文學史建構過程所必然要求的「作品的脈絡性」。如果無法放在某一個脈絡來解讀，作品在當代社會的受重視歡迎程度並無法保證作品不會很快的變成明日黃花，時過境遷即失之流傳。

台灣女性小說史學方法初探

底下，我將以李昂〈北港香爐人人插〉、朱天心的〈古都〉和朱國珍〈夜夜要喝長島冰茶的女人〉為例，探討台灣女性小說入史的一些問題。這三篇作品都不與台灣文學史家所提倡的「台灣文學精神」唱和：〈北港香爐人人插〉暴露反對運動陣營的內部問題；〈古都〉對「本土化」運動冷嘲熱諷；而〈夜夜要喝長島冰茶的女人〉則在輕描淡寫中幾乎架空了本土論述所關懷的種種議題的重要意義。但是，這三篇「政治不正確」的作品反省資本主義的弊病、探觸認同的衝突矛盾，其實更進一步變奏台灣文學傳統的兩大主題。我將探討這三篇作品與傳統定義的「台灣文學」的關係，以此思考類似作品入史的閱讀方法。

由於牽涉影射台灣最大政治反對黨裡的一位熱門女性政治人物，李昂的〈北港香爐人人插〉（1997）一出爐即引起軒然大波，成為眾矢之的。探觸反對運動的黑暗面，暴露其中性與權力、政治資源的瓜葛糾纏，李昂其實在寫作之時即已準備迎戰一系列的爭議風波（邱貴芬 1998: 113）。李昂清楚地定位自己為「台灣人、台灣女人」（邱貴芬 1998: 117），但是，「台灣」和「女性」這兩個認同的衝突矛盾卻也是她目前寫作所欲著力之處。李昂曾在訪談裡如是描繪她寫作《戴貞操帶的魔鬼》時的心境：

> 我的小說對台灣歷史、或剛剛妳提到的本土認同有很大的反諷跟挑戰。可是我一邊寫一邊覺得我現在最大的問題是：我有台灣人這樣的認同，可是我寫的小說又不能把台灣的歷史「光明地」、「正確地」表現出來，老實說，也有愧為一個台灣人。可是，身為作家，我又覺得如果要寫那些台灣歷史「正確」的「光明」面，不需要我來寫。我現在最大的危機其實是在這裡……現在我的認同裡，可能「女性」跟「國家」、跟「歷史」在打仗，如果很忠實的就一個女性的觀點來寫家族或國族的歷史的話，絕對有很多我現在在寫的這些東西出來，可是這絕對會被那些愛台灣的人批評。因此，現在我小說裡看得到這兩個東西在鬥爭，後來贏的還是女性的部分，因為我覺得那個才是長遠的東西。

（邱貴芬 1998: 112-3）

不過，李昂固然有迎接本土反對運動勢力評議的心理準備，恐怕沒料到女性主義陣營對她小說的強力反彈（林芳玫 1997）。而王德威（1997: 13）從文化產品的商機層面切入，則認為〈北港香爐人人插〉的影射和挑逗隱喻隱含「秀者（showman）的算計」，不無「譁眾取寵」，挑逗資本主義市場消費欲望之嫌。

不過，即使這篇小說的影射部分與台灣多方反對勢力（反殖民的、女性主義的、文化產品商品化批判的）產生極其曖昧複雜的對話關係而頻遭抨擊，我認為李昂在〈北港香爐人人插〉仍然展現了獨到的批判角度，在變奏她一向拿手的性與禁忌主題之時，更開發了一個新的思考面向：鋪陳在深受資本主義浸淫的台灣社會，利益交換如何延展至生活的各個角落，甚至連性這樣一個傳統視為私密的個人領域都難逃如此的交換結構。李昂談論她小說裡的「性」，表明〈殺夫〉透過「性」來呈現家庭和社會暴力；《暗夜》涉及性與金錢的關係；《迷園》則探討性與國族認同、歷史記憶等等大敘述脈絡的糾纏（邱貴芬 1998: 102-3）。換言之，李昂寫「性」，與當下台灣流行的「情色創作」有不可忽視的分野之處：「我關心的還是外面那個結構……走的基本上不是一個單一的情欲問題，基本上還是會跟社會的脈動有關」（邱貴芬 1998: 103）。

我認為從李昂對「性」這樣的關懷脈絡來看，才能看到〈北港香爐人人插〉裡驚世駭俗的性，甘犯眾怒，挑戰台灣各思想反對勢力的禁忌，究竟除了反挫女性主義、暴露政治反對陣營的黑暗面、附和文化產品的市場策略之外，有無任何建設性的文化批判意義？「性」於李昂，從來不只是女人的情欲問題，李昂更感興趣的毋寧是「性」的「政治經濟」（political economy）意義、「性」之為女人的一種交換價值（exchange value）。〈殺夫〉暴露了女人被迫以性易食的悲哀；《迷園》書寫背負殖民傷痛的台灣女人如何以性重建家園、改寫歷史、建構身分認同。〈北港香爐人人插〉基本上延續這樣的「性」書寫的基調，卻更進一步演繹「性」的「交換價值」。豐潤的女體與美麗島福爾摩沙互為類比，政治運動陣營中同志的「打拼耕耘」因而另有深意。性不僅被用來撫慰男人在從事反對運動過程中遭受的挫折焦慮和恐懼（李昂 1997: 141），最後更是交換政治資本的工具。〈北港香爐人人插〉最令人不安的其實是赤裸裸地展現性做為一種「顛覆男人、贏得權力的策略」（159）。

如果我們把閱讀重點放在性的物品化（commodification），性如何被納入台灣日益嚴重的交換價值結構，以及人在這樣的社會所產生的異化（reification），〈北港香爐人人插〉可說開拓了台灣女性小說「性書寫」的另一格局，再一次展現了李昂獨到的批判眼光，而不單單是譁眾取寵的影射小說。阿多諾（Theodor W. Adorno）等法蘭克福學派學者認為資本主義社會的一大弊病就是社會所有的關係為「交換」結構所宰制。人被物品化，只見其交換價值

（Kellner 1989: 53, 147; Arato and Gebhardt 1978: 194-5）。台灣在晚清之時即已有商人小資產階級產生，日本對台的殖民經濟政策進一步鼓勵台灣資本主義化（彭懷恩 1987: 51-62），國民政府接收台灣之後高度依賴美國提供經濟援助和台海安全屏障，向美方為首的資本主義靠攏成為台灣戰後生存之道（林鐘雄 1987）。台灣成為高度資本主義化的社會顯然與其歷史上的被殖民經驗有密切的關係。從建設批判性的角度來談，〈北港香爐人人插〉裡聳動鹹濕的陽具女陰描繪可說把資本主義台灣社會中人被物化的現象做了最極致的文字渲染，以性與權力的交媾指陳伴隨資本主義而來的交換價值如何深入台灣社會的每個角落，幾乎宰制了一切的人際關係和社會活動。從這個角度來談，〈北港香爐人人插〉其實仍緊扣台灣文學傳統關懷的議題，可以放在台灣文學的脈絡來閱讀。

這樣的解讀無意為〈北港香爐人人插〉護盤辯護，反駁此篇小說所引起的負面評論。相反的，我想要凸顯的正是創作本身意義的不穩定性及衝突矛盾。例如，〈北港香爐人人插〉既批判資本主義的物化傾向和交換價值結構，本身卻也不免複製作品所批判的資本主義弊病，創造作品的商機。不過，真要窮逼猛追這類文學作品在資本主義社會的「自主性」問題，恐怕全然純淨的文學樂土已不可復得；這是連批判資本主義、捍衛文學自主最力的阿多諾也不得不承認的（Adorno 1991: 86）。

回到台灣文學史寫作的問題。我想要透過〈北港香爐人人插〉這樣一部極具爭議性的作品重新思考台灣文學史史家在篩選、評估作品時通常隱含的預設立場。傳統上，台灣文學史家關切的重點並以之做為篩選和評估作品入史的依據是：作品表達了什麼樣的政治立場？換句話說，作家對反對運動的堅持（commitment）在史家眼裡舉足輕重。我要強調的是：所謂文本的能動性（textual agency）並非單由作品本身的形式內容所能決定，讀者的閱讀角度更在文本意義的產生過程裡扮演吃重的角色（Landry and MacLean 1993: 92）。史家評估作品，重點恐怕不在作家是否想要透過作品表達某些符合政治或社會反對勢力「政治正確」立場的看法，因為，假如我上述的解讀具有某種程度的說服力的話，作品的意義並不穩定，反而可能是矛盾衝突的，那麼，作品是否「政治正確」不宜在台灣文學史的書寫當中扮演過於偏重的角色。有關作家政治堅持的問題的細膩辯論在西方論述界，早見於法蘭克福學派阿多諾和班雅明的文章（Adorno 1978; Benjamin 1998）。如果我們承認，理論的產生和挪用都必須考慮到特定歷史情境的話，我認為在當下台灣社會交換價值已延伸至生活體系各個角落之時，阿多諾對「藝術自主」的期許或許更能為台灣文學開闢文化批判空間。當所有的人際關係和社會運作均不免沾染交換價值考量時，藝術創作堅持不為任何政治勢力服務不失為抵拒這無所不在交換價值體系的策略。另一方面，馬派文學批評學者伊格頓（Terry Eagleton）在討論這個問題時也指出，馬克思和黑格爾絕非粗糙地將作品的美學層次與政治正確性劃上等號。作家的立場或許保守反動，但他的作品卻可能因為深度刻畫社會各方勢力的複雜角力狀態，而透露出無窮的顛覆性（Eagleton 1976: 37-58）。

以這樣的閱讀立場切入另一位台灣女作家朱天心的小說，也許有助於我們思考如何評估朱天心在台灣文學史的地位。儘管朱天心創作豐盛，也備受當代文學評論家的注目，但是，朱天心的名字卻不見諸葉石濤和彭瑞金的台灣文學史著作。如前言所述，作家在當代文壇的聲譽並無法保證作家將青史留名，假設數十年後談論台灣文學的人將遺忘有朱天心這樣一個重要作家，並非毫無可能。朱天心不入台灣文學史，我想最重要的原因與她的政治立場大有關係。早期朱家姊妹以「三三」文藝團體活動與當時台灣鄉土文學運動展開對抗（楊照 1995；邱貴芬 1998: 129-41）。解嚴後朱天心的創作政治性大幅度提高，但卻表達了與台灣文學史家所關注支持的「本土化」運動幾乎對立的立場。如何詮釋朱天心的創作而又不落入單面的政治立場批判可算是台灣文學史學方法的一個重要議題。這樣的史學方法思考將有助於解決把過去許多曾在台灣文壇享譽一時卻又站在主流政治勢力與本土勢力較勁的作家納入台灣文學史的難題。我想透過朱天心的新作〈古都〉來探討這個問題。

〈古都〉以一個外省族裔敘述者的關照點為主，穿梭於一個日本古都與台北城市巷道之間，透過記憶的版圖以及層層對比相照，既反諷台灣民主改革不過換湯不換藥（「批評以往是外來政權的新統治者人馬已執政四年，所作所為與外來政權一樣」〔177〕；「吃乾抹淨，你想起那個因反抗集權政府去國海外三十年不能回來的異議人士，時移勢易，他一旦當上縣長以後，照樣把南島最後一塊濕地挪做高污染高耗能源的重工業用地」（181）），自嘲外省族裔在台灣「異鄉人」的尷尬（「你檢點自己已丟了殖民地地圖，臉上也無刺青紅字，他們何能認出你是異國之人？」（232）），喟嘆失根無家的悲憤（要走快走，或滾回哪哪哪，彷彿你們大有地方可去大有地方可住，只是死皮賴臉不去似的……有那樣一個地方嗎？」（169-70））。這樣的寫作姿態和關照立場顯然和台灣文學史寫作者所定義的以反殖民壓迫為主要精神的台灣文學格格不入，我們不難理解為什麼朱天心的作品不受台灣文學史家青睞。

不過，我想提出的看法是：如果台灣文學史略去朱天心以及在政治光譜裡與她政治立場接近的作家不載，台灣文學史著將極度簡化台灣文學演進的歷史脈絡，無法展現台灣文學創作生態的複雜性，以及台灣文學創作與時代的多方對話。台灣文學是個極其複雜的文化網絡，其形成和演進有複雜的歷史脈絡，其結構並非專由與主流政治勢力抗爭的作品所搭架而成。台灣文學史家詮釋台灣文學，經常認為認同錯亂是台灣歷史上的被殖民經驗加諸台灣文學創作的重要主題。事實上，朱天心的不少創作（如〈新黨十九日〉、〈想我眷村的兄弟們〉、〈古都〉等等）都可納入這個文學傳統脈絡來看。而她其它不少創作亦以她獨到的觀察角度記錄台灣社會歷史演進的軌跡（如〈從前從前有個浦島太郎〉刻畫台灣白色恐怖的歲月痕跡，〈鶴妻〉鋪陳性別壓迫與資本主義消費社會的曖昧糾纏，等等）。

以本文選定的文本〈古都〉為例，第二人稱的敘述觀點呼應故事中主角行走於自幼熟悉的台北城，卻因記憶中城市的痕跡無復可尋所產生的認同錯亂；另外，透過文字，朱天心不僅召喚記憶，更在補織記憶版圖的同時展露她對老台北的熟悉眷戀，從另一角度側寫她的「鄉土之愛」、「土地之戀」，犀利地回應了現今台灣場域裡省籍之爭論述所牽涉的外省族群鄉土認同的疑問。朱天心的〈古都〉和〈想我眷村的兄弟們〉可說為台灣「鄉土文學」開展了另一面向，以外省族裔的觀點來思考「鄉土」的複雜意義，鋪陳認同的糾結，也在敘述遊迴當中流露被迫離根失所的無奈和悲痛。這些主題，其實都反覆出現在台灣文學傳統中，只不過朱天心傳達的是另一族群的體驗和他們異於「本省」族裔的切入點。就這個觀察角度而言，朱天心的創作與台灣被殖民經驗交集對話的稠密度，不亞於許多台灣文學史家所注目的作家。將朱天心摒除於台灣文學史的論述之外，我們將無法一窺被殖民經驗所塑造的台灣文學複雜的多向面貌。

如果李昂和朱天心代表走過戒嚴時代的台灣作家如何透過創作與台灣的歷史、記憶、土地、認同對話的話，我最後想透過一位新世代作家的創作，探討台灣文學史如何處理對這些傳統台灣文學議題不再感興趣，轉而對後現代消費情境情有獨鍾的新世代作家創作。相對於李昂和朱天心等走過戒嚴時代作家作品裡不可言喻的沉重和對歷史記憶的執著，朱國珍〈夜夜要喝長島冰茶的女人〉顯得「輕盈」無比。性不再背負沉重意義建構的負擔，女人對男人的品味主要繫於男人所展示的是哪種汽車廠牌的車輪（19）；精液對女人最大的功用乃是高蛋白數臉護膚的聖品（23）；「結婚」被架空了小說裡傳統的意義，反被用來當作嚇退男人糾纏不清的尚方寶劍（25）。朱天心等輩作家念茲在茲的政治不過「像夢一樣，睡醒就忘記了」（23），原住民妓女當上立法院長，妓女的職業成為原住民女子夢想中躍龍門的踏腳石，而女主角最後更成為跨國企業領導，「要滅亡一個國家只需要抽走當地的所有資金即可達到毀滅的目的」（35）。種種匪夷所思，令人驚愕的情節戲謔地鋪陳出一個後現代台北都會的情境。

陳建志等人談新世代文學，認為其最大的特色即是「輕」。內容上的「輕」主要來自後現代解構大敘述之後，舊的價值崩解，新的價值卻尚未出現的一種暫時虛空狀態（許悔之／陳建志／楊麗玲 1997: 451）。不過，朱國珍卻對她作品裡的「輕」另有一番解釋。朱國珍談這篇作品裡的性別批判意義：「在本文中，亞維儂歷經荒誕且漫無目的生涯，最後成為掌控全球經濟的資本家，是作者刻意建構以女性為中心的現代神話」（180）；「自以為了不起的大男人沙豬主義分子，一定不能忍受未來世界有一天，出身原住民的妓女可以堂而皇之的坐在國家級議事首府中掌管天下大事」（181）；「有關於精液處理段落，則是為了顛覆傳統父權結構下不平等的兩性關係，其用意是凸顯一個耽溺在自己性能力幻想中的庸俗男子，如何被一個更高明的對手（女性）戲弄，最後只有眼睜睜地看著自己傳宗接代的精液成為別人把玩的工具」（182）。闡述釋文中的政治態度和角色生活形態，朱言：「當政治環境已經不能給予這一代青年有關國家認同，族群融合，以及『我』到底是誰的安全感時，末世紀情結的失落，徬徨，隨波逐流以及拜金享受已然成為痲痹身心的靈藥。所以，亞維儂會看上BMW的鑰匙環是不需要『前奏』，那純粹是心理上對於物質樂趣的追尋」(182)。至於敘述風格，「全文輕描淡寫的敘述，是作者嘗試以最簡單的白描手法來呈現這個社會已經無法言喻的亂象。當所謂文明和泛道德泛政治泛教條的東西不斷累積，我們其實已經被壓抑的不能呼吸。『浮光掠影』是為了保有自己和讀者一分屬於私我想像力的空間」(183)。

表面上看來，朱國珍對〈夜夜要喝長島冰茶的女人〉的闡述似乎呼應當代文化論述的傾向，以小敘述顛覆大敘述，以小搏大，從大敘述的負擔中逸逃而出，掙得現代人一絲想像生活的空間。不過，從另一個角度來看，〈夜〉其實暗藏了資本主義的經濟大敘述：不僅資本主義消費形態以及交換價值主宰人際關係和活動模式，小說結尾更暗示了跨國經濟所向無敵的「魅力」，正可藉此建立「女性為中心的現代神話」，顛覆傳統父權體系。既批判資本主義主宰的社會活動卻又惑於其顛覆其他大敘述的潛能，這篇小說逃脫了統獨、國族、族群等等當代台灣文化辯論的壓力，〈夜〉卻不得不落入與資本主義大敘述的瓜葛糾纏。放在台灣文學傳統的脈絡來看，〈夜〉透露了新世代極欲擺脫過去歷史記憶負擔，面對資本主義經濟主導的未來世界，卻又充滿矛盾的心情。

結語

本篇論文思考台灣文學史建構所牽涉的史學問題，提出幾個問題與台灣文學作者切磋。台灣文學工作者都注意到，討論文學作品不可忽略創作的時代背景，但是，歷史論述的寫作同樣也受其時代背景的影響。現有的台灣文學史論由於在創作年代正值台灣國家認同劇烈翻動之時，文學史的建構被納入國族建構的工程，不免強調作家的政治立場與文學作品在國族論述爭奪戰裡所扮演的角色。這樣的關注點導致許多作品被排除於文學史的敘述之外。如果我們同意，台灣文學傳統向來有兩個突出的議題，一則為認同的錯亂和混淆，一則為省思資本主義對台灣社會產生的影響，將這兩個議題並置，不以認同為檢驗台灣文學作品的唯一重點，不僅有助於我們重建台灣文學史，更探觸到台灣文學複雜的面貌。放在後殖民論述的範圍來看，這樣的論述取向正可調整當代後殖民論述因輕忽資本主義結構批判所造成的「中產階級化」隱憂（Ahmad 1992; Dirlik 1994）。其次，在女性小說研究方面，將性別議題放在台灣社會歷史的脈絡來探討，可避免「去歷史化」（de-historicize）的陷阱，擺脫性別論述易犯的男女二元對立理論辯證模式。從擺脫性別論述易犯的男女二元對立理論辯證模式，從而發展出具歷史性的在地化台灣女性文學批評。

再者，如果我們承認，文本的意義不必然決定於作者的寫作目的，讀者詮釋作品的角度也在作品意義的產生過程中扮演不可忽視的角色的話，那麼，嘗試「多層次」的閱讀，將閱讀重點放在鋪陳作品與創作時刻台灣社會多方勢力的交鋒狀態，及作品本身經常隱含的衝突矛盾意義，或許有助於台灣文學工作者擺脫傳統台灣文學論述對「政治堅持」（political commitment）的過度重視，避免文學批評裡化約式詮釋的危險。「政治不正確」的作品不見得比「政治正確」的作品較不「台灣」；相反的，可能我們更能在其中看到台灣多方勢力多方對話所產生的多層次矛盾，更可藉此一窺台灣文學之為一種文化產品應展現的複雜意識形態布局。

引用書目

中文部分

王德威。1997。〈性、醜聞，與美學政治——李昂的情欲小說〉。李昂。《北港香爐人人插：戴貞操帶的魔鬼系列》。台北：麥田。9-42。

尹唯緯。1994。〈懷念那個苦難的時代——記《海燕集》〉。《文訊》107 (1994.9) : 79-80。

向陽。1992。〈副刊學的理論建構基礎——以台灣報紙副刊之發展過程及其時代背景為場域〉。《聯合文學》8.12 (1992: 10) : 176-96。

朱天心。1998。〈古都〉。《古都》。台北：麥田。151-233。

朱國珍。1997。《夜夜要喝長島冰茶的女人》。台北：聯合文學。

呂正惠。1988。《小說與社會》。台北：聯經。

——。1992。《戰後台灣文學經驗》。台北：新地。

李昂。1997。〈北港香爐人人插〉。《北港香爐人人插：戴貞操帶的魔鬼系列》。113-62。

李瑞騰。1998。〈台灣女作家知多少？〉。《文訊》總 149 (1998.3)：41-2。

林鐘雄。1987。《台灣經濟發展四十年》。台北：自立晚報。

林瑞明。1996。〈戰後台灣文學的再編成〉。《台灣文學的歷史考察》。台北：允晨文化。26-50。

林芳玫。1997。〈香爐文化——女性參政的反挫力〉。《聯合報》1997.8.2。

邱貴芬。1998。《「（不）同國女人」聒噪：訪談當代台灣女作家》。台北：元尊文化。

張惠娟。1993。〈直道相思了無益——當代台灣女性小說的覺醒與徬徨〉。《當代台灣女性文學論》。鄭明娳主編。台北：時報文化。37-67。

張誦聖。1994。〈朱天文與台灣文化及文學的新動向〉。《中外文學》22.10 (1994.3): 80-98。

彭瑞金。1991。《台灣新文學運動四十年》。台北：自立晚報。

彭懷恩。1987。《台灣政治變遷四十年》。台北：自立晚報。

莊宜文。1997。〈從文獎會到國家文化藝術基金會〉。《中央月刊文訊別冊》143 (1997.9)：24-38。

陳芳明。1992。〈朝向台灣史觀的建立〉。《探索台灣史觀》。台北：自立晚報。10-25。

許悔之／陳建志／楊麗玲。1997。〈台灣新世代作家文學的總探〉。《林燿德與新世代作家文學論：悼念一顆耀眼文學之星之殞滅》。林水福主編。台北：行政院文化建設委員會。445-56。

孟樊。1997。〈民國八十五年文學傳播〉。《文訊》139 (1997.5) : 26-30。
馬森。1992。〈「台灣文學」的中國結與台灣結——以小說為例〉。《聯合文學》8.5 (1992.3) : 172-93。
尉天驄主編。1978。《鄉土文學討論集》。台北：遠景。
葉石濤。1987。《台灣文學史綱》。高雄：文學界。
——。1990。〈「台灣文學史」的展望〉。《台灣文學的悲情》。高雄：派色文化。97-100。
楊志弘、麥莉娟。1989。〈檢驗台灣大眾傳播結構的變遷——回溯一九八〇年代及前瞻一九九〇年代〉。《報學》8.3 (1989.12) : 18-25。
楊照。1995。〈浪漫滅絕的轉折——評《我記得……》〉。《文學、社會與歷史想像：戰後文學史論》。台北：聯合文學。150-9。
漁父。1986。《憤怒的雲》。台北：允晨文化。
劉亮雅。1995。〈擺盪在現代與後現代之間——朱天文近期作品中的國族、世代、性別、情欲問題〉。《中外文學》24.1 (1995.6) : 7-19。
——。1997。〈九〇年代台灣的女同性戀小說——以邱妙津、陳雪、洪凌為例〉。《中外文學》26.2 (1997.7) : 115-29。

英文部分

Adorno, Theodore W. 1978. "Commitment," *The Essential Frankfurt School Reader*. Eds. Andrew Arato and Eike Gebhardt. New York: Urizen. 300-18.

——. 1991. *The Culture Industry: Selected Essays on Mass Culture.* Ed. J. M. Bernstein. London; Now York: Routledge.

Ahmad, Aijaz. 1992. *In Theory: Classes, Nations, Literatures.* London; New York: Verso.

——. 1995. "The Politics of Literary Postcoloniality," *Race and Class* 36.3 (Jan-Mar, 1995) : 1-20.

Anderson, Benedict. 1983. *Imagined Communities: Reflections on the Origin and Spread of Nationalism.* London: Verso and New Left Books.

Arato, Andrew. 1998. "Esthetic Theory and Cultural Criticism," *The Essential Frankfurt School Reader.* Eds. Andrew Arato and Eike Gebhardt. Oxford: Basil Blackwell. 185-224.

Benjamin, Walter. 1998. "The Author as Producer," *The Essential Frankfurt School Reader.* 254-69.

Brennan, Timothy. 1990. "The National Longing for Form," *Nation and Narration.* Ed. Homi K. Bhabha. London; New York: Routledge. 44-70.

Dirlik, Arif. 1994. "The Postcolonial Aura: Third World Criticism in the Age of Global Capitalism," *Critical Inquiry* 20 (Winter, 1994) : 328-56.

Eagleton, Terry. 1976. *Marxism and Literary Criticism.* Berkeley: U of California P.

Fan, Ming-Ju. 1994. "The Changing Concepts of Love: Fiction by Taiwan Women Writers," Ph. D. Dissertation. Madison: U of Wisconsin.

Fiske, John. 1989. *Reading the Popular.* London; New York: Routledge.

Gates, Henry Louis, Jr. 1989. "Authority, (White) Power, and the (Black) Critic; or, it's all Greek to me," *The Future of Literary Theory.* Ed. Ralph Cohen. New York: Routledge. 324-46.

Grossberg, Lawrence. Cary Nelson and Paula A. Treichler. 1992. "Cultural Studies: An Introduction," *Cultural Studies.* Eds. Lawrence Grossberg. Cary Nelson and Paula A. Treichler. New York: Routledge. 1-22.

Guillory, John. 1990. "Canon," *Critical Terms for Literary Study.* Eds. Frank Lentricchia and Thomas McLaughlin. Chicago: U of Chicago P. 233-49.

——. 1993. *Cultural Capital: The Problem of Literary Canon Formation.* Chicago: U of Chicago P.

Gugelberger, Georg M. 1991. "Decolonizing the Canon: Consideration of Third World Literature," *New Literary History* 22 (Summer, 1991) : 505-54.

Kellner, Douglas. 1989. *Critical Theory, Marxism, and Modernity.* Baltimore: Johns Hopkins UP.

——. 1995. *Media Culture: Cultural Studies, Identity, and Politics between the Modern and the Postmodern.* London; New York: Routledge.

Kolodny, Annette. 1980. "Dancing through the Minefield: Some Observations on the Theory, Practice, and Politics of a Feminist Literary Criticism," *Feminist Studies* 6.1 (Spring, 1980): 1-25.

Landry, Donna. Gerald MacLean. 1993. *Materialist Feminisms.* Cambridge, Mass.: Blackwell.

Lovell, Terry. 1987. *Consuming Fiction.* London; New York: Verso.

Robinson, Lillian S. 1993. "Treason Our Text: Feminist Challenges to the Literary Canon," *Feminisms: An Anthology of Literary Theory and Criticism.* Eds. Robyn R. Warhol and Diane Price Herndl. New Brunswick, N. J.: Rutgers UP. 212-26.

Showalter, Elaine. 1997. *A Literature of Their Own: British Women Novelists from Bronte to Lessing.* Princeton, N. J.:

Princeton UP.

——. 1989. "A Criticism of Our Own: Autonomy and Assimilation in Afro-American and Feminist Literary Theory," *The Future of Literary Theory*. 347-69.

Smith, Barbara. 1985. "Toward a Black Feminist Criticism," *The New Feminist Criticism: Essays on Women, Literature, and Theory*. Ed. Elaine Showalter. New York: Pantheon. 159-85.

Spender, Dale. 1989. "Women and Literary History," *The Feminist Reader: Essays in Gender and the Politics of Literary Theory*. Eds. Catherine Belsey and Jane Moore. New York: Basil Blackwell. 21-34.

Von Hallberg, Robert. Ed. 1984. *Canons*. Chicago: U of Chicago P.

Woolf, Virginia. 1980. "Women and Fiction," *Virginia Woolf: Women and Writing*. Ed. Michele Barrett. San Diego, New York; London: Harcourt Brace Jovanovich. 43-52.

從戰後初期女作家的創作談台灣文學史的敘述

台灣文學史的課題

許久以來，一部完整無瑕底台灣文學史的出現，是台灣知識分子共同的願望。這個共同的願望發生於日據時代台灣新文學運動逐漸有具體成就呈現的時候，這當然是當時的全體台灣民眾已經意識到「台灣是台灣人」的台灣，自覺台灣是一個割裂不開的共同命運體的結果。

一部翔實的台灣文學史，不但能夠記錄台灣歷史上每個階段的台灣人底精神活動，同時透過文學史也可以把台灣底時代、社會的變遷面貌清楚地表達出來，甚至也可以有效地保存台灣人文化，思想的遞嬗情況。由於台灣在歷史的各階段裡曾經屢次受到外來民族的侵略和統治，因此一部台灣文學史也等於是一部台灣民眾反抗，抗議殖民統治，尋

求自由民主以及追求「政治」「經濟」「社會」平等的真實記錄。（葉石濤 1990: 91-2）

這是台灣文學研究者老葉石濤先生在十年前的一篇文章〈開創台灣文學史的新格局〉裡所提出的殷切期待。當時，葉先生為台灣文學史奠基的《台灣文學史綱》（1987）已出版。繼《台灣文學史綱》之後，彭瑞金的《台灣新文學運動四十年》（1991）和陳芳明此刻正陸續發表於《聯合文學》的《台灣新文學史》可算再接再勵，企圖實現葉先生期許的台灣文學史作。不過，除了文學史建構所牽涉的國家定位問題之外，目前台灣文學史寫作最具爭議性的一個問題，就是對戰後初期台灣文學生態的描述，以及這些描述所帶出的對當時隨國民政府來台的外省作家創作評估的問題。本文將透過對戰後初期台灣文學生態描述所引發的問題和爭議，探討台灣文學史的寫作究竟該如何「開創新格局」，卻又不失去以台灣為主體的意識，淪為《中國文學史：台灣篇》這樣的史述，展現葉石濤先生所說的「一部台灣文學史也等於是一部台灣民眾反抗，抗議殖民統治，尋求自由民主以及追求『政治』『經濟』『社會』平等的真實記錄」。

台灣文學史裡的「戰後初期的台灣文壇」

目前台灣文學史作所呈現的戰後台灣文壇以及對當時作家的評估，往往引發非本土陣營的台灣文學研究者的抗議。主要關鍵在於台灣文學史述者在討論這一段台灣文學史時，通常將台灣文學等同於本省作家創作，並以「台灣文學的真空期」、「荒涼」來描繪這個台灣文學時期。葉石濤的《台灣文學史綱》裡「五〇年代的台灣文學」以三個基本層面來描述當時的台灣文壇：㈠許多省籍作家因語言的轉換和政治壓迫，無法持續創作；但同時仍有幾位省籍作家如鍾理和、廖清秀、施翠峰、李榮春等與中華文藝獎金會或中華文藝協會產生關係，而活動於當時的文壇。㈡五〇年代乃是官方文學思潮戰鬥文藝主控的年代，「五〇年代文學所開的花朵是白色而荒涼的」（1987: 88），文學淪為政策的附庸；但是他同時也指出，姜貴的《旋風》、陳紀瀅的《荻村傳》雖屬當時主流的反共文學，但刻畫傳統封建體制的腐敗和農民剝削問題，表現不凡。㈢五〇年代女作家輩出，但「社會性觀點稀少，以家庭、男女關係、倫理等為主題」（1987: 96）。

彭瑞金的《台灣新文學運動四十年》對五〇年代台灣文學的描述基本上以葉石濤所勾畫的藍圖為骨架，但佐以更豐富的史料。不過，彭瑞金的史述有兩點值得注意：㈠與葉石濤的論述相較，彭瑞金更加強調當時反共文學和軍中作家呼應政府政策，主宰台灣文壇，對反共文學和軍中作家評價甚低：「『反共文學』大鍋菜式的同質性（公式化）、虛幻性和戰鬥性等反文學主張，是它的致命傷，所以儘管它霸佔了整個台灣文學發展的空間，文學的收成還是等於零」（1991: 75）。㈡對女作家的評價，彭瑞金似乎較為肯定，認為女作家散文創作質量均有可觀之處：「五〇年代的散文，女作家不但多，產能高，就散文的質地言，也普遍較優秀，原因極可能是，她們不屬於反共文學的正規部隊，擁有較多的發展空間」（98）。不過，這段評估主要針對散文而言，有關這個時期女作家的小說創作，除提及潘人木的《蓮漪表妹》和《馬蘭自傳》「更是千篇一律在揭發共匪罪惡」之外，並未對當時女性小說創作多加評述。

陳芳明的《台灣新文學史》在勾畫五〇年代文學時，將當時的文學創作分為兩大類，一者為「官方文學」，一者為「民間文學」，並歸納台灣文學的發展流程：「官方文學與民間文學，一直是戰後文學史的兩條路線，這兩種文學經過規模大小不等的論戰，而終於在一九七七年鄉土文學論戰中發生了對決」（陳芳明 1999: 164）。陳芳明對「官方文學」和「民間文學」作如下的定義：

> 認同中華民族主義的作家，基本上接受文藝政策的指導；他們以文學形式支持反共政策，並大肆宣揚民族主義。這種文學作家，可以說是屬於官方的文學。另一種作家，則是對中華民族主義採取抗拒的態度。他們創造的文學，以反映台灣社會的生活實況為主要題材，對於威權體制進行直接或間接的批判諷刺。這是屬於民間的文學。（164）

本文寫作期間，陳芳明的《台灣新文學史》在《聯合文學》發表的部分只有三個章節，我們無法一窺全貌，但是第一章「台灣新文學史的建構與分期」卻已呈現了此部史述的主要架構和作者的論述位置。雖然陳芳明認為「反共文學的評估，至今也還是猶豫未決，本書固然不在平反，但必須做某種程度的翻案」（173），但是在談及反共文學之時，陳芳明的論述位置和葉石濤、彭瑞金並無太大的差異，認為「台灣文學在這段時期是一種毫無能見度的存在」，陳芳明並進一步將族群劃分帶進「官方文學VS.民間文學」的理論：「這種依省籍界線所劃分出來的兩條文學路線，便是日後官方文學與民間文學的張本」（169）。

三位史家對五〇年代台灣文學的描述大致或隱或顯表達了下列幾個重點，目前本土派台灣文學研究者在談論五〇年代台灣文學時的說法大致不出此範疇：㈠五〇年代反共文學主宰台灣文壇；㈡台灣文學被強烈打壓，幾無能見度；㈢此處所定義的「台灣文學」並不明確，「台灣文學」和「台灣新文學」（亦即承襲日據時代台灣新文學運動抗議精神的文學創作）經常通用，無清楚的界線，以至於史家論述有時暗示，不具這樣政治抗議精神的作品就不是台灣文學。

「豐富、或者空白?」:五〇年代的台灣文壇

針對本土派台灣文學史家所敘述的五〇年代歷史,非本土派的台灣文學研究者提出不少異議。由於這些異議並非無的放矢,論述者也大量引用史料支撐其論點,如何回應這些問題攸關本土派台灣文學史著的學術專業地位;另一方面,這些異議也提供了建設性的批判,開拓台灣文學研究的思考空間,不宜隨意輕忽,以「政治鬥爭」迴避不同觀點的挑戰。就我所知,現有論述當中最切中問題核心的挑戰來自龔鵬程〈台灣文學四十年〉一文。此文對上述台灣文學史作裡有關戰後初期台灣文壇的三個要點提出挑戰性的另類說法:

㈠就五〇年代台灣文壇為反共文藝壟斷的說法,龔鵬程斥為「簡化歷史的描述語」,認為「這樣簡化的結果,給予我們的,乃是平板、單調的文學史彷彿五〇年代就只有反共文學,就只有戰鬥文藝」(1997: 50)。「在所謂反共戰鬥的五〇年代,也是女作家大行其道的時代。這個事實,顯示了彼時文學現象的複雜面」(53);另外,龔鵬程並舉出當時許多報章雜誌出版情況,佐證他「文壇的整體大勢並未被反共戰鬥所壟斷,能否視之為主流,也都還大成問題」(52)。故五〇年代的文學創作不能以反共文學來概括。

㈡就台灣本土論述所說的本省作家的台灣文學被打壓的問題,龔鵬程認為這樣的說法主要在支撐本土派台灣文學研究想要凸顯的「受壓迫者」姿態,戰後初期國民黨主控的報章媒

體如《中華日報》、《新生報》副刊〈橋〉、《公論報》以及文藝機構「中華文藝獎金會」都對台籍作家「頗盡扶掖之功」，並無打壓之事。

㈢就台灣文學的定義問題，龔鵬程企圖釐清「台灣文學」與「台灣新文學」之間的界線，認為「台灣近四十年來的文學，不是台灣省籍作家的文學，也不是壓迫與反抗的文學」（73）；本土派台灣文學研究及其歷史敘述最根本的問題之一乃在「完全略去了外省籍作家之活動與貢獻，只從台灣省籍作家的角度來談台灣文學的發展」。龔鵬程主張「非單線的文學史觀。認為台灣近幾十年文學之豐富多姿，非上述簡陋概括之論述所能照覽。而若欲鑑覽照衡，則必須進行歷史論述方法的改革。此即本文為何必須檢討現存各種台灣文學史論述之故」（74）。

從本土派文學論述的立場來回應龔鵬程上述論點的挑戰，我們可以說，任何歷史敘述都不可能完全祛除概約的論述方法，否則歷史的分期和敘述將無法進行。英國文學史上有所謂「古典時期」、「浪漫時期」這樣的說法，當然並不意味「古典時期」的英國文學創作就通通展現「古典」風格，或「浪漫時期」的所有創作均表現當時「浪漫主義」的色彩，而是說當時的文風以古典主義或浪漫主義為主（dominant）。馬派學者威廉斯（Raymond Williams）分析文化，曾提出任何歷史時刻的文化均非單線進行，而是呈現複雜的結構（1997: 121）。台灣文學研究所謂「五〇年代為反共戰鬥文藝主宰」的說法，不過認為當時的文學生態遭受政府政策強力介入，反共文藝成為當時主流文學勢力極力建構的文化霸權，並非因此認為當時的文學一概皆為反共文藝。

事實上，如果我們參照活躍於當時文壇的反共作家代表劉心皇在一九八一年編纂《當代中國新文學大系：史料與索引》時所寫的導言，其中回顧戰後三十年台灣文壇的說法，確實可以證明本土派台灣文學史家所言不虛。根據劉心皇的回憶，

這時，經過新生報副刊的「編者、作者、讀者」的熱烈討論，知道了戰鬥性的作品為大家所需要。而中央日報的〈中央副刊〉，中華日報的副刊〈寶島〉以及全民、公論、經濟時報等報的副刊都改變了徵稿範圍，盡量容納有反共抗俄意識的作品。其他各地報紙和各刊物的文藝欄也紛紛響應；至於純文藝刊物，如程大城的《半月文藝》，潘壘的《寶島文藝》，金文的《野風》等，亦走向戰鬥性文學之路。這樣，蔚然成了一種新的風氣，自動的斬斷色情文藝，趨向嚴肅。

當時各報的副刊編輯人，列舉如次：民族報系孫陵，新生報馮放民（鳳兮），中央日報耿修業（茹茵主編）、孫如陵，中華日報徐潛（蔚忱），經濟時報奚志全，公論報王聿均，全民日報黃公偉（副社長）、黃瑜（主編）等，他們對戰鬥的反共抗俄的文藝之提倡與推進，正如前面所說，都盡了責任。他們的努力和他們的貢獻，都是令人不能忘記

的。」（28-9）

劉心皇因而如此描述五〇年代的台灣文壇：「五十年代（一九五〇—一九五九）文藝的動向，主要的是自由文藝的產生，逐漸擴大而且多采多姿。而文藝運動的口號，雖然有多種，例如反共文藝、戰鬥文藝、軍中文藝等等，總的名稱應該是自由文藝」（45）。

不過，龔鵬程質疑現今台灣文學史述未經深入思考，即採用單線歷史敘述，他指出這個史學方法問題確實是一針見血，點出當前台灣文學研究及史著的瓶頸，也拉出一條深刻反省歷史學傳統治學方法的重要論述方向。這個問題，在當代文學理論領域裡，以Edward W. Soja所提出的「第三空間」（third space）概念最具代表性。相關的理論辯證和台灣文學史寫作的問題，我將在底下論及五〇年代女作家創作與文學史敘述的關係時再深入討論。

至於本省籍作家是否被打壓的爭議，本土派學者同樣可以引用當時因文字賈禍相繼入獄的本省籍作家楊逵、葉石濤、黃昆彬、邱媽寅、陳金火、施金池、《新生報》副刊〈橋〉廢刊，主編歌雷被捕，以及因與中共當局晤談回台即失蹤的呂赫若等人為例，證明「打壓」之說並非毫無根據。同時，從當時楊逵留下來的史料，亦可窺見當時本省籍作家的困境與政治高壓手段確實脫不了關係：

「光復以來快要三年了，應要重振的台灣文學界卻還消沉得可憐；這原因其一是在語言上，就是，十多年來不允使用被禁絕的中文，今日與我們生疏起來了，以中文就很難得充分表達我們的意思了……其二是政治條件與政治變動，致使作者感著不安威脅與恐懼，寫作空間受到限制。（彭瑞金 1991: 54-5）

不過，龔鵬程抨擊本土派台灣文學史著乃是以台灣特定族群作家的角度來談台灣文學的發展，忽略其他族（社）群的創作及活動，並質疑本土派文學論述者以特定文學傳統來定義台灣文學，把無法納入此文學傳統的創作剔除在「台灣文學」之外，這樣的批評論點並非毫無說服力。從非本土派人士的觀點來看，目前台灣文學史著乃是建立在強烈的「排他性」之上，「台灣意識」、「台灣經驗」、「認同台灣」、「認同鄉土」成為「台灣文學」的篩選標準，無形中定義什麼樣的作品是「真正的台灣文學」，而台灣文學史的敘述即依這些標準展開，不符合「標準」的創作即被排除於「台灣文學」經典名單之外。這樣的台灣文學史敘述策略在殖民時期固然具有打造反殖民的「台灣」認同，顛覆殖民價值體系與敘述的必要性，但是在「台灣」這個符號逐漸取得其合法性之後，「台灣文學」及「台灣文學史」的排他性若無法減低，則只激化族群對立，「台灣文學史」恐怕只能為特定族（社）群所接受，無法讓居住在台灣的人和創作者視為「我們的」文學史。如何讓台灣文學史的敘述成為反映台灣多元族群歷史經驗的文學紀錄，不論為特定族群或社群歷史經驗的文學寫照，但是又不放棄台灣主體的文學史論述位置，我想這是台灣文學史寫作當前的挑戰。也唯有透過這樣史學方法的檢討，台灣文學史著方能落實葉石濤先生「開創台灣文學史的新格局」的期待。

台灣文學史必須能凝聚共識，被台灣多數人認同為「我們的」文學史，而這部文學史又必須是葉先生所說的「是一部台灣民眾反抗，抗議殖民統治，尋求自由民主以及追求『政治』『經濟』『社會』平等的真實記錄。」我認為目前台灣文學史寫作的困境，關鍵在於史家過度強調葉先生此段話的前半部，以「抗議殖民統治」為文學史的敘述重點，而忽略了後半部，亦即台灣文學史也是台灣民眾「尋求自由民主以及追求『政治』『經濟』『社會』平等的真實記錄。」如果史家調整敘述角度，從後面這個角度來書寫台灣文學史，則依然可以強調台灣文學的「殖民地」性格，但卻不至於陷入目前台灣文學史敘述的瓶頸，誤把殖民地文學等同於殖民抗爭文學；如此一來，台灣文學史述不僅可以切入林瑞明所說的台灣文學「雙重性民族結構」的殖民地文學特性（1996: 88-9），也可以掙脫非本土派學者所指出的目前台灣文學和文學史論述窄化的格局，解除台灣文學史為特定族群歷史經驗文學寫照的論述危機。底下，我將透過對戰後台灣女性創作的討論，一方面檢討目前台灣文學史受限於其論述位置所帶來的困境，同時也展望台灣文學史的寫作在調整其論述位置之後可能開展的新格局。

戰後初期開展的台灣女性創作空間

我想再回到前文有關戰後初期台灣文學究竟是空白或豐富的爭議。不過，這次我的討論將另闢蹊徑，重點不在戰後初期的本省籍作家究竟是否受到打壓，或以此推論當時的「台灣文學」（比較精確的說法應是「本省籍作家創作」）究竟是「豐富」或「空白」。假設我們以女作家創作的觀點來看戰後初期的台灣文壇，毫無疑問的是豐富無比；如果我們捨棄以本省籍作家創作為主要探討對象的史述觀點，改採以女性創作為主要論述範疇的敘述觀點來書寫台灣文學史，那麼戰後初期可算是台灣女性創作空間大為開展的一個關鍵期。顯然史家觀察及論述的位置不一樣，所建構的台灣文學面貌也大不相同，其影響所及，可能連傳統台灣文學史採用的斷代分期都需改頭換面。

目前的史料顯示，日據時代的女作家有如鳳毛麟角，作品的數量更是屈指可數。儘管當時以婦女議題為主題的創作乃是日據文學的一大重點（許俊雅 1995: 348-72），但是泰半為男性作家的創作，其目的往往在於藉由對傳統台灣習俗的改革，創造台灣新文化，進而打造新民族（林載爵 1979）。現有史料，沈乃慧的〈日據時代台灣小說中的女性議題〉曾提及楊千鶴、黃寶桃、張碧華、賴雪紅四位日據時代台灣女作家。但台灣文學研究者發現，連這四、五位作家是否為女性都大有疑問（丁鳳珍 1996: 2）。葉石濤在〈《台灣文學集》序〉中提及，「除了葉陶有鼎鼎大名之外，其餘女作家默默無聞而身世不詳」（17），而根據楊千鶴的說法，「我記得賴氏雪紅是我所認識的一位日本男士的筆名……此外，在《民俗台灣》上，也有另一位我認識的日本男士以李氏杏花為筆名。總之，當時有些男士曾以台灣女性的名字寫作」（1995a: 331-2）。無論這幾位「女」作家究竟其中有幾位真正為女性，日據時代女作家寥寥無幾乃是事實。楊千鶴解釋此現象時，特別強調「不可忽視日本當局的教育政策大大地限制了台灣女子受教育的機會」，並進一步說明：

> 沈文在談論台灣女性作家稀少的原因時，似乎是傾向於「日據時代女子教育不發達」、「台灣人對女子教育的冷漠」以及「高女教育學費昂貴」三項。其實在日據時代裡，全台灣除了三所女學校之外，所有女學校的入學考試題目，都是出自於日本人就讀的「小學校」課本，而不是台灣人就讀的「公學校」。並且女學校的錄取人數也對台灣人加以限制。投考女學校的台灣人遠比被錄取的人數多，許多富家女照樣考不上高女。所以說，體制上對台灣人的不公，才是最大的阻力，這是必須要考慮在內的歷史事實。（1995: 333-4）

不過，無論如何，日據時代台灣女子高等教育並不普及乃是事實。游鑑明在〈有關日據時期台灣女子教育的一些觀察〉裡指出：

有關女子初等教育的就學狀況，日據時期女子初等學校普及全台，受教育人口占女子教育人口的大多數，故其發展關係著此一時期女子教育的脈動。根據數據顯示，至一九一九年之後，台籍女童的就學率始有明顯上昇的趨勢，但與台籍男生或日籍女生比較，仍在二者之下，在有資料可考的四十年間，約有百分之八十的學齡女童未就學；值得注意的是，即使就學而能竟業者也不多，易言之，中途退學或輟學者居多數，以致能接受完整教育的女童占全部學齡童的十分之一。（1992: 15）

戰後國民政府接收台灣，台灣文壇的生態在性別層次上有急劇的變動。如龔鵬程所言，五〇年代也是女作家極為活躍的時代，這是因為隨國民政府來台的大陸女性中不少具有高等學歷，加上當時急需中文寫作人力資源，以便推行「國語政策」，外省族群的女性大有寫作空間，這樣的寫作生態竟意外地打開了台灣文壇一向為男性主宰的瓶頸。如果日據時代台灣女性創作的貧乏主要原因在於女子教育的低落，戰後初期台灣移民潮中數量相當多且具有寫作能力的大陸女性對台灣女性書寫空間的擴展，則扮演了關鍵性的角色。下表所列即是當時活躍於文壇女作家的教育背景和經歷的資料，表中有關作品的部分，因大部分作家創作豐盛，只列所有創作之一二：

表㈠：戰後初期活躍女作家資料一覽表

姓名	生年	籍貫	學歷	經歷	重要作品	所得獎項
孟瑤	1919	湖北省	中央歷史系	*歷任師範、南洋大學教授 *中興大學中文系系主任	*懸崖勒馬 *這一代	*1953中華文藝獎金委員會 *1969嘉新文藝創作獎
潘人木	1919	遼寧省	重慶中央大學外文系	*重慶海關 *台灣省教育廳編輯	*蓮漪表妹 *如夢記 *馬蘭的故事	*1950 1952 1954中華文藝獎金委員會 *1962中國文藝協會文藝獎章 *1995中國婦女寫作協會文藝獎
童真	1928	浙江省	聖芳濟學院畢業		*霧中的足跡	*1967中國文藝協會文藝獎章

蘇雪林	1924	安徽省	安徽省第一女子師範	＊任教於安徽省立大學、蘇州東吳、上海滬江、武漢等大學 ＊＊任教於台灣師範、成功大學	＊海蠡集	＊1972中山文藝創作獎 ＊1980國家文藝獎 ＊1984中國文藝協會文藝獎章 ＊1992中央日報文學獎 ＊1995中國婦女寫作協會文藝獎
徐鍾珮	1918	江蘇省	中央政治學校新聞系	＊中央宣傳部宣傳處 ＊中央日報採訪記者 ＊國民大會代表	＊餘音	
林海音	1918	台灣省生於日本，長於北平	北平世界新聞學校	＊北平世界日報記者 ＊國語日報編輯 ＊聯合報副刊主編 ＊創純文學月刊、出版社	＊城南舊事 ＊燭芯	

郭良蕙	1926	山東省	復旦大學外文系	＊心鎖		
華嚴	1926	福建	上海聖約翰大學中文系		＊七色橋 ＊生命的樂章	＊1993中國文藝協會文藝獎章
聶華苓	1925	湖北省	中央大學	＊編輯 ＊任教於台大、東海	＊桑青與桃紅 ＊失去的金鈴子	＊1990美國國家書卷獎

在上表我們看見這批活躍於當時台灣文壇的女作家不僅具有相當高的教育水準，而且其經歷亦已打破傳統女性角色的局限，許多都從事文教領域的高階工作。這些女作家有不少深受五四運動的衝擊（鐘麗慧 1987: 58），在思考和創作格局的層面都對台灣女性寫作空間有正面的貢獻。另外，上表有關當時女作家獲得文學獎的情況以及前文所提的本土史家對當時女作家創作的肯定評價，也反映了戰後初期女作家創作的素質。

底下的表來自林芳玫《解讀瓊瑤愛情王國》一書（1994: 52），此表所列的雖是六〇年代而非五〇年代作家資料，但比較表一和表二，我們仍可看到五〇年代和六〇年代的作家有不少重疊之處。此表顯示當時女作家創作在「量」方面的盛況：

表㈡：六〇年代的多產小說作家

	作家姓名	省籍	性別	組織歸屬	出版小說數目
1	郭良蕙	外	女	無	32
2	郭嗣汾	外	男	官	30
3	繁露	外	女	無	27
4	南宮博	外	男	民	24
5	孟瑤	外	女	無	22
6	墨人	外	男	官	19
7	田原	外	男	官	18
8	吳東權	外	男	官	15
9	徐速	外	男	民	14
10	司馬中原	外	男	官	14
11	瓊瑤	外	女	無	14
12	盧克彰	外	男	官	14
13	高陽	外	男	無	13
14	張漱菡	外	女	無	13

15	童真	外	女	無	13
16	楚軍	外	男	民	12
17	畢珍	外	男	官	12
18	鍾肇政	本	男	民	11
19	黃海	外	男	官	11
20	姜貴	外	男	官	10
21	南郭	外	男	官	10
22	臧冠華	外	男	官	8
23	蕭白	外	男	官	7
24	費蒙	外	男	無	7
25	姜穆	外	男	官	6
26	徐薏藍	外	女	無	5
27	朱西甯	外	男	官	5
28	林海音	本／外	女	民	5
29	呼嘯	外	男	官	5
30	蕭傳文	外	女	民	5

在前三十名多產作家裡，女性作家占了九位，幾乎占這份名單作家總人數的三分之一，可見「在所謂反共戰鬥的五〇年代，也是女作家大行其道的時代」所言不虛。

當然，指出現有台灣文學史隱藏的特定族群和性別觀點，看見戰後初期女性創作盛況空前的同時，我們也不該忘了這樣的女性文學現象集中於特定族群女性，而且這樣的女性文學豐收乃是建立在壓縮另外族群女性創作空間之上。楊千鶴回憶她創作的歷程，曾慨嘆「台灣文學起步慢的原因，除了是因為使用非母語的文字寫作，最主要的還是因為欠缺發表作品的園地，以及互相觀摩的機會」（1995b: 40）。她曾在一九四一年去訪問當時已頗具文名的賴和，不過，因賴和作品都以漢語發表，而當時學校均已停授漢語，受日語教育的她因此無法閱讀賴和的作品，自然無法觀摩。根據她的回憶，語言的斷層也是阻撓她創作的一大因素：「國民黨來台灣的翌年就禁止報紙上的日文欄，習慣以日文寫作的人，頓時變啞，有口難言了」（楊千鶴 1995b: 44）；「戰後看到國民黨政權帶來的惡政，產生反感，使我失去學習中文的意念。所以在戰後從中文寫作的台灣文學界裡，我也失去了聲音與存在」（楊千鶴 1995b: 47）。

深入分析戰後初期台灣女性創作的生態以及其與當代文壇的關係，彰顯了史述通常隱而不彰的族群和性別觀點。上述的分析辯證主要想提出下列幾個檢討台灣文學史敘述的重點：

㈠如果單單訴諸性別因素，純以女性創作為主要參考點來描述戰後初期台灣文學，史家可能將五〇年代定義為豐富而非空白的年代，這樣與台灣文學史著所描述的五〇年代文學的差異再次凸顯史觀隱藏的性別觀點往往左右文學史的敘述和描述。

㈡但是，如果我們將族群因素帶入女性創作的分析，則戰後初期（女性）文學是豐盛或空白則須再細膩地劃分：大陸來台女性創作的豐盛映照本省籍女性創作的空白。

㈢即便如此，我們從女性創作角度來敘述台灣文學史，仍可將此時期視為女性創作空間大幅度開展的時刻，因為日據以來女性創作原本就掙扎於壓縮的空間，基礎薄弱；大陸來台女作家的介入，無形中開拓了台灣女性創作的空間，所產生的正面影響不可小覷。日後女性作家成為台灣文學不可忽視的實力，或可溯源於此。

如何敘述台灣（文學）史？

由於文學史的斷代分期攸關文學史的敘述架構，以性別觀點來檢視台灣文學史的斷代，更能彰顯目前台灣文學史習而不察的斷代分期法如何限制了史家的視野，無法對台灣多元的各類文學創作做適當的關照。我們從底下的表可以看到，葉石濤、彭瑞金和陳芳明所採用的台灣文學史的歷史分期暗示史家主要以殖民抗爭來架構其歷史敘述的基調：

台灣文學史章節一覽表

作家	葉石濤《台灣文學史綱》	彭瑞金《台灣新文學運動四十年》	陳芳明《台灣新文學史》
分期	第一章：傳統舊文學的移植	第一章：台灣新文學運動的起源	日據：殖民時期 1. 啟蒙實驗期（1921-1931） 2. 聯合陣線期（1931-1937） 3. 皇民運動期（1937-1945）
	第二章：台灣新文學運動的展開		
	第三章：四〇年代的台灣文學——流淚撒種的，必歡呼收割！	第二章：戰後初期的重建運動（1945-1949）	戰後：再殖民時期 4. 歷史過渡期（1945-1949）
	第四章：五〇年代的台灣文學——理想主義的挫折和頹廢	第三章：風暴中的新文學運動（1950-1959）	5. 反共文學期（1949-1960）
	第五章：六〇年代的台灣文學——無根與放逐	第四章：埋頭深耕的年代（1960-1969）	6. 現代主義期（1960-1970）

	第六章：七○年代的台灣文學——鄉土乎？人性乎？	第五章：回歸寫實與本土化運動（1970-1979）	7.鄉土文學期（1970-1979）
	第七章：八○年代的台灣文學——邁向更自由、寬容、多元化的途徑	第六章：本土化的實踐與演變（1980-　）	8.思想解放期（1979-1987） 解嚴：後殖民時期 9.多元蓬勃期（1987-　）

從這樣一個台灣文學史的架構，我們無法看出眾多台灣女作家創作的情形。如果我們站在以女性作家創作為主的觀察位置來敘述台灣文學史，顯然現有的台灣文學史述以殖民抗爭為主軸的敘述並無法真正妥善處理女性文學，當然也就難以達成記錄台灣文學多元豐富面貌的目標。儘管史家在論述時可能表達自由多元主義的姿態，努力把其他族／社群創作納入論述的範圍，但是，台灣文學史既已定義為一部官方文學與民間文學搏鬥的歷史，或是一部殖民與反殖民文學創作搏鬥痕跡的記錄，無法納入殖民抗爭敘述的創作即使被提及，也很難翻轉其「附屬」的地位。多元自由主義的陷阱在於它極容易淪為收編的便利工具，迴避針對不同創作在傳統論述結構裡的權力位置提出改革性的另類論述方法。

另外，三部史述的分期方法似在暗示，台灣文學的「多元化」現象要在八○年代或是解嚴之後才真正浮現。這樣的台灣文學歷史敘述忽略了任何一個歷史階段的文學活動原本就有的複雜多元面貌。女性創作並非在解嚴後才忽然湧現。如本文在前一節論述企圖說明的，台灣女性作家的創作在戰後即有突出的表現。五〇年代台灣文壇出現不少傑出的外省來台女作家，這些作家在六〇年代依舊活躍於文壇，七〇年代中葉，戰後出生的第一代女作家初試啼聲，造成所謂的「閨秀文學現象」，取代五〇、六〇年代的老一輩外省女作家成為台灣文壇女性文學的創作主力，至今這些在七〇年代中葉或八〇年代初期出道的女作家仍有不少在引領風騷。現有台灣文學史所操演的斷代分期顯然無法標示台灣女性創作的發展流程。

不過，提出對這種台灣文學史分期的質疑，並不表示我主張用一套以女性創作為主的史述觀點，取代以殖民抗爭為主軸的史觀來標示台灣文學的斷代分期。如此的做法不過是以另一套偏頗的史觀取代現有的偏頗史觀，無助於突破台灣文學敘述窄化的格局，或對史學方法有基進的改革。我認為，要真正呈現台灣這塊土地上複雜的文學活動狀貌以及其脈絡，做法不是企圖以「女性」（哪個女性？哪樣的「女性」觀點？）觀點取代「男性」觀點來敘述台灣文學史或是以某個族群（外省第一代？第二代？原住民？客家人？）的觀點來取代另一個族群（福佬族？）的觀點，而是重新檢討傳統史學方法的基本概念。

我們或許可以透過Edward W. Soja對改革主流史學方法的建言來思考這個問題。Soja認為，我們通常看到歷史敘述難逃單面線性發展，因而產生化約歷史的弊病，主要的原因在於文化抗爭敘述往往將複雜的權力運作簡化為霸權與反霸權的搏鬥史。史學方法的改革必須從創造「第三空間」的努力開始，而所謂的「第三空間」即是一個能容納多元主體的空間，在此空間裡種族／族群／性別／和階級因素都能同時被照顧而無厚此薄彼的現象產生。他同時指出，當今反霸權運動即使與其他運動聯合，往往不脫兩種策略：一者乃是忽略主體差異，強調某種形式的壓迫（例如：忽略性別或階級或族群的差異，只講殖民抗爭）；一者雖然承認群體裡成員之間各種層面的差異，但仍然堅持某種形式壓迫的抗爭（如殖民抗爭）優先於其他抗爭（如性別或族群壓迫）。從這個觀點切入，台灣文學史之所以給人「單面」、「簡化」的印象，或許是因為過度偏重殖民／反殖民勢力的對抗，而忽略了台灣社會其他層面的活動。同樣的道理，台灣女性文學的發展也不是全部都可以收納在一個二元對立的性別抗爭（父權壓迫與反壓迫）主題架構裡，只以性別壓迫的角度來談台灣女性創作，並無法充分勾畫台灣女性文學的多元面貌。更重要的，就史學方法而言，只是以性別抗爭取代殖民抗爭的優先位置來做為歷史敘述的主軸和分析重點，並未真正就史學方法本身進行改革。

但是，如同社會學家Anthony Giddens所提醒的，承認歷史在任何時刻都呈現龐雜多元的狀態，無法只以單一的原則來描述之，並不表示我們認為歷史只是一片混亂，只能開放無以計數的局部小歷史的寫作。我們仍可在歷史的流程裡找到一些較明確的關鍵點，並可就此做概括性的探討（1990: 5-6）。只要我們承認，「敘述」乃構成歷史論述的必要條件，歷史論述就必須仰賴某些統攝的概念。台灣文學史作所面對的問題不是去除敘述，而是**在建構歷史敘述時慎重考慮下列兩點：㈠必須避免陷入以壓迫／反壓迫二元對立（殖民／反殖民；父權／反父權；官方文學／民間文學等等）為架構的線性發展敘述；㈡支撐歷史敘述的主軸除了超越二元對立，延展線性為空間化的歷史論述之外，必須座落於台灣不同位置觀點的創作的最大交集處。換言之，支撐這套台灣史的主要論述概念必須能夠涵蓋在台灣這塊土地上從不同族群、性別、性取向、階級觀察出發點的創作，而且在這個史述架構裡，上述創作切入觀點都平起平坐，無主從之分。**

我認為，如果要照顧上述兩點，又強調台灣文學的殖民地性格的話，台灣文學史或許可以「現代性的追求」做為敘述的主軸，探討台灣文學創作如何回應現代化衝擊過程裡台灣社會產生的問題。目前的台灣史述在討論「現代性」時，往往只注意到「現代性」與資本主義的相輔相成，而未對「現代性」這個概念作明確的定義，也未照顧到其他重要的層面與台灣社會互動所產生的問題。什麼是「現代性」？「現代性」不等於資本主義，而是多重力量在歷史上糾纏互動的結果。我認為*Modernity and Its Futures*的三位編者所提出的定義頗可參考，由於這個定義乃下文討論台灣歷史敘述的關鍵，特列出原文以便讀者對照：

> 「現代性」乃是某些不同歷史過程在特定歷史狀況裡一起作用所構成。這些過程包括

政治的（世俗國家和政治體的興起）、經濟的（全球資本主義經濟）、社會的（階級的形成以及進階的性別與社會勞力分工）、文化的（從宗教轉變到世俗的文化）。「現代性」……是這些力量和過程的總和；沒有哪一個所謂的「主要過程」就足以產生「現代性」。

[Modernity] was constituted by the articulation of a number of different historical processes...working together in unique historical circumstances. These processes were the political (the rise of the secular state and polity), the economic (the global capitalist economy), the social (formation of classes and an advanced sexual and social division of labour), and the cultural (the transition from a religious to a secular culture). Modernity...is the sum of these different forces and processes; no single “master process” was sufficient to produce it. (1992: 2)

這個對「現代性」的定義主要是修改Anthony Giddens在*The Consequences of Modernity*所提出的看法得來。Giddens認為「現代性」基本上乃四個制度層面（institutional dimensions）互動而產生。他以一個簡單的圖形展現這個概念：

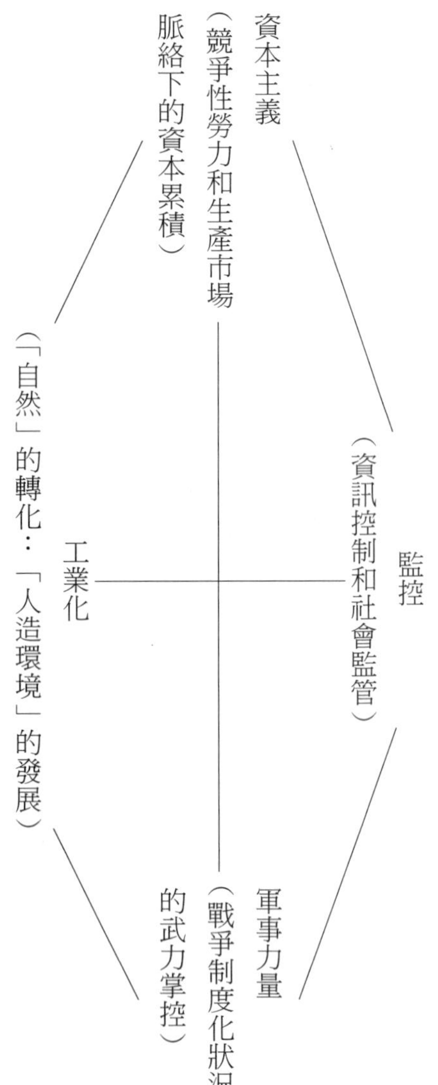

另外，David Held的"Liberalism, Marxism and Democracy"在延伸Giddens的論點之時指出，Giddens的理論偏重政治經濟結構而忽略了「現代性」的文化層面。Hall因而在現代性的定義加進文化層面的考量，並把對「民主」、「自由」的追求視為「現代性」的重要產物。這套「現代性」的理論不訴諸二元對立的線性敘述，改用關照多元勢力互動糾纏的過程來解釋歷史，用來當作台灣（文學）史的敘述基調，或許能解除目前台灣史述依賴二元對立線性結構所產生的困境，並進而整合台灣文學研究裡不少分裂或看似無法統合的議題和文學現象。

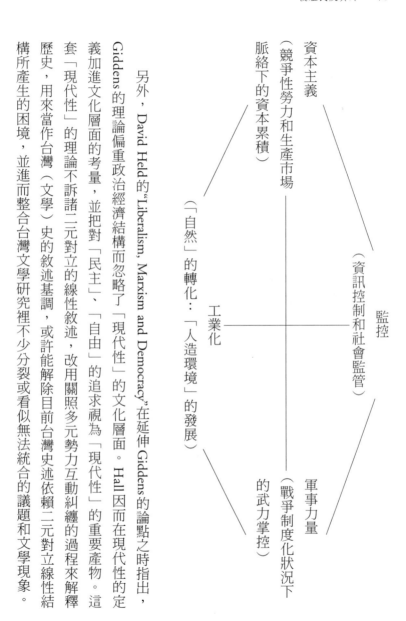

長久以來，台灣文學傳統裡即存在著左右兩翼路線的衝突，台灣抗爭文化運動究竟應以民族或以階級為主要解放目標，往往是爭論的焦點。日據時代台灣文化協會的分裂（施淑 1997: 3-28）、鄉土文學論裡暗潮洶湧的多方意識形態角力（向陽 1994: 86-93）是最常被提到的例子。如果我們不二選一，改採「現代性」的概念做為台灣歷史的敘述主軸，則承襲民族解放的文學論述傳統（亦即，強調政治面的改革）和關懷階級（強調現代化過程裡台灣經濟面問題）的文學傳統都可以兼容並蓄地涵蓋在史家敘述之內，且不至於造成目前台灣史述深受其困的主從之分。日本對台進行的殖民主義原本和其推展資本主義的意圖密切結合，這過程當中，從日本殖民引進的近代「國家」概念對台灣的居民產生莫大的衝擊。日據以降，台灣本土運動逐漸發展出來的獨立國家運動，應可視為台灣在現代化過程裡逐漸成形的目標之一。同時，從日本殖民開始，到戰後台灣在中共民族解放威脅之下，投靠美國勢力，被吸納進以美國為首的全球資本主義系統裡，台灣在此過程裡所經歷的勞工剝削、跨國企業和資本主義消費社會的種種問題一向是台灣左右兩翼鄉土文學的書寫重點。以「現代性」置換目前台灣史述所採用的「反殖民」對抗「殖民」為敘述主軸，應可更加周延地照顧到左右兩翼作家對這些問題不同觀點的書寫，避免作家與史家國家認同立場不同而產生的作品評估困擾。

以「現代性」取代「反殖民」為台灣文學史述主軸可能創造的論述空間，或許更展現在史家對女性文學和原住民文學、同志文學時的處理。如同前面論述所提到的，以「反殖民」

為統攝概念的文學史述即使觸及女性文學、同志文學、原住民文學甚或台灣後現代風格文學，仍無法逃脫邊緣化這些另類文學的論述取向，因為這些創作實在難以納入史家所採取的「反殖民」敘述架構。相較之下，「現代性」概念裡所帶出的「民主」、「自由」的追尋卻可用來鋪陳弱勢族群創作的脈絡；許多女性文學和原住民文學或許和「現代性」裡國家民族認同的打造不甚相干，卻與「現代性」產生過程裡社會形態的轉變大有關係。我想要在此特別澄清的是，以「現代性」的追尋做為台灣文學史敘述的主軸，並不表示台灣文學創作一致擁護「現代性」。各個時期的台灣文學創作與「現代性」的對話都呈現相當複雜的狀態，立場並不一致。同屬本土傳統裡的論述對「現代性」的態度也矛盾衝突（Liao 1999）。

除了在本土抗爭文學左右翼立場衝突當中創造折衝空間，以「現代性」的概念做為台灣史敘述重點亦可彌補現今台灣史敘述「在地性」有餘，「國際觀」不足的缺陷。以殖民／反殖民為思考重點史述，往往過分集中討論台灣土地上的權力鬥爭，而忽視了台灣與「世界潮流」積極互動的層面，以至於對在地的關注有餘，卻缺乏以一個宏觀的全球版圖視野來觀看台灣的歷史。如果台灣文學史能解脫殖民主義對史家歷史視野的限制，不再以殖民／反殖民來架構台灣歷史，轉從「現代性」的觀點來探討台灣文學創作所展現的台灣現代化經驗過程裡的種種人民生活與台灣社會的面向，則不僅能堅持本土論述傳統裡「書寫土地、書寫人民」的原則，更可將台灣的歷史放在宏觀的全球歷史架構裡來關照。Giddens認為，「現代性意指十七世紀左右出現於歐洲，隨後或多或少影響全世界的社會生活和組織形態」（1990: 1）。不可否認地，從日據以降，台灣近代的歷史是一部與「現代性」瓜葛糾纏的歷史。「現代性」的種種制度組織（如國家、資本主義經濟模式和工業化生產模式）和許多「現代性」的概念——諸如民主、自由等等——在在衝擊台灣的文化。史料顯示，台灣文化運動者念茲在茲的是如何「啟發民智」，使台灣「趕上世界潮流」：日據時代台灣新文化重鎮的《台灣民報》在發刊詞中便強調，當時西方思潮大變，尋求自由平等已蔚為風潮，台灣須努力提升民智，以求成為「世界文明人」的一員。而台灣新文化運動的重要刊物《台灣青年》在宣言裡也提及，發刊的目的「期應世界之時勢，順現代之潮流，以促進我台民智。」而〈《台灣青年》發刊之趣旨〉同樣流露不甘人後，追求世界潮流的心情：「夫欲啟發社會之文明，必先吸收高尚之文化，尤當順應世界之潮流，然後可使民智日開」。而所謂「現代之潮流」豈非「現代性」全球化的趨勢？以反殖民抗爭做為台灣（文學）史的敘述基調只照應到這個歷史過程裡的片面，忽略了其他複雜的面向，也未充分探討台灣與此全球化潮流的互動關係。如同葉石濤先生所說的，一部台灣文學史是一部「台灣民眾反抗，抗議殖民統治」的歷史，也是台灣民眾「尋求自由民主以及追求『政治』『經濟』『社會』平等的真實記錄」。唯有進行史觀的改革，使台灣文學史的敘述能涵蓋這多重層面，避免陷入單面的關照，台灣文學史的新格局方能展現。

引文書目

中文部分

丁鳳珍。1996。〈台灣日據時期短篇小說中的女性角色〉。台南：國立成功大學中國文學研究所碩士論文。

向陽。1994。〈打開意識形態地圖——回看戰後台灣文學傳播的媒介運作〉。《當代台灣政治文學論》。鄭明娳主編。台北：時報文化。73-105。

沈乃慧。1995。〈日據時代台灣小說的女性議題探析（上）〉。《文學台灣》15 (1995.7) : 284-304。

——。1995。〈日據時代台灣小說的女性議題探析（下）〉。《文學台灣》16 (1995.10) : 167-203。

林芳玫。1994。《解讀瓊瑤愛情王國》。台北：時報文化。

林瑞明。1996。〈國家認同衝突下的台灣文學研究〉。《台灣文學的歷史考察》。台北：允晨。73-92。

林載爵。1979。〈五四與台灣新文化運動〉。《五四研究論文集》。汪榮祖編。台北：聯經。235-61。

施淑。1997。〈文協分裂與三〇年代初台灣文藝思想的分化〉。《兩岸文學論集》。台北：新地文學。3-28。

陳芳明。1999。《台灣新文學史》，從一九九九年八月開始在《聯合文學》分章刊載。

許俊雅。1995。《日據時期台灣小說研究》。台北：文史哲。

彭瑞金。1991。《台灣新文學運動四十年》。台北：自立晚報。

葉石濤。1979。〈台灣鄉土文學史導論〉。《當代中國新文學大系：文學論爭集》。何欣編選。台北：天視。426-446。

——。1987。《台灣文學史綱》。高雄：文學界。

——。1990。〈開創台灣文學史的新格局〉。《台灣文學的悲情》。高雄：派色文化。91-95。

——。1996。〈《台灣文學集》序〉。《文學台灣》18 (1996.4) : 16-17。

游鑑明。1992。〈有關日據時期台灣女子教育的一些觀察〉。《台灣史田野研究通訊》23 (1992.6) : 13-18。

劉心皇。1981。〈導言——自由中國文學三十年〉。《當代中國新文學大系：史料與索引》。劉心皇編著。台北：天視。1-358。

楊千鶴。1995a。〈殷切期待更慎重的研究態度〉。《文學台灣》16 (1995.10) : 331-4。

——。1995b。〈我對日據時代台灣文學的一些看法與感想〉。《文學台灣》16 (1995.10) : 38-54。

鐘麗慧。1987。《織錦的手：女作家素描》。台北：九歌。

龔鵬程。1997。〈台灣文學四十年〉。《台灣文學在台灣》。板橋：駱駝。39-92。

英文部分

Giddens, Anthony. 1990. *The Consequences of Modernity*. Cambridge: Polity P in Association with Basil Blackwell, Oxford, UK.

Held, David. 1992. "Liberalism, Marxism and Democracy," *Modernity and Its Futures*. 13-60.

Liao, Hsien-hao 1999. "Nativism at the Crossroads: *Fin de Siècle* and Local Resistance," Paper presented at the Eighth Quadriennial International Conference on Comparative Literature (August 27-29, 1999).

Soja, Edward W. 1996. *Thirdspace: Journeys to Los Angeles and Other Real-and-Imagined Places*. Combridge, Mass.: Blackwell Publishers.

Hall, Stuart. David Held and Tony McGrew. Eds. 1992. *Modernity and Its Futures*. Cambridge: Polity P in Association with the Open University.

Williams, Raymond. 1977. *Marxism and Literature*. Oxford: Oxford UP.

落後的時間與台灣歷史敘述
——試探現代主義時期女作家創作裡另類時間的救贖可能

台灣文學落後的時間性

在當代有關後殖民時代印度歷史重建的討論當中，最棘手的一個議題即是印度的「現代性」問題以及其與歐洲殖民國歷史的關係（Prakash 1992: 369-76; Chatterjee 1993: 14-34; Chakrabarty 1997: 226-30）。問題的焦距在於「時間」：如果採用社會學概念視資本主義的進化程度和國家（nation-state）的建立為「現代性」之兩大重要面向的話（Giddens 1990: 59），印度歷史敘述面對的是難以克服的「落後」和「缺陷」問題。因為，在如此「現代性」想像架構之下，所謂的「現代」必然是歐洲先而第三世界國家落後，第三世界國家充其量也只能追尋在全球現代化敘述當中「先進」西方國家的腳印，複製他們已擁有的「現代性」。這樣的歷史敘述難逃「不足」、「缺陷」、「落後」等等聯想（Chakrabarty 1997: 238-9）。如何擺脫這樣的歷史敘述方法成為後殖民印度歷史史學方法反省的一大重點，因為唯有擺脫這樣「落後的時間性」，印度的「後殖民」歷史時刻才有浮現的契機。

這個時間夢魘見諸於中國文學（王德威 1998: 54；李歐梵 1996: 229-30），也見諸於台灣文學。就台灣這個場域而言，「落後的時間感」不僅隱藏於台灣文學（歷史）敘述，事實上，還可能是啟動台灣文學歷史流程的一大動力。台灣文學敘述往往視日據時代台灣文化運動為台灣文學的奠基時期，許多台灣文學日後的爭論都在此時開始浮現。我在一篇文章裡提到，日據時代台灣文化運動者念茲在茲的是如何「啟發民智」，使台灣「趕上世界潮流」（邱貴芬 2000: 333）。當時台灣新文化重鎮的《台灣民報》在發刊詞中便強調，當時西方思潮大變，尋求自由平等已蔚為風潮，台灣須努力提升民智，以求成為「世界文明人」的一員。而台灣新文化運動的重要刊物《台灣青年》在宣言裡也提及，發刊的目的「期應世界之時勢，順現代之潮流，以促進我台民智。」而〈《台灣青年》發刊之趣旨〉同樣流露不甘人後，追求世界潮流的心情：「夫欲啟發社會之文明，必先吸收高尚之文化，尤當順應世界之潮流，然後可使民智日開」。這些重要的刊物宣言流露的想要急起直追的心情隱然指向「落後的時間」的危機意識。批判傳統社會習俗以達「啟發民智」之效，建立台灣人的信心，再從此發展出反殖民的意識，這是日據時代新文學運動者所勾勒的台灣歷史旅程。解讀葉石濤先生對一九三〇年代所爆發的台灣語文運動的描述，我們看到了隱藏於後的台灣文學「現代性」的焦慮：

> 語文是抗日民族運動中最重要的一環，給民眾灌輸民族意識，授以打破迷信陋習的觀念，衛生常識的培養，以改革台灣社會結構，促進現代化，獲得民族解放，必須依靠普及民眾的語文才行——這就是台灣話文的構想萌芽的基礎。（葉石濤 1987: 25-6）

同樣的「落後的時間感」在戰後現代主義文學運動裡扮演重要的角色。呂正惠（1992）認為，「五〇、六〇年代的現代主義是配合著五〇、六〇年代的現代化，湧進台灣社會的西方事物」（25）；現代主義作家「接受現代主義就正如當時台灣的民眾接受西方的現代化產品那麼容易。經濟要現代化，生活要現代化，文學也要現代化」（23）。不過，我們卻也記得，台灣現代主義時期相較於西方的現代主義，在時間上晚了將近半世紀。評述家通常認為，台灣現代主義模仿操弄西方現代主義文學的形式和語言，卻架空了西方現代主義在其歷史時空環境所展現的實驗和創新精神（Chang 1993: 64）。時間上的落後似乎注定了台灣的文學和歷史只能是西方的「仿冒」和「盜版」。往後發生在台灣的文學風潮——無論是後現代或後殖民、甚至與建國工程密切相連的鄉土文學，都只能看作是同一條「現代化」時間軸上落後於西方的無創意抄襲。難道這是殖民地台灣不可翻轉的歷史命運？

現代主義與「現實」時間

日據時期的台灣新文學運動在發展的過程當中，雖然終極目標仍是台灣的「現代性」，但是在過程當中，為了與日本殖民政權和文化對抗，逐漸拉出一條和本土傳統文化搭上線的走向。日據時期的台灣新文學運動和戰後的鄉土文學運動由於有「本土傳統」關聯的折射，這兩個運動當中「現代性」的種種瓜葛糾纏因而隱而不彰而未見爭議。通常這兩個文學運動被視為與「現代性」站在對立面，抨擊台灣現代化過程所帶來的種種問題，而展現「回歸本土」的主張。至於所謂的「回歸本土」中「本土」和「傳統」真正的意涵究竟是什麼，反而不是討論的焦距；台灣新文學運動和鄉土文學運動背後「台灣現代性追求」的行動指標更經常被文化評論者忽略。相較之下，現代主義與「現代性」的瓜葛就引人注目得多。研究西方現代主義的學者提醒我們，現代主義和現代性的關聯密不可分；「現代主義基本上就是⋯現代性的追尋」（Călinescu 1987: 77-8）。但是，在文化領域裡，所謂的「現代性」起碼有兩個互相衝突的面貌：一者是西方中產階級源於啟蒙主義的「現代性」概念，充滿對人類歷史進展和科技文明的信心，另一者則是對這樣的信念的質疑和反叛（Călinescu 1987: 41-2; Harvey 1990: 12-3）。而文學的現代主義也包含了現代和反現代這互相衝突矛盾的兩個拉力：現代主義的現代傾向，展現於反傳統權威的姿態、對創新和形式實驗的興趣；其反現代則展現於揚棄進展性歷史觀、對理性的批判，以及意識到人類文明建立於極大的代價，其中包括過去曾有的偉大典範和傳統整體性的淪喪（Călinescu 1987: 265; Bradbury and McFarlane 1976: 46）。許多評論家認為，台灣現代主義文學最大的弊病在於其簡化了西方現代主義的複雜性，只複製了其中中產階級對「現代性」天真的擁抱，卻未關照到西方現代主義黑暗的那一面。張誦聖便指出，六〇年代現代主義運動基本上建基於西化論述，現代主義被作家視為「前衛」的象徵，流露的是對西方文明和文化的傾心與信心（Chang 1993: 8-9, 61）。

西方現代主義小說有四大特色：㈠對創作形式本身複雜性的關注，㈡對呈現內心活動的關注，㈢對表象生命和現實背後毀滅性混亂力量的關注，㈣對如何開展敘述模式的探索（Fletcher and Bradbury 1976: 393）。在台灣現代主義文學裡，這些元素也經常出現。不過，在種種模仿西方現代主義文學形式當中，最受讚揚的是現代主義作家對小說形式語言等等敘述美學的開發，而最常遭抨擊的就是以個人內心世界為描繪探討對象。通常對現代主義側重內心世界探索的這個傾向有兩種解釋：一者強調這不過是台灣現代主義作家的西化仿冒（Chang 1993: 63-4），一者則採用白先勇（1995: 111）後來所說的，作家在高壓政治環境下，為了避過政府的檢查，處處避免正面評議當前社會政治的問題，只好轉向個人內心的探索（葉石濤 1987: 115）。無論是採用哪種解釋，現代主義作家轉向內心探索都被視為無太大正面或積極的意義；前者涉及對美國文化帝國主義在台流行的批判與反省，而後者涉及承襲盧卡奇（György Lukács）一脈社會寫實文學主張的台灣文學評論家對「寫實」和「好小說」的定義（邱貴芬 2001: 14）。以盧卡奇為代表的馬克思學派文學批評主張文學之所以可貴，正在於其有助於對階級意識的體認，好的小說應該對個人與外在社會的互動多所著墨，克服個人的孤立而照見外在社會力量如何影響個人的生命。以個人內心為描寫分析重點的作品因與這個文學主張相左，故往往不得此派評論家青睞（Lunn 1985: 78-80; Colebrook 1997: 155-6）。但是，從現代主義作家觀點來看，內心層次的探討或許比著重於外在世界的描繪更貼近「寫實」（Fletcher and Bradbury 1976: 407-9）。那麼，現代主義所定義的「寫實」和傳統社會寫實有什麼區別呢？吳爾芙經典之作〈現代小說〉就這個問題的闡述通常是不可忽略的參考。吳爾芙認為，傳統寫實小說其實扭曲了「現實」。「現實」是什麼？它不是像傳統「寫實」小說所呈現的，可以納入一個直線進行的劇情敘述模式；小說家若誠心想要呈現「現實」，就必須拋棄舊有小說寫作慣常援用的一些手法，而試圖去呈現個人意識對外界感知反映的過程——無論這點點滴滴的感應是多麼零碎而無連貫性（Woolf 1966: 106-7）。這樣對「現實」的認知必然導向對時間的重新定義。西方現代主義小說的一大特色就是摒棄傳統小說慣用的直線進行展示時間架構。如果就像我們在前言裡所說的，「時間上的落後」是台灣歷史和文學的致命傷，有沒有可能我們透過現代文學作品裡攪亂了的時間，找到逃離歷史宿命的生機？底下的閱讀將以施叔青、李昂和聶華苓三位女作家現代主義時期的作品為主，來探索這個生機的可能以及它可能展現的救贖之道。通常有關這三位作家現代主義時期作品的討論，大多著墨於「性」（施叔青、李昂）或敘述結構與家國政治（聶華苓）議題。本論文則將從時間向度的開展出發，拉出一條軸線來思考本論文開始所提出的台灣歷史敘述的問題。

另類時間與空間

> 在一個被確認為不會有一件新鮮事出現的世界裏，由於一時的反抗欲望，那有一定秩序的生活格式被解體了，就在這能夠實際參與生活設計的過程，生存的情境才開始變得清晰，那便是面對含有多種組合可能的事象，以及將要由它們構成的另一生活圖樣所產生的驚悸和狼狽，還有隨著原有秩序的恢復而恢復的沮喪和倦怠。（施淑 1992: 266）

這是施淑評論李昂〈花季〉（1968）的一段文字。〈花季〉的戲劇性不來自於外在世界發生了什麼事——其實，什麼事都沒發生，〈花季〉小說的戲劇張力來自於逃課的小女孩心理的幻想和戒懼不安。李昂同時期的另一篇小說〈有曲線的娃娃〉（1970）則進一步推展施淑所說的「離奇乖戾的夢魘世界」，現實與幻覺之間的界線變得模糊難以界定。年少的李昂如是描寫小說裡一對隨著主角乳房戀物欲望日漸高漲而出現的「黃綠色眼睛」：

> 而後，深夜裡，在她從極度不安的睡夢中醒過來後，她經常可以發現那一對黃綠色的眼睛，有時候從遠處靜靜地守候著她，有時候在空中飄浮著游走，那一對黃綠色的眼睛似乎負著加重她罪惡的使命，它每出現一次，舊日的生活就以一種更尖銳的疼痛展示在她的胸中。她需要一種新的解脫力量，她於是更熱切地渴想起她的孩子。
>
> 她要那一張吸吮的孩子的嘴，她知道只有當它緊緊地吸附著她的乳房時，那一對黃綠色的眼睛才不致再出現。（李昂 1992: 52）

這對代表欲望的「黃綠色眼睛」究竟純粹是主角的想像，或是真的以具體形象（一對「黃綠色眼睛」）介入主角的「現實世界」？荒謬和夢魘雖是〈花季〉和〈有曲線的娃娃〉共有的元素，但是其中的差異值得注意。根據施淑的說法：

> 在〈花季〉和〈婚禮〉中，我們發現不論那情境如何「荒謬」，一般的事實和想像的界限大致還存在，因此小說人物對外在發生及其意義一直保持著懸疑的態度，但是到了〈有曲線的娃娃〉和〈海之旅〉，這狀態就被打破了。這時帶動小說的發展的，幾乎全是幻覺和視象（vision），而取代原有的疑慮思辨的，是一種「受蠱者不在乎一切，向目標拚命的神情」（〈海之旅〉）。（施淑 1992: 271-2）

如是徘徊於理性現實和不可思議的異類空間的張力正是所謂「怪誕」（the grotesque）文學的特色（Thomson 1972: 23）。怪誕文學和奇幻文學（the fantastic）最重要的分野就是後者擺明了是呈現現實世界裡不可能發生的事，而怪誕文學卻是腳踏兩條船，在理性現實和非理性可解的異類空間之中擺盪。怪誕文學迷人之處即在於它以一個特殊的角度呈現我們原以為熟悉得不能再熟悉的現實社會（Thomson 1972: 18），從這個新的疏離的角度再開啟激進審視「現實」的面向。在非理性可解的異類空間與理性現實交會之際，現實裡直線進行的時間被打斷，時間不再是持續性前進的流動，而展開了分裂的面向。

除了夢和幻想之外，這種非理性力量在現代文學時期女作家小說中也經常透過台灣傳統庶民社會的生活情境來展現。李昂〈婚禮〉（1968）裡主角順母親囑咐，提著一籃婚禮去尋找女兒即將出嫁的菜姑。這趟蜿蜒摸索的路程，層層通往菜姑那個古舊陰暗樓房，宛如時間的回溯之旅。在這段旅途的時間中，菜姑所象徵的充滿台灣民間信仰儀式的世界和主角習慣的有YAMAHA機車、名叫J的女友的摩登現代社會既對比又互相拉扯，原先現代生活以為已拋棄在後的民俗的世界竟再次闖入現代的時間，擾亂其理性的秩序，暴露了台灣原來不是像我們想像的，臣服於單一時間的規律，而是同時橫跨兩個時間軸——一者為日益資本主義化、工商社會化、理性化的西化時間，一者為台灣庶民社會仍貼近傳統信仰與民俗脈動的時間。這兩個時間軸同時並存於台灣社會，最明顯的引證就是台灣社會仍西曆與農曆並存並用的日常生活情境。這個李歐梵（Lee 2000: 67-92）所謂的「雙重時間感」（dual time）進一步的意義，我將稍後再探討。

李昂二姊施叔青的早期小說也出現了類似現實世界與「異類時／空間」糾纏不清的特質。〈壁虎〉（1961）裡詭異的情境主要來自於在少女主角的想像和夢裡，情欲盈溢的嫂子和肥大的黃斑褐壁虎合而為一，逼迫那理性勉強架構起來的倫理道德世界不得不正視它壓抑的非理性欲望。不過，施叔青小說更大的魅力，恐怕更在於施淑所說的她小說世界介乎陰陽界的氣氛（施淑 1993: 279）。〈泥像們的祭典〉（1968）基本上是篇沒有什麼劇情高潮起伏的小說作品，其中的戲劇張力主要來自於小說文字所召喚的意象：「如張牙舞爪的黃色符咒」的破報紙、「個個單調沉默立著」的空的泥像神龕、「好似蜿蜒地遊出一尾燦爛的紅蛇」的傾倒了的紅色染料等等。〈那些不毛的日子〉（1970）同樣也是劇情性不強，靠夢魘氣氛意象取勝的小說。施淑認為，施叔青小說裡介乎陰陽界的世界「不是單單能靠想像產生出來的」（施淑 1993: 279）；「這個任憑她呼風喚雨、五鬼搬運的恐怖世界，可以說是現實的鹿港斜陽折射出的心靈上的地誌（topography），是它代表的傳統和價值觀念的變形……」（施淑 1993: 283）。援引白先勇膾炙人口的說法：施叔青的小說世界「由幾種因素組成：死亡、性、瘋癲、及一種**神秘的超自然的力量**」（1973: 2。引者強調）；「像一些超現實主義的畫像（如達利 Dali）的畫一般，有一種奇異、瘋狂、醜怪的美」（1973: 4）。把超現實主義和施叔青的小說作聯想當然有其基礎，因為白先勇所列的施叔青小說中的四大特色正是超現實主義創作裡一再出現的主題。超現實主義展現對心理深度探討和夢濃厚的興趣（Chénieux-Gendron 1990: 113-8），透過夢和心靈的探索，超現實主義者相信可以攪亂主體對「現實」的確定感，經由欲望的挖掘進一步審視主體與它者的關係（Chénieux-Gendron 1990: 118）。李昂的〈有曲線的娃娃〉和施叔青的〈壁虎〉當然都可以從這個角度來解讀，但是，我認為施叔青小說世界裡詭異的美豔更從台灣民俗的想像萃取而來。在這陰陽界交會的地帶，時間變得游離不定，顯得勉強顢頇。

不過，我認為現代時期女作家小說中，最能借多重空間的向度開展出繁複層次意義的仍屬聶華苓的《桑青與桃紅》。這本小說原先在七〇年代之初於台灣報紙連載，卻因涉及當時白色恐怖的政治禁忌話題而被迫中途腰斬，一直到一九九七年才在台灣正式出版。白先勇認為，這部小說形式相當特別，

> 聶華苓完全放棄了編年體的敘述方式，而採用印象式（impressionistic）的速寫，每一部只集中在一個歷史轉捩點上，抗戰勝利前夕、北平淪陷的一刻等等，以濃縮時間，來加強戲劇效果。而小說的情節也沒有連貫性，作者對於主題的闡述，無疑大量借重了象徵……聶華苓顯然選擇了一種不太容易討好的小說形式來寫《桑青與桃紅》，然而習慣

於閱讀西方現代主義文學作品的讀者，對於《桑青與桃紅》中比較晦澀的部分，應該不會感到困難吧。（白先勇 1997: 278-9）

把《桑青與桃紅》視為台灣現代主義時期的代表作之一應不為過。

小說的第三部是主角桑青的台北日記（一九五七夏——一九五九夏）。桑青與夫家鋼躲藏在蔡家閣樓之上躲避警察的搜索，在肅殺恐懼的氣氛中度日如年，終日無所事事，寫一則則的逃亡故事排遣時間，卻只更反射出無路可逃的困境。蔡嬸嬸病危之際，精神已瀕臨崩潰邊緣的桑青走下閣樓，成為蔡叔叔的女傭兼情婦。小女兒桑娃的日記如此記載：

爸爸媽媽都有身份正，媽媽說身份正就是正明你是合法的人，我十歲了還沒有身份正，媽媽說各樓的人是沒有身份正的人，外面的人才要身份正，他們沒有身份正就要坐牢，我恨死媽媽天天晚上到外面去，爸爸說她出去找男人，她要丟我們了，我要把她的身份正撕掉，

……

媽媽天天晚上出去，爸爸說她呀她出去吃男人，我問他是不是吃一個男人就收一個身份正項鍊，爸爸不懂我的話，媽媽真的帶回來一大箱身份正項鍊，我用灰面口袋做了許

多洋囡囡，每個洋囡囡掛一個身份正項鍊，媽媽吃了外面的人就要吃爸爸和我，我不是男人她大概不會吃，我要跑走和人私奔，我是不吃人的，小不點兒說人肉像西瓜又紅又甜，我想人肉不好吃，我肯肯自己的指頭只有一點咸味道，（1997: 177-8）

桑娃想像母親成了吃人殭屍，顯然源自於桑青先前對桑娃轉訴的一個台灣南部殭屍吃人的故事，這個故事乃是桑青無意中偷聽到閣樓下院子中蔡叔叔和友人茶餘飯後的談話而來。故事中一位頗負豔名的妓女突然自殺，遺書裡寫道：「我這次的死只是為了好玩，嚐嚐死是什麼味道。」村裡傳說，死後的妓女變成殭屍吃人，且偏愛吃年輕男子。最後，村裡台北回來的一個年輕男子不信邪，

他要救赤東村的人。他主張焚燒殭屍。沒人敢碰殭屍墳上一把土。沒人敢把殭屍扛到火葬場。清仔拿了一把鏟子。打碎墓碑。鏟開墳土。打開棺材。原來是一個活生生的睡美人。粉紅灑金衣服。黑黑的長髮。圓滾的胳臂。眼睛瞪著天。清仔在屍首和棺材四周澆上汽油。一把火從清早燒到半夜。傍晚時候清仔用木棍挑起屍體的腸子。腸子滴著血。血滴在墳草上。一股薰煙夾著血腥和青草香。一股輕微得察覺不到的風帶著那股氣味吹遍了赤東村。

> 村子裡人說殭屍吃人的時候他們聞到的就是那股氣味。
> 殭屍焚化後的第四天。清仔也突然死了。（1997: 166-7）

這段文字頗能代表故事裡美豔殭屍的性與死亡糾纏難解之恐怖暴力美學。在懵懵懂懂的女兒認知裡，以偷情為手段，走出閣樓封閉的空間換取短暫自由的母親成為女兒想像裡吃（男）人的殭屍。閣樓的鬧鐘已經停擺，象徵閣樓裡呆滯的時間。如果桑青是出外吃人的殭屍，那麼，閣樓豈不就是時間運轉已經停止的墓穴？桑青這部分日記乃是借多重時間架構而成，其中起碼包括了閣樓外仍繼續前進的歷史時間（其標示就是日記中引用的西曆：一九五七年夏天、一九五八年夏天、一九五九年夏天）、閣樓裡因囚禁而停滯的時間（其標示為永遠停在十二點十三分的時鐘）以及那如真似幻卻對小說角色關係有重大影響的鄉野傳奇（看似停滯不動，卻又在口耳相傳和想像中能一遍遍「回魂」的神話時間）。這三重時間的交織，召喚（現在幾乎已被遺忘的）五〇年代台灣那滯悶恐怖的歷史情境。

這些現代主義代表作家作品裡的鄉土元素（以及其涉及的時間問題），除了讓我們再次省思台灣文學史斷代系統以「現代文學」標示一九六〇年代文學所產生的問題之外（邱貴芬 2001: 15-6），究竟還能開發出什麼樣更激進的思考方向？

鄉野傳奇的激進意義

鄉土題材在台灣文學評論裡當然有相當重要的分量。不過，通常評論的論述重點，主要在探討這些文學作品裡如何呈現被壓迫的台灣底層勞動階級，或是作品如何呈現台灣從農業「過渡」到資本主義工商社會過程中產生的種種問題，至於作家筆下所營造的鄉土世界裡，怪誕非理性可解的那些層面往往未受到重視和探討。這樣的論述傾向可能牽涉幾個意識形態假設。最看重鄉土文學題材並致力於此類文學論述開發的台灣本土論述，自覺性地傳承日據時代台灣新文學運動的傳統，而新文學運動最重要的目標之一即是破除傳統迷信，啟發民智，以便讓台灣躋身現代化國家。怪誕鄉野傳奇和民俗信仰在此類文學傳統脈絡的論述中自然不是評論家著力之處。另外，與政治改革運動關係密切的本土論述其實受到傳統馬克思主義階級解放敘述不少影響，側重小說如何反映現實社會裡的不公不義和權力壓迫結構，鄉土社會中的怪誕層面難以放入這個思考層面來處理。在此情況下，重新開啟鄉土怪誕傳奇的探討，除了反動的浪漫鄉土懷舊，可能展現什麼樣較激進的歷史敘述意義？

在前面作品的探討當中，我提到，透過鄉土傳奇和庶民浸淫於傳統信仰的生活情態，我們意識到台灣並非臣服於單一時間規律之下，而是橫跨兩個時間軸，現代資本主義工商世界的時間和傳統民俗儀式時間並存。前者時間規畫「現代化」的步調，是往前看的。後者呢？

難道只能解釋為往後看的、反動的時間觀嗎？如果說，台灣（文學）在「現代性」的追求時間軸上的落後使得台灣文學的創作和歷史敘述不得不落入「仿冒」或「抄襲」、「複製」的嫌疑，那麼，是否可能透過對「現代性」的批判而找到台灣文學／歷史敘述的另一條出路？而對台灣「雙重時間」的認知——台灣傳統鄉土時間不必然與西洋服膺的理性現代化時間是前後的關係，而可能是同時並存的——可否成為台灣批判「現代性」的切入點，進而逃離現代性前進敘述想像的主宰，而開啟翻轉「落後的時間感」的契機？

日據時代台灣文學運動者呼籲台灣必須「順現代之潮流，以促進我民智」，所謂「順現代之潮流」只得應當就是「現代性」的追尋。必須注意的是，政治和經濟上的現代化固然是「現代性」的重要層面，「現代性」卻還包涵文化的層面——其中相當重要的是現代性的文化敘述（Tomlinson 1991: 153）。敘述是人類重要的文化活動，因為透過敘述，我們才能讓經驗和生命產生意義（Miller 1990: 69）。透過敘述，陌生的、創傷性的經驗漸漸被收攏到一個我們熟悉的故事原型裡，而最後變得看似合理。經由這樣的過程，創傷性的經驗不再被排斥，而我們得以克服最初的傷痛而繼續存活（White 1986: 399）。像工業化、資本主義經濟活動這些對人的生活型態和生命情境造成重大衝擊的經驗當然也需要文化敘述伴隨，才能合理化它的存在。湯林森（John Tomlinson）引據卡斯托雷帝司（Cornelius Castoriadis）的說法，現代性的文化敘述提供的最重要的想像就是「進展敘述」（narrative of development），讓我們誤以為人類的歷史必然沿著一條線性直線的時間軸永無止境地進展，但是在西方「現代性」的路程卻只見到「量」的膨脹進展，而無法真正提供提升「質」的文化發展出路（Tomlinson 1991: 159）。如同反省印度史學類似困境的學者所說的，拒絕現代性回歸傳統是行不通的（Chakrabarty 1992: 243）；第三世界國家固然不必抱持浪漫懷舊的想像單面頌揚傳統而全盤否定現代化所帶來的正面衝擊。但是，認知「現代性」敘述裡「進展」的迷思卻是抗拒文化帝國主義的起步。

深入探討「現代性」種種問題的班雅明（Walter Benjamin）曾以超現實主義的前驅畫家克立（Paul Klee）的一幅畫來闡述歷史的前進不過是層層疊疊毀滅的災難（Benjamin 1992: 249），文化工作者最艱難的挑戰乃在於拯救歷史流程當中願景（vision）突然呈現的那幾個寶貴的片刻，不隨時間的流逝而遺忘毀滅（Benjamin 1992: 252; Wolin 1994: 48）。歷史記憶因而非常重要，因為只有在這個動作裡，毀滅性的前進時間被打斷，而救贖的可能驀然顯現。不過，呈現歷史並非「讓過去自然地表現它的原貌」，事實上這只是個迷思。史學家告訴我們，訴說歷史，先決條件就是意識到任何歷史事件起碼都有兩個以上的版本（White 1987: 20），歷史敘述這個動作離不了爭奪論述權（White 1987: 13）。班雅明認為，訴說歷史其實就是搶救歷史，不僅僅是把歷史從毀滅性的前進時間當中搶救出來，而且也是介入歷史的詮釋危機（Benjamin 1992: 247; Wolin 1994: 50）。

把焦距再拉回到台灣現代主義作品的時間是否可能開啟台灣文學／歷史敘述救贖契機的問題。我將以上述班雅明歷史救贖的概念做為基礎，透過李昂近作《自傳の小說》(1999)，繞個圈子來探討這個困難的問題。先前討論中，我們看到現代主義文學的特色包括：深層心理刻畫、非理性世界和理性世界的跨界糾纏、鄉土傳奇融入小說世界、以及多重時間的交錯。這四個特色往往並非獨立存在而是互為因果。李昂以現代主義作家之姿崛起於六〇年代末的台灣文壇，之後現代主義的小說特色雖然持續在李昂小說裡出現，但是，李昂的小說往後二十年的發展卻仍屬寫實主義的範疇，即使〈殺夫〉、《迷園》、〈彩妝血祭〉這樣有夢魘氣氛的作品也不例外。《自傳の小說》可說是李昂重訪現代主義時期創作傾向的作品，所有我們所提到的現代主義特色都在這部小說裡得到淋漓盡致的發揮。名為「自傳の小說」，主角是台灣早期台共領導人謝雪紅，但是敘述觀點的「我」卻擺盪於謝雪紅和一個生於謝雪紅之後、聽她三伯父講謝雪紅和其他鄉土傳奇故事長大的女孩之間。換句話說，這個小說敘述裡的「我」有時是謝雪紅，時而是聽謝雪紅故事的「我」，更甚者，有時是三伯父口中那些流傳在庶民社會鄉土故事裡「嫁給蛇郎君的三女兒」、「荒野裡等待書生的狐狸精」、「歌仔戲裡咬舌自盡的貞節烈女」、「王昭君」、「夜暮低垂時把頭摘下在梳妝檯前以便梳理長髮的女鬼」等等。小說裡的「我」層層重重，一方面指涉有關女性「性」的隱密和欲仙欲死的情境，卻也一方面在時空穿梭交錯當中把「我」和謝雪紅以及兒時記憶裡歷史中、傳說中的多重女人影像重疊。如同李昂在書的封面所指出的，這部書不僅是自傳或謝雪紅的傳記，更是百年來台灣女人的傳記。

在這個極接近班雅明〈說書人〉（"The Storyteller"）（Benjamin 1992: 83-5）所描繪過去傳統社會社群經驗情境裡，個人和集體歷史記憶交融。而當社會逐漸現代化、過去農業社會廟口老少群集聽故事的歷史情境已然不再之時，小說透過歷史記憶的召喚，搶救了這些即將被遺忘的時間。值得注意的是，這並非浪漫的懷古守舊。集體記憶中的鄉土傳奇和這些故事傳承的歷史經驗顯然是「我」成長過程深刻的烙印，但是，我們卻也注意到，敘述的「我」是如何竄改這些故事在三伯父講述時被賦予的意義。過去的時間打斷現在時間的進行，而現在的時間也介入過去的時間，在重重疊疊來回穿梭當中，謝雪紅和三伯父故事裡以及兒時所看到的歌仔戲裡的各個不同的（歷史中的）女人，她們的故事和她們所代表的意義逐漸從傳統忠孝節義框框所定義的意義裡解放出來。這樣的「自傳」寫作策略，「我」和異時異地不同的「她」透過記憶召喚的片刻交融重疊，在心理刻畫的描述當中，現在「進入」了過去，或是說，過去「進入」現在，不僅逝去的台灣農業社會社群活動情境再次於（敘述）現在的時間中展開，而且，歷史記憶不再是像傳統歷史敘述那般，「客觀」地被呈現，而是在「主觀」的意識活動中，成為「我」主體形塑／呈現過程的主要內容——小說裡敘述觀點的「我」除了聽故事、重述篡改聽來的故事之外別無其他活動；而整部小說敘述無異是這個「我」在與歷史記憶對話過程當中逐漸形成／展現（重重疊疊）「主體」的「自傳」。

從女性主義角度來看，透過這樣的歷史召喚，「我」介入了歷史詮釋危機，搶救了謝雪紅，也搶救了歷史上、鄉土傳說中我們耳熟能詳的那些被視為「禍水」原型的「壞女人」。歷史和傳說中「壞女人」的定義和意義從此必須要以較審慎的態度來探討。不過，既然這部小說以謝雪紅和她的一生做為書寫對象，謝雪紅當然是最重要的搶救對象。謝雪紅是台灣刻意被壓抑的歷史；她身為早期台灣共產黨重要組織分子和領導人的身分，以及她後來在二二八事件裡率領二七部隊與國民黨部隊在埔里對抗的事實，都使得它成為台灣不可訴說、必須被強迫遺忘的歷史。為謝雪紅立傳當然是搶救台灣（被壓抑、被遺忘）的歷史，搶救謝雪紅。但是，搶救謝雪紅也是介入歷史詮釋，這不僅是把謝雪紅從國民黨和中國共產黨抹黑、負面的歷史記載中搶救出來，也是把謝雪紅從崇高的革命家這種歷史定位的歷史傳記呈現中搶救出來。通常歷史敘述不觸及的女性情欲在此成為重要的書寫策略，在正面傳記當中往往被有意或無意稀釋處理的謝雪紅複雜的感情關係在小說裡成為重點，既藉此反省女性主體性和女人的道德定義，也提供反省歷史書寫的空間。謝雪紅不一定要那麼「政治正確」才可以召喚回來納入台灣史中；書寫台灣歷史也不一定非要絕對地（符合各類主流歷史書寫要求的）「政治正確」才算正確的歷史寫法。

就本文關切的重點而言，《自傳の小說》進一步發揮現代主義文學的寫作策略，推展其開創的空間，透過深層心理刻畫，讓現在與過去多重時間交錯，被壓抑或遺忘的歷史記憶因而得以復活，這些龐雜的記憶被創意性地挪用來介入歷史書寫（如：如何撰述歷史人物傳記？）和探討當代關切之重要文化議題（如：女人的定義和女性主體性的問題）。更重要的，鄉土傳奇在這部小說裡扮演極其吃重的角色，不是像一般鄉土小說一樣只是被用來營造傳統社會情境而已，而是在其影像重重疊疊過程當中架構出自傳中的「我」。傳統庶民傳說信仰不再被視為無稽而排除在小說世界之外，或是邊緣化；這樣的書寫傾向無形中顛覆了台灣接收西方「進展」敘述中所強調的理性世界觀，而過去與現在穿梭交錯的多重時間敘述模式更藉著打破「進展」敘述所依賴的線性時間前進，讓台灣傳統庶民情境重生，並且在現在的時間裡扮演重要的角色（如：兒時聽故事的記憶和聽到的鄉土傳奇介入敘述的「我」形塑過程），不至於在現代性的追求中逐漸湮滅。班雅明認為：

> 「人類歷史乃是進展的」這樣的概念和「人類歷史乃是依循同質性空洞的時間進行」這樣的概念是無法分開的。對這樣前進概念的批判必須是任何批判「進展」理念的基礎。

The concept of the historical progress of mankind cannot be sundered from the concept of its progression through a homogeneous, empty time. A critique of the concept of such a progression must be the basis of any criticism of the concept of progress itself. (1992: 248)

如果說，消解台灣文學和歷史「落後的時間感」之先決條件是，反叛西方文化帝國主義影響之下台灣接收的西方「進展」時間的敘述和信仰，現代文學所開創的多重時間或許開啟了台灣文學和歷史敘述救贖的一線生機。建基於理性和非理性的交會地帶，橫跨台灣傳統庶民社會和現代社會的時間架構，這樣的多重時間突破了現代理性的、線性進行的時間，而讓台灣傳統的元素不僅不至於在「現代性」的追求當中泯滅，反而可能在其間扮演重要的角色，而又避開了浪漫懷舊的傳統鄉土想像危機。李昂記憶台灣歷史和庶民情境，並進一步挪用這些記憶來塑造現在並反省傳記和歷史書寫方法的策略，可說具體展現了實踐顛覆現代性敘述的方法。

廖朝陽曾在一篇極有見地的文章裡反覆辯證歷史過去和文化遺產可能帶出的激進政治意義。召喚歷史不應只被簡單地視為反動盲目的懷舊，反可藉著時間的多層重疊帶出未來的希望。對過去的眷顧其實表達了想要介入現在形塑過程的欲望；換言之，過去和歷史所提供的並非只是凝固不動的世界，而是與現在互動，並藉此讓過去和現在都得以更新的可能性（Liao 2000: 23）。廖朝陽認為，當記憶朝「非理性」靠攏時，往往帶來意想不到的效應，打斷時間並開展未來的可能（Liao 2000: 23-4）。過去和「傳統」因此可能代表相當豐富的寶庫，提供「介入現在」的重要契機（Liao 2000: 24）。本文對李昂《自傳の小說》裡多重時間和民俗元素的解讀正可與廖朝陽的這番說法互相印證。

在前面我提到，本土文學論述者對現代主義評價不高，其中相當重要的原因之一就是承襲盧卡奇種種對十九世紀寫實主義小說的讚揚和對二十世紀初現代主義文學的批判（Lunn 1985: 84）。但是，我們當然也知道，在馬克思文學批評傳統裡，盧卡奇的這些看法也遭到相當大的質疑，班雅明（Walter Benjamin）和阿多諾（Theodor Adorno）就提出不同的看法；前者以現代視覺藝術為例，後者透過音樂的探討，都認為現代主義作品有激進政治意涵（Arato and Gebhardt 1982: 185-224; Lunn 1985: 242-79）。參考這些相關的辯證，也許有助於我們重新評估被稱為「異向的」（alternative）文學（張誦聖 1995: 56）。本文企圖提出一個觀點：「落後的時間性」是把台灣文學和歷史敘述放在全球版圖來觀照時必須面對的課題，而翻轉這個台灣文學和歷史「時間上落後」的位置，可能的對策就是顛覆西方「進展敘述」的時間觀，透過召喚台灣歷史記憶所架構出來的多重時間並置，找尋台灣文學和歷史敘述的救贖。李歐梵認為，西曆的引介和採用被視為中國進入「現代性」的指標，然而中國（以及華人）社會卻普遍存在著西曆與中國傳統農曆並用的現象。進一步推展李歐梵所提出的這個「雙重時間」概念，我認為台灣庶民的時間和民間社會的日常脈動其實橫跨這兩種時間軸，只不過台灣小說書寫一開始就背負了將台灣轉接進入「現代性」的包袱，庶民時間和其民俗脈動往往受到壓抑，或者只被用來烘托階級和經濟壓迫議題。正面面對台灣庶民社會的「雙重時間」意味搶救「現代性敘述」擠壓和抹滅的歷史經驗與文化的記憶。時間的負擔只有透過時間概念的改革才有卸下的可能。在雙重、甚至多重時間的架構下，所謂「落後的時間」這個只存在於線性發展時間觀的問題似乎找到了化解的可能。在此認知之下，現代文學種種怪誕背離社會寫實小說的形式和內容探索不再能夠以「抄襲西方現代主義文學」這樣的說法來解釋。現代主義小說所開展的雙重時間以及伴隨這個形式架構的怪誕元素竟無意中開啟了台灣文學與敘述救贖的契機。因為這個無意中創造出來的台灣文學出路，或許現代文學於台灣文學史裡的評價和位置也得以救贖。透過論述來尋找種種台灣文學和歷史救贖的可能，我想，應該是台灣文學批評最重要的意義吧！

引用書目

中文部分

王德威。1998。〈翻譯「現代性」〉。《如何現代，怎樣文學？：十九、二十世紀中文小說新論》。台北：麥田。43-76。

白先勇。1973。〈序：施叔青《約伯的末裔》〉。施叔青。《約伯的末裔》。台北：大林書店。1-8。

——。1995。〈流浪的中國人——台灣小說的放逐主題〉。《第六隻手指》。台北：爾雅。107-21。原文原為英文，最初在一九七四年波士頓亞洲協會年會上宣讀，由周兆祥譯成中文。
——。1997。〈世紀性的漂泊者——重讀《桑青與桃紅》〉。聶華苓。《桑青與桃紅》。台北：時報文化。274-79。原刊載於《中國時報•人間副刊》1990.1.9。
李昂。1992。《李昂集》。台北：前衛。
——。2000。《自傳の小說》。台北：皇冠文化。
李歐梵。1996。〈追求現代性（一八九五—一九二七）〉。《現代性的追求：李歐梵文化評論精選集》。台北：麥田。229-99。
呂正惠。1992。〈現代主義在台灣〉。《戰後台灣文學經驗》。台北：新地文學。3-42。
張誦聖。1995。〈袁瓊瓊與八○年代台灣女性作家的「張愛玲」熱〉。《中外文學》23.8 (1995.1): 56-75。
邱貴芬。2000。〈從戰後初期女作家的創作談台灣文學史的敘述〉。《中外文學》29.2 (2000.7) : 313-35。亦見本書。49-82。
——。2001。〈《日據以來台灣女作家小說選讀》導論〉。《日據以來台灣女作家小說選讀》。邱貴芬主編。台北：女書文化。頁3-51。亦見本書。209-57。
施叔青。1973。《約伯的末裔》。
——。1988。《那些不毛的日子》。台北：洪範。
——。1993。《施叔青集》。台北：前衛。
施淑。1992。〈文字迷宮〉。李昂。《李昂集》。265-79。
——。1993。〈論施叔青早期小說的禁錮與顛覆意識〉。施叔青。《施叔青集》。271-87。

葉石濤。1987。《台灣文學史綱》。高雄：文學界。
聶華苓。1997。《桑青與桃紅》。最初於一九七六年於香港出版。

英文部分

Arato, Andrew. Eike Gebhardt. 1982. "Esthetic Theory and Cultural Criticism," *The Essential Frankfurt School Reader*. Eds. Andrew Arato and Eike Gebhardt. New York: Continuum. 185-224.

Benjamin, Walter. 1992. *Illuminations*. Ed. Hannah Arendt. Trans. Harry Zohn. London: Fontana P. First English translation was published in 1968.

Bradbury, Malcolm. James McFarlane. 1976. "The Name and Nature of Modernism," *Modernism: 1890-1930*. Eds. Malcolm Bradbury and James McFarlane. London: Penguin Books. 19-56.

Călinescu, Matei. 1987. *Five Faces of Modernity: Modernism, Avant-garde, decadence,Kitsch*. Durham: Duke UP.

Chakrabarty, Dipesh. 1997. "Postcoloniality and the Artifice of History: Who Speaks for 'Indian' Pasts?" *Contemporary Postcolonial Theory: A Reader*. Ed. Padmini Mongia. London; New York: Arnold. 223-47. First Published in *Representations* 37 (Winter, 1992) : 1-26.

Chang, Yvonne Sung-sheng. 1993. *Modernism and the Nativist Resistance: Contemporary Chinese Fiction from Taiwan*. Durham: Duke UP.

Chatterjee, Partha. 1993. *The Nation and Its Fragments: Colonial and Postcolonial Histories*. Princeton, N. J.: Princeton UP.

Chénieux-Gendron, Jacqueline. 1990. *Surrealism*. Trans. Vivian Folkenflik. New York: Columbia UP.

Colebrook, Claire. 1997. *New Literary Histories: New Historicism and Contemporary Criticism.* Manchester; New York: Manchester UP.

Fletcher, John. Malcolm Bradbury. 1976. "The Introverted Novel," *Modernism: 1890-1930.* 393-415.

Giddens, Anthony. 1990. *The Consequences of Modernity.* Stanford, Calif.: Stanford UP.

Harvey, David. 1990. *The Condition of Postmodernity: An Enquiry into the Origins of Cultural Change.* Mass.; Oxford: Blackwell.

Lee, Leo Ou-fan. 2000. "Time and Modernity in 20th-century China: Some Preliminary Explorations," *Tamkang Review* 30.4 (2000 Winter): 67-92.

Liao, Chao-yang. 2000. "Catastrophe and Hope: The Politics of 'The Ancient Capital' and *The City Where the Blood-Red Bat Descended,*" Paper delivered at conference on "Chinese Literary Culture in the Age of Globalization: Inter-Continental Perspectives" Vienna and Salzburg (June 9-13, 1999). *Journal of Modern Literature in Chinese* 4.1 (2000.7) : 5-33.

Lunn, Eugene.1985. *Marxism and Modernism: An Historical Study of Lukacs, Brecht, Benjamin, and Adorno.* London: Verso.

Miller, J. Hillis. 1990. "Narrative," *Critical Terms for Literary Study.* Eds. Frank Lentricchia and Thomas McLaughlin. Chicago: U of Chicago P. 66-79.

Prakash, Gyan. 1992. "Writing Post-Orientalist Histories of the Third World: Indian Historiography Is Good to Think," *Colonialism and Culture.* Ed. Nicholas B. Dirks. Ann Arbor: U of Michigan P. 353-88.

Thomson, Philip J. 1972. *The Grotesque*. London: Methuen.

Tomlinson, John. 1991. *Cultural Imperialism: A Critical Introduction*. Baltimore: Johns Hopkins UP.

White, Hayden. 1986. "The Historical Text as Literary Artifact," *Critical Theory Since 1965*. Eds. Hazard Adams and Leroy Searle. Tallahassee: Florida State UP. 395-407.

——. 1987. "The Value of Narrativity in the Representation of Reality," *The Content of the Form: Narrative Discourse and Historical Representation*. Baltimore: Johns Hopkins UP. 1-25.

Wolin, Richard. 1994. *Walter Benjamin: An Aesthetic of Redemption*. Berkeley: U of California P.

Woolf, Virginia. 1966. "Modern Fiction," *Collected Essays* (Volume Two). London: Hogarth P. 103-10.

後殖民之外
——尋找台灣文學的「台灣性」

「文化中國」之外

林瑞明教授有一次應邀至中興大學演講，提到他到中國大陸參加學術會議，往往遇到中國學者對他說，台灣和中國都是「一家人」，都是「炎黃子孫」。有一次他又聽到這樣的說法，就回答：「我不是黃帝的子孫，我是蚩尤的子孫。」他的意思顯然是在駁斥台灣與中國乃「同文同種」這樣的說法。不過，雖然本土派學者應該都會支持林瑞明的看法，但是本土派的文學研究在討論台灣文學傳承或是把台灣文學放在一個比較文學的脈絡談論時，卻往往襲用「中國文學家族」的框架。以「家族譬喻」做為台灣文學研究的一種方法，必須注意兩個問題：

㈠以台灣相當流行的張愛玲系譜為例。在台灣文學研究中，許多台灣女作家都被編派進入一個所謂的「張派系譜」。雖然有些台灣女作家的確私淑張愛玲（朱天文 1996: 31-106；邱貴芬 1998: 142），但是用「家族譬喻」來串聯台灣女作家之間的關係，極易忽略了作家之間的差異性，網織出不甚可靠的文學家庭族譜。我們可以參照女性主義文學批評領域裡相關討論的洞見來看這個問題。早期美國以女性主義角度切入文學研究的學者經常致力於建構女作家系譜，論述重點在於尋找不同世代女作家創作的共同點，以便編織「屬於女性自己的」文學傳統。美國學者肖瓦爾特（Elaine Showalter）著名的《她們自己的文學》（*A Literature of Their Own*）是最佳的例子。而「文學的母親」（王德威說的「祖師奶奶」？）則成了女性文學批評裡常見的詞彙。但是，以「家族譬喻」來建構女作家系譜雖然有助於在高等教育體制裡開發女性文學的課程和支援女性文學研究，但是卻也在研究方法上造成重大的缺失：尋求女作家之間的共同性來建構文學家族，往往無法照應到作品的歷史脈絡，造成跨歷史性（transhistorical）的問題，作品的差異性易遭忽視或掩蓋，往往無助於深度、細膩地了解作家特殊的創作風格（Ezell 1993: 142-3）。張愛玲、蘇偉貞和李昂雖然都長於經營鬼氣森森的小說世界，但三者創作的風格恐怕殊異之處大過同質和重疊，以「家族譬喻」來譜織文學系譜可能漏洞甚多。

㈡另一個「家族譬喻」的文學論述問題則涉及我們把某一類作品放在什麼樣的脈絡中來閱讀，這背後的政治意義。目前把台灣文學放在一個較大架構下來探討的比較性閱讀，通常採取兩個做法：以時間軸為主的比較閱讀經常把台灣文學和早期的中國文學或文化論述作縱的連結；如果是以空間做為參照指標，則經常把台灣文學放在「兩岸三地」（中國、台灣、香港）的框架中來討論。文學論述者必須意識到這樣的論述方法其實隱含「中國文學家族」這樣的暗示，鞏固「台灣文學是中國文學的一個支脈」的傳統歷史敘述的權威性。

以家族譬喻為主要比較概念的台灣文學研究方法在台灣當然行之有年，其中牽涉的問題與以往在西方中國研究領域一個相當流行的「文化中國」的研究概念有關。這個概念首先由在美國哈佛大學東亞語言與文明學系任教的杜維明教授提出，意在重新定義「中國性」（Chineseness），鬆動傳統中國學研究以「中國」為中心的研究取向，提升台灣、香港和其他地區中文文學的地位。但是，以文學家族概念為基礎的「文化中國」其實並未撼動「中國」的高階位置，因為「文化中國」依然是「中國」，流露的仍是以「中國」為思考中心，與「中國」聯繫的欲望（Ang 1998: 231; Yeh 1998: 219）。另一方面，「中國性」所引申出來的問題不是把它變成複數，以許多華文地區來顛覆「中國」的中心位置就可以解決（Chow 1998: 24）。根本的問題是：「中國性」究竟是什麼或不是什麼？這是個難纏的問題，我將留待下文談及「台灣性」的問題時再深入探討。

以比較觀點論台灣文學，除了把台灣文學放在「中國文學家族」或是「文化中國」這樣的概念之外，我們又可能把台灣文學放在什麼樣的脈絡中來談？長年從事本土派台灣文學研究的葉石濤在〈世界文學的寫實主義與台灣新文學的寫實主義〉所展現的論述取向可以提供另一種觀看台灣文學的方法。在這篇二〇〇〇年發表的論文裡，葉石濤先勾勒寫實主義在歐洲文學領域發展的情形，再闡述日本如何吸收歐洲和俄羅斯的寫實主義，於一九三〇年代發展出「日本風格濃厚的寫實主義文學，在普羅列塔利亞運動等左翼思想風靡之下發展成為社會主義寫實主義」（56），接著再轉至中國文學領域，勾勒寫實主義在中國發展的情形。葉石濤認為，從明朝到清末，中國的古典小說以「自然寫實主義」為主流，五四文學大將魯迅在日本接觸了俄羅斯、日本等國的寫實主義，帶動五四時期「中國新文學的寫實主義」風潮。談論寫實主義在中國發展的情形之後，他提到台灣作家如何透過日文去接觸日本文學和歐陸文學的寫實主義，也同時閱讀中國古典小說和五四作家的作品。最後，他認為台灣作家在吸收這多重文學寫實主義傳統之時，發展出它獨特的風格：

> 台灣文學的寫實主義因台灣的殖民地社會而顯然具有特殊的風格和手法，不同於中國、日本和法、俄。台灣文學的寫實主義採用弱小民族反抗帝國主義的陰晦手法去實現，把尖銳的諷刺，黑色幽默巧妙地隱藏在作品中人物行為、對白或情節發展之中。日治時代的台灣，新文學不管是用中文或日文為書寫工具，不管是右或左派，但他們所依循的創作方式是寫實主義，殆無疑義。（61）

這樣討論台灣文學強調台灣文學與多國文學傳統的互動，一方面摒棄傳統論述把台灣文學放在「文化中國」的框架中的談法，不「溯源」中國文學傳統，以其為台灣文學傳統的源頭，一方面卻也強調台灣文學立基於其歷史經驗的特殊風格，其實也是摒棄「傳承」的概念，昭示一種以台灣文學為主體的台灣文學研究方法。葉石濤把台灣文學放在世界文學這樣的脈絡中來探討，提示我們台灣文化和文學的形塑和世界潮流有密不可分的關係，隱約指向一種全球視野。如果我們遵循這樣的方向，試探歷史流程裡以及現今全球文化／文學版圖裡的台灣文學，那又會帶出什麼樣的問題？我想看看以「全球化」的概念來談台灣文學，是否可以開展一些台灣文學研究的思考格局。

「後殖民之外」

不過，在進入相關的討論之前，我想先看看另外一個在目前台灣文學研究相當受重視的「殖民譬喻」的概念。以「殖民譬喻」做為台灣文學論述的基石在目前已相當普遍，這與解嚴後台灣文學研究以後殖民理論做為理論基礎來通盤檢討台灣文化場域的權力衝突有關。把台灣文學的發展放入後殖民敘述的脈落來談，強調的是台灣被殖民的處境，以殖民和被殖民的概念來談台灣文學的流程。彭瑞金一九九一年出版的《台灣新文學運動四十年》和陳芳明尚未完成但章節已陸續發表於《聯合文學》的《台灣新文學史》算是代表。必須注意的是，兩者著作時間相隔十年，台灣文化場域已有所變化，故兩者雖都主要以殖民譬喻來解釋台灣文學流程，但對台灣文學與其他文化互動的情形，切入角度有顯著差異。彭瑞金這本重要的著作寫作時間正是解嚴（一九八七）後不久，台灣本土文學的地位尚未確立，因此彭瑞金對五〇年代中國大陸移民來台的作家的文學，和六〇年代台灣受西潮影響而發展出來的現代主義作品都有嚴厲的批評（75, 107）。這樣的寫作策略顯然意在翻轉台灣本土作家文學長期受到打壓的情況。時隔十年，本土作家的地位已逐漸受到重視和肯定，陳芳明在評估傳承中國文學和西方現代主義文學傳統的台灣文學創作時，所採取的態度就比較寬容。例如，以殖民概念詮釋台灣現代文學的興起與功過，陳芳明認為：**「國民政府為了代表中國，接受美國的經濟、軍事支援，並且使台灣被編入全球的冷戰體制中。與美國冷戰體制的結合，使台灣淪為文化殖民與經濟殖民的事實，則是公認的事實」**（2000: 253。引者強調）。不過，即使台灣現代主義文學是在六〇年代文化殖民與經濟殖民歷史脈絡下產生，**「現代主義確實為台灣作家開啟了一些思考上的窗口，心靈的釋放也許意味著逃避現實，但是在強勢殖民權力的陰影下，卻因此而維繫了許多活潑的文學想像」**（陳芳明 2002: 254。引者強調）。

比較彭瑞金和陳芳明站在不同歷史時期所寫的後殖民敘述，可以發現早期以殖民／被殖民概念來談台灣文學的後殖民敘述較傾向於以負面角度評估非本土文學傳承，最近台灣文學的後殖民敘述則因本土傳統已具相當地位，較能挖掘外來文學勢力與本土文學的瓜葛糾纏中究竟產生什麼樣具建設性的影響。以後殖民敘述做為台灣文學描述的主軸，在過去十年本土文學論述場域裡扮演重要的角色（邱貴芬 1999）。後殖民式的閱讀為台灣本土文學提供了一個挑戰以中國文學／文化為權威敘述的觀點，翻轉本土文學的低落位置。何謂後殖民閱讀呢？《後殖民研究關鍵概念》（*Key Concepts in Post-Colonial Studies*）有言簡意賅的說明：

> 一種閱讀和重讀大都會城市和殖民文化文本的方式，以強調殖民對許多書寫領域造成的深遠影響。這些領域包括文學生產、人類學解說、歷史記載、政府和科學的文章。
>
> A way of reading and rereading texts of both metropolitan and colonial cultures to draw deliberate attention to the profound and inescapable effects of colonization on literary production; anthropological accounts; historical records; administrative and scientific writing. (1998: 192)

後殖民閱讀除了探討台灣文學生產場域如何受到政治勢力影響而產生各時期的特殊文學生態之外，也力求挖掘主流之外的閱讀方式，重新評估被忽視的本土作家作品。葉石濤、林瑞明、陳萬益、呂興昌、彭瑞金、陳芳明可算是這派閱讀的代表。不過，以殖民／被殖民為主要概念來解讀台灣文學流程也免不了產生幾個問題：㈠由於論述重點在於文學創作如何展現對殖民勢力的回應（迎合？抗拒？或游走於曖昧邊緣？），後殖民角度的台灣文學敘述往往不知如何處理許多與殖民主題無關的創作（例如以家庭婚姻或情欲問題為主題的許多女性創作、著眼於後現代社會消費的作品、同志文學等等）。㈡更重要的問題是，步入二十一世紀，台灣已脫離日本殖民以及陳芳明所定義的國民黨以戒嚴統治台灣的「再殖民」時期，後殖民台灣文學敘述將如何處理後續發展的台灣文學作品？換言之，殖民／被殖民的譬喻如何適用於新階段台灣文學的發展？

一個比較便利的做法是挪用「新殖民」（neo-colonialism）的概念，認為台灣雖然不再是實質的殖民地，但是在政治經濟甚至文化方面卻淪為以美國為首的資本主義集團跨國公司的附庸，「經濟殖民」和「文化殖民」只是以另一種面貌出現而已。這裡產生的問題是對「殖民」這個概念的定義。「殖民」如果不再限定指涉一個國家被另一個國家占領統治，而可以擴大用來解釋幾乎所有的壓迫結構的話（經濟的、性別的、文化的，國家內部種族的不平等和族群之間的壓迫等等），那麼，這個名詞將喪失做為一種分析概念的功用，因為，在此情況下，就會如同阿莫德（Aijaz Ahmad）所警告的：

> 殖民主義於是變成一種跨歷史性的東西，永遠存在而且永遠在世界的這個角落或那個角落瓦解當中，因此每個人遲早都有機會變成殖民者、被殖民者和後殖民者——甚至有

時三者同時兼具，就像澳洲的例子一樣。

> Colonialism thus becomes a trans-historical thing, always present and always in the process of dissolution in one part of the world or another, so that everyone gets the privilege, sooner or later, at one time or another, of being colonizer, colonized and postcolonial-sometimes all at once, in the case of Australia, for example.（1995: 9）

換言之，「殖民」一旦被用來指涉任何的權力壓迫結構，只要有權力關係存在，就有殖民者和被殖民者。這樣把「殖民」概念無限上揚和擴散的結果，並無助於釐清問題，也使得殖民論述批判原應具有的深厚歷史脈絡變得無足輕重。例如：以「男性對女性殖民」取代「男性壓迫女性」的說法，並向外拓展思考的面向，徒然增加曖昧和問題。

另外，從女性主義關懷台灣女性創作場域的變化的角度出發，我也發現後殖民理論力有未逮之處。女性主義文學批評真正的實踐並不像許多人所認定的，只於挖掘女性情欲、提升女性傳統私人空間活動等等所謂「瑣碎政治」的重要性，或者只是挖掘被埋沒忽略的女作家，提高女性創作的能見度等等而已，更重要的是，以女性主義觀點切入，我們往往能照見許多習以為常的研究概念和方法的盲點。例如，從女性主義關懷女性創作的角度切入台灣文學史和斷代問題，我發現以殖民／反殖民做為台灣文學敘述的主軸，就無法充分照應大量與殖民議題不甚相關的優秀女性創作。勉強套用這個敘述，往往犧牲了作品的創意和豐富性。例如：怎麼以後殖民理論來分析李昂現代主義時期的超現實作品？除了談台灣作家如何追逐盲目抄襲西方現代主義之外，我們又怎樣去欣賞這些作品的創意？施叔青、聶華苓的作品也引發類似的問題（邱貴芬 2001a: 11-4）。從女性主義觀點來看台灣文學史通常建築在殖民譬喻上的斷代法，也讓我們看到了其中隱含的男性史觀問題。

另外，後殖民理論講求殖民與被殖民雙方對峙，或是被殖民的一方如何抗拒殖民勢力的策略（無論這策略多麼曖昧模糊），以後殖民觀點來看在地文化和外來文化的交會，難免會有兩種傾向：一、因為強調在地文化如何被外來殖民文化所宰制或打壓，主張在地傳統的重要性，這樣的論述極容易隱含一個假設——把「文化」視為凝固不變的東西，而忽略了文化是個不斷交流變化的過程。二、由於把在地文化和殖民文化對峙起來，企圖挑戰並進而顛覆殖民文化的權威性，因而很難去談即使這樣的文化交流過程，也有可能對在地文化產生一些不全然是負面的影響。以女性文學場域為例，單單從後殖民的立場出發，要談五〇年代大陸來台女作家對當時女性文壇的一些非負面的影響（如：當時這些受五四影響的女作家如何改變了原先相當貧瘠的台灣女性創作生態，請參見拙著 2001b: 322-4），實在無從談起。這樣說，並非認為後殖民論述於台灣文學無用。而是說，後殖民論述的切入點有助於解讀部分台灣文學作品和了解台灣文學過去幾十年的生態，但是卻無法充分解釋有些台灣文學創作和生態的問題。

除此之外，目前台灣文學後殖民論述的重點在於國內文學生態的變化，較少以全球文化版圖的視野來談台灣文學的歷史流程。這樣的談法讓研究者把視野局限於國內，而缺乏以較宏觀的角度來看台灣文學在世界文化潮流中所扮演的位置。如果我們試圖了解過去台灣文學在世界文學版圖裡所扮演的角色以及未來可能占取的位置，顯然必須思考目前台灣文學後殖民理論所設定的方向之局限。以「全球化」的概念來談台灣文學，並非一概摒棄後殖民理論的概念，因為殖民勢力的發展正是「全球化」過程的一部分，後殖民理論所談到的文化議題也會是談「全球化」議題時觸及的，「全球化」提供的不過是一個較大的脈絡來看台灣文學的發展。這點底下的論文將有進一步的說明。

台灣文學與「全球化」

除了說台灣在歷史上是個殖民地，被殖民的經驗對台灣歷史有深刻的影響之外，現在我們還常說台灣是個移民社會，海洋國家。這是什麼意思呢?李筱峰的《台灣史100件大事》所列台灣史上第一件大事是「荷蘭人占領台灣」：「一六二四年，荷蘭『東印度公司』的商船兼戰艦，進入今天台南安平，在南台灣建立起殖民政府，開始荷蘭人在台灣為期三十八年的殖民統治」（李筱峰 1999: 12）。這件台灣史上第一件大事竟然是台灣與遠在地球另一邊的荷蘭發生關係。為什麼呢？李筱峰解釋：

> 隨著十五、十六世紀的所謂「地理大發現」及新航路的開闢，人類世界的歷史從過去的陸權時代逐漸進入海權時代。原為歐洲大陸邊陲的大西洋沿岸國家，因為發展航海事業，而逐漸躍居世界的中心。這些新興的海權國家，在「重商主義」的驅力下，紛紛往亞洲、美洲拓展他們的勢力。（李筱峰 1999: 12）

根據《台灣史100件大事》，台灣史上第二件大事為：「一六二六年，西班牙人占領台灣北部，開始其在北台灣的十六年殖民統治」（李筱峰 1999: 17）。從十七世紀二〇年代末期，「台灣開始轉口貿易」。接下來，台灣的歷史可說與殖民和資本主義兩大勢力的發展密不可分。在這過程當中，台灣逐漸步入工業化的社會，監管（surveillance）機制也透過政治勢力或國家機器在島上的發展逐漸成形，原先散亂在各地區域性掌控的械鬥武力也逐漸收攏到較統一的國家軍事體制之下。換言之，從台灣與荷蘭在十七世紀初接觸以來，台灣就捲入所謂的「現代性」，紀登斯所謂的「現代性的四大體制面向」（資本主義、工業化、監管、和軍事武力）逐漸在台灣出現（Giddens 1990: 59）。歷史上的台灣，顯然從十七世紀以來就存在於全球海權角力版圖裡，其文化的形塑更與這過程當中所帶來的人口和資訊流動產生密切的關係。

阿帕度瑞（Arjun Appadurai）認為人口和資訊的流動對形塑「現代主體」（modern subjectivity）具有不可忽視的影響力（Appadurai 1996: 3）。鍅許（Scott Lash）和俄歷（John Urry）也強調，現代社會的一大特質就是流動（mobilidy）——人和資訊快速頻繁的移動（Lash and Urry 1994: 252）。阿帕度瑞和鍅許、俄歷所談的當然是現代社會電子資訊媒體所帶來的音訊流動，和因種種政治或經濟原因移民、移居，以及利用便利快速交通工具的旅遊觀光等等現代社會特殊的人口移動現象，但是，我們卻也看到人口移動（日據時代到殖民母國朝聖留學工作、戰後初期大量從中國移民來台的人口、六〇年代的留學潮和中小企業因對外貿易需要的出國交易、八〇年代之後的觀光旅遊活動等等）和與各國勢力（最主要的當然是日本、中國與美國）交會而帶來的資訊流動對台灣歷史產生的重大影響。如果：「現代性」是如紀登斯所說的誕生於十七世紀，那麼台灣的歷史顯然是一部「現代性」在台灣發展的歷史。

不過，如此談台灣歷史，卻有不甚妥當之處，主要關鍵在於「現代性」的概念。紀登斯雖然說「現代性」誕生於十七世紀，但是他也說，誕生的地點在歐洲（Giddens 1990: 2）。西方學界的傳統一向把「現代」（modern）視為西方的產物；「『現代』的概念向來就被牢牢地固定在『西方』，然後透過不對等的殖民關係和全球資本主義的發展擴張到世界的其他角落。」（King 1995: 112; Featherstone 1995: 10）這樣對「現代性」的認知以時間為重點，畫出「現代性」進展的軌跡，歐洲先而其他地區後，在「現代性」最初的時刻只有歐洲的存在，其他地區缺席，後來才「跟進」。金恩以（Anthony King）英國曼徹斯特這個工業城市的形成為例，指出這種說法的缺失：

> 這個在資本主義工業化歷史裡意義非凡的城市被當作無論在經濟上、社會上和空間上都相當自主，這顯然源於一個虛構的國家經濟的迷思。從來沒有人提到，這個城市經濟、社會、空間和建築環境的結果得自於一種世界性、全球性生產、消費和交換的過程，而且也建基於某種特殊的勞力分工、一種以曼徹斯特為中心的殖民生產模式。曼徹斯特這個棉花都市在場，而殖民地卻是缺席的。（1995: 111）

除非我們能夠對相當「歐洲中心」的「現代性」傳統論述提出不同的修正，否則把台灣納入「現代性」敘述，不僅讓台灣永遠有時間上落後西方的問題，陷入「抄襲仿冒」西方的困境，喪失主體性，而且也無法解釋台灣文化的異質性——也就是「台灣性」的特質。金恩對「現代性」提出的另類解釋，值得我們參考。在他的說法裡，「現代性」最先出現的地方不在歐洲，反而是在傳統論述裡被視為位居「現代性」邊陲的殖民地：

> 我和巴巴一樣，都試圖證明如果「現代性」代表一種「開頭」的意識形態，一種「創新」的概念的話，那麼「現代性」真正出現的地方是在殖民的空間，而不是在都會地點……如果我們問，哪裡是我們現在所說的「現代多元」城市在歷史上發生的地方，答案絕對不是歐洲或北美、倫敦、洛杉磯或紐約這樣的「核心」城市，而可能是「邊緣」的地方，如里約、卡庫他或孟巴薩（King 1995: 114）

「現代性」的概念通常以時間軸為歷史想像的主要架構（因此人類歷史可斷代分為前現代、現代、後現代等等階段），但是這樣想像歷史的方法大有問題。金恩就認為，所謂的後現代的各種特色——拼貼（pastiche）、不同歷史的雜混（the mixing of different histories）、精神分裂（schizophrenia）、破碎（fragmentation）、不連貫（incoherence）等等，最先出現的地點不在西方所謂「現代性」已極為發展的社會，反而早在殖民社會情境裡就已見到（King 1995: 121）。

在此情況下，「現代性」的概念要有相當大的修正。與「現代性」相關的一個議題是「全球化」。「全球化」是什麼呢？紀登斯認為：

> 「全球化」因此可被定義為全球社會關係的稠密化，相隔遙遠的地區都被連結在一起，以至於在某一地區所發生的事情其實是受到發生在很遠以外的事情所影響，反之亦然……地方性的改變是全球化的一部分，也是跨時間和空間的一種側面的社會關係延伸的結果。（Giddens 1990: 64）

再看看Mike Featherstone對此名詞的定義：

> 這個詞指涉一種全球壓縮的感覺，在此情況下世界愈來愈被認為是「一個地方」，而由於資金、物品、人口、資訊、科技和影像等等愈來愈大量而迅速地流動，國家也愈來愈難避免被捲入一種愈來愈緊密的結構所產生的種種效應。（1995: 81）

湯林森同樣認為「全球化」代表一種現代生活型態中愈來愈緊密的相互連結和依賴（Tomlinson 1999: 2）；這種狀態他稱之為「複雜的聯繫」（complex connectivity），是一種透過現代各式傳媒，超越時空距離的阻隔，讓異文化穿透到各地，對在地日常生活產生無名影響的結構（Tomlinson 1999: 43）。

雖然紀登斯認為「全球化」是「現代性」發展的結果（Giddens 1990: 65-6），但是，卻也有其他讀者不認為「現代性」和「全球化」必然有如此的關係。杜色（Enrique Dussel）從世界系統（world-system）的角度出發，認為透過所謂的「發現新大陸」，因為美洲大陸全被納入世界版圖引發的全球區域經濟勞力分工的重新配置和文化互動，觸動了「現代性」的產生；換言之，是「全球化」造就了「現代性」，而不是「現代性」造成「全球化」（Dussel 1998: 4-5）。羅伯森（Roland Robertson）則提出另一種有關「現代性」和「全球化」關係的看法。他認為，應該用「全球性」取代「全球化」來思考相關的問題，兩者是並置而非一前一後：

> 著眼於全球化讓我們避開所謂全球或只是現代性的效應這樣論證的缺陷。說得明白一點，全球化是一種普遍性的狀態，這樣的狀態加強了一般「現代性」的擴散；在這一點，「全球性」應就各地區不同文明的互相穿透來理解。（Robertson 1995: 27）

無論我們採取何種看法，比較「現代性」和「全球化」的概念，顯然後者更重視空間性。根據哈維（David Harvey）的解釋，由於「現代性」有關在現代化過程中人所經歷的「進步」或「進展」（progress），「現代性」論述當然會傾向於強調時間的重要性——也就是轉化（becoming）的過程，而較不談與固定存在（being）較相關的空間和地方（Harvey

1990: 205）。強調時間或強調空間，這種論述重點或框架的爭辯，與我們何干？對我們思考台灣文學、文化、歷史相關的議題又有什麼影響？「現代性」敘述主要建基於「進展」這個概念所帶出來的種種對人類歷史和社會的想像，在這個以時間軸為主的敘述裡，歐美社會型態被視為衡量的標準，把人類的社會分成未（或低度）開發、開發中和已開發國家。未（低）開發國家被視為不夠「進步」、不夠「現代」，理應努力朝歐美這種「已開發」的「現代」國家看齊，摒棄其「落後」傳統的文化與習俗（Mignolo 1998: 36）。這樣的「現代性」想像隱含一個對非歐美國家相當不利的價值判斷結構：西方（歐美）＝現代＝進步；東方＝不夠現代＝落後。空間的想像提供一個容納異質的場域，讓「他者」得以被看重而重新評估。在地性不再被貶抑。這也說明，為什麼「全球化」不是一個文化「同質化」的過程。「同質化」和「異質化」在「全球化」的過程中乃共生共存。如同許多觀察文化的學者所指出的，在「全球化」的潮流中，我們並未見到文化同質化的趨勢，反而看到各地在地文化異質日益受到重視和保護（Feathersone 1995: 110; Smith 1990: 175; Robertson 1995: 35-40）。在實際的運作上，雖然快速消除時空阻隔的電子資訊愈來愈發達，其網絡愈來愈普及，文化傳播也愈來愈迅速廣泛，但是，這些電訊媒體同樣也創造了以往不可能有的互動，讓具有同樣文化、族群或社群背景的人更能迅速地建立聯絡網絡，鞏固或創造在地性的或小社群的認同（Smith 1990: 175; Ginsburg 1995: 262）。台灣現在網路流通的《原住民電子報》（http://wtatw.

uhome.net/index.shtm）是我們在地最佳的例子。

尋找台灣文學的「台灣性」

根據以上的討論，「在地化」和「全球化」其實共生共存。我想整理歸納一下，在現時「全球化」資訊傳播媒體愈來愈發達的時代，對在地文化的重視究竟是在什麼樣的背景之下產生？我想第一個原因是激烈的「全球化」帶來所謂「帝國文化主義」的威脅，處在弱勢文化區的人擔心強勢文化會藉現代資訊媒體強大的傳播力量推銷到各地，產生文化同質化的問題。重新挖掘和創新在地文化可以牽制這樣的趨勢。其次，弔詭的是，這樣的全球資訊網絡竟創造了在地認同結盟的基礎，協助「在地性」身分認同的建構。另外一個比較不為人探討的原因與全球化資本主義的市場需求有關。哈維認為，在資本快速大量流動的情況之下，地方與地方之間的競爭愈趨激烈，每個地方都要想盡辦法創造特色，以便吸引資金的投注，開創地方的生機（Harvey 1990: 295; 1993: 8）。在此情況下，許多地區都會竭盡所能創造和強調在地化，其運用的策略包括推銷在地形象、爭奪文化和象徵資本的詮釋權、復興在地庶民傳統等等（Harvey 1993: 8）。有關文化議題的思考其實往往和政治經濟這些相當現實層面的權力爭奪大有關係（Harvey 1993: 21）以台灣文學為例，思考台灣文學在全球文化版圖的位置，第一個要回答的問題就是台灣文學要如何與其他國家或地區的文學區分？台灣文學的特色或特點（賣點）在哪裡？這樣的問題顯然與所謂台灣文學的「台灣性」有關。回答這個問題之前，我必須回到論文開頭有關「中國性」的爭議。

美國著名的學術期刊 *Boundary 2* 在一九九八年秋季發行了有關「中國性」議題的專輯，我將以這個專輯所刊登的周蕾、奚密和Ien Ang等三人的論文所提出的觀點為主，透過有關「中國性」的反思來探討台灣文學的「台灣性」問題。周蕾在導論裡提到，西方論述在討論西方文化時，都不必特意標示地區：如《性別麻煩》（*Gender Trouble*）、《美學問題》（*The Problem of Aesthetics*）等等。但是，只要是探討非西方國家的論述，就一定要在主題前面加上特定標示，如：日本、越南、中國、韓國等等。周蕾認為這樣的「族裔標籤」反映了一種「受傷者的邏輯」（the logic of the wound）。也就是說，迷戀般地特意標示「中國」，無異把中國和中國之外的世界其他地區加以區隔，隱含一種「中國中心」或「中國本位」的心態（Chow 1998: 6）。而被用以區隔中國和中國以外的「中國性」究竟是什麼呢？周蕾指出，「中國性」往往與中國的（古典）文學傳統連結；古典傳統代表純正的「中國性」（或「中國特質」），而現代文學因與外國文學交流而「污染」、不純粹「中國」（Chow 1998: 17）。周蕾認為，「中國性」必須被當作一個開放的符號，不見得指向那個地理上實質的「中國」。但是，周蕾也不認為，把「中國性」變成複數就可以解決問題（Chow 1998: 4）；「中國性」

的內涵應該要被激進地質疑。

周蕾的批判主要似乎在於解構「中國性」，她的關懷重點在於這個符號如何在尊重文化差異的表皮下隱藏種族歧視。這個辯證的論點主要以巴里巴（Etienne Balibar）有關新種族主義（neo-racism）的理論做為支撐。巴里巴認為，以生理或遺傳特質建構差異並從中分出人類高低不等的位階固然是種族歧視慣用的伎倆，文化差異也可被用來把人鎖入某套不可變的系譜（Balibar 1991: 22）。以反猶太主義為例：反猶太主義對猶太人的迫害並非訴諸於猶太人在生理上與西方白人的不同，猶太人之被迫害主要因為他們的文化不同，所傳承的精神傳統與西方主流傳統不一樣（Balibar 1991: 23-4）。周蕾對「中國性」的批判主要在於這個符號如何被用來區隔內外：西方學界用這個符號把華裔學者鎖入一個所謂的「中國學系譜」，排除在西方主流論述之外（華裔學者只能做與中國相關的研究）；而漢學家或中國學的學者則強調「中國性」和西方的不同，投射一種中國沙文主義。

奚密的論文同樣關心「中國性」如何被挪用的問題以及「大漢中心主義」，不過她的關懷重點和周蕾不同。奚密的焦慮在於：誰具有論述「中國」的權利／權力？住在中國的學者以實際（居住在中國的）經驗做為他們論述的支撐，認為華裔學者不住在中國，不具真正了解中國的能力。奚密認為這樣的論點是建基於對所謂「正牌」（authenticity）和「起源」（origin）的迷思（Yeh 1998: 208-9）。另外，針對「中國性」所帶出來的中西文化差異的問

題，奚密認為，

> 中國知識分子兩難的困境在此：如果向西方學習讓中國可以迎頭追上西方的話，假藉這些西方理論讓中國永遠落後西方。因此，當中國向西方學習之時，她必須同時強調其中的「中國性」，不管是這些學習的東西的起源（例如：宣稱西方科學、民主、平等、自由等等概念的原型早就存在於古代中國），或是結果（例如：在二十世紀初許多中國知識分子接受「中國種族源自西方」這樣的理論）。（Yeh 1998: 211-2）

Ien Ang和周蕾、奚密一樣，認為「中國性」是個開放的符號（Ang 1998: 225），她批判杜維明「文化中國」對「中國性」這個概念的執守（Ang 1998: 230-1）。她也同樣指出，「中國性」在西方如何被用來特別標示華裔學者，以及其中隱藏的種族歧視（Ang 1998: 235）。Ang拒絕以種族（炎黃子孫）來定義身分，認為只有當「中國性」不再被當作信守無疑的決定身分要素之時，才有與世界交流的較大空間（Ang 1998: 241）。

熟悉解嚴以來台灣文學場域關切議題的讀者，必然可以從以上的討論聯想到台灣文學場域裡爭辯的類似問題。我們同樣關切誰可以定義「台灣」？我們同樣強調地理位置和與土地連結居住經驗的重要性。我們認為居住在台灣的人最有資格定義「台灣」、詮釋「台灣」。這樣的做法同樣引來「台灣中心主義」的非議。我們同樣強調「台灣」做為標籤的重要性，因為只有這樣強調文化差異，我們才可能區隔台灣和中國的不同。同樣的，當我們進入全球文化場域時，我們標示的是「台灣」經驗，台灣與中國、西方的不同。我們會贊成上述這些居住在西方地區的華裔學者對「文化中國」的質疑，也會同意他們對西方以「中國」為中心的學術研究取向所做的批判，但是，我們會同意放棄地理和生活經驗做為詮釋「台灣」的基礎嗎?我們願意把「台灣」視為一個開放的符號?開放到什麼地步?而如果不這樣做，我們是否會面臨論述「圍堵」的危機，也就是說，當我們強調只有居住在台灣的人才能詮釋「台灣性」的時候，會不會阻斷其他人參與討論和傳播台灣文學的可能，壓縮台灣文學在全球文化場域的空間?

另一個重要的問題是：「台灣性」是什麼?周蕾認為「中國性」往往奠基在一個「受傷者的邏輯」之上。在*Boundary 2*這個專輯的論文裡，她提到這個邏輯展現在以「中國」做為文化差異的標示，區隔中國與西方，強調「中國」的特殊性。在另一本於一九九三年出版的書裡，她說，中國文學之所以為一個國家文學，為了標示它有別於西方，往往強調中國現代文學中所展現的對社會強權的抗拒和批判。站在弱勢普羅大眾立場（階級）對不公不義的壓迫結構的控訴成了中國文學之所以「中國」的展現（Chow 1993: 102-3）。我想，台灣文學的讀者應該也會在此看到台灣文學論述類似的策略：台灣文學同樣訴諸反壓迫的精神，不同的是，如果階級意識在中國現代文學裡被特別看重，通常台灣文學所凸顯的「種族」和「族群」部分卻重於「階級」。

有關「中國性」的質疑不免讓我們相照來看「台灣性」的問題。我們怎麼處理這些棘手的問題呢？我想從兩個方向來處理這些問題：一個是從「比較」的觀點，看看國外相關領域——特別是女性主義有關「女人」這個性別標示，以及美國非裔族群對「黑人」這個種族標籤或位置的討論——如何處理類似的問題。在這兩大領域裡，「女人」和「黑人」這兩個性別和種族標籤曾引起與「中國性」類似的質疑。一派學者以「差異」訴求做為抗爭的基礎，強調女人和男人的不同（生理的或是生活社會經驗的）、黑人和白人的不同，著重探討「女性特質」和「黑人特質」，這一派被統稱為「本質主義」；另一派學者則解構「女人」和「黑人」這兩個概念，認為這種差異是論述建構的結果，應質疑其存在，這一派被統稱為「反本質主義」（Showalter 1989: 355-7, 362-7; Smith 1989: 39-44）。這裡同樣牽涉到誰有權利或資格談論女人的或黑人的文學或文化？也同樣牽涉分離主義和周蕾談「中國性」時所提到的「圍堵」問題。綜觀這兩派之爭，有些學者認為解構策略激進質疑「女人」或「黑人」這兩個概念的結果是瓦解認同的基礎，而且極容易滑入以前忽略性別種族壓迫的男性或白人中心觀點的論述（Showalter 1989: 357; Smith 1989: 44）。衡量兩者的利弊得失，或許論述的重點不在泯滅差異，而是**探討造成這差異的社會和歷史條件，以及差異如何被策略性運用？產生**

什麼樣的效應？

這樣的看法，其實非常接近Ien Ang在討論「中國性」之為一個開放符號時的觀點：

> 換言之，重點不在否認「中國性」的存在（在一個幾億人口自願或非自願的、源於各種原因認定自己是中國人的世界，否定「中國性」的存在是徒勞無功的），而是去探討這個分類如何在不同的社會、地理、政治和文化脈絡裡實際運作的情形。如同史都華・霍爾所說的，雖然種族不是一個真正有憑據的科學分類，但是這並不影響它的象徵和社會效用。同樣的說法也可被運用到「中國性」之上。強調分類和類別系統是被建構出來的，這是「不把理論重點放在『類別用來儲存文化』」（the categories "in themselves" as repositories of cultural [meaning]），而把重點放在文化分類的過程（the process of cultural classification itself）。」換言之，我們要問的是，「中國性」這個類別為什麼這麼穩固？怎樣達到這個穩定性？產生了什麼樣的政治和文化效應？（1998: 227）

參考以上的討論，現在我想試圖提出個人有關「台灣性」的淺見。「台灣性」是什麼？我認為「台灣性」並沒有單一固定的內容，而是一種相對性的概念，在不同的脈絡裡會展現不同的面貌，端看它被策略性地放在什麼樣的位置來呈現。例如，想要強調台灣被壓迫狀態時，可能論述重點在於台灣被殖民的歷史和情境；想要朝台灣的多元文化交流方向去思考時，可能論述重點就會放在「海洋」意象、「海洋文化」等等，想要與西方文化做區隔時，可能會策略性強調台灣「東方」或是「第三世界」的面向。不過，這並不表示「台灣性」是個全然開放的符號；「台灣性」所呈現的面貌雖然依論述脈絡不同而有所改變，但是其面貌仍受台灣歷史社會等具體實況所限制，不同階段的殖民情境對台灣文化形塑的影響，仍是「台灣性」重要的質素。

因此，談「台灣性」，在什麼樣的脈絡裡呈現什麼樣的「台灣性」是個重要的問題。論述者選擇呈現某種「台灣性」，主要的對話或抗爭對象是什麼？企圖達到什麼樣的效應？產生了什麼樣的副作用？以台灣後殖民論述所呈現的「台灣性」為例。現在我們常說，台灣文學的特質（也就是台灣文學的「台灣性」）是「反殖民」、「反封建」、「反霸權」，通常強調的是被殖民被壓迫的情況，但是，占據這個「被殖民者」位置的通常是「本土」（不管是福佬族或客族或原住民）男性。周蕾在談中國文學之所以為一個國家文學時，說到在後殖民時代要建立國家文學，無法只訴諸於豐富的文學傳統，往往還需要一個批判性的介入點。就中國文學領域而言，那個批判性的介入點就是「階級意識」；中國的建國工程是訴諸於一個「無產階級人民的國家」，中國文學「現代性」最重要的一個特徵就是以「階級意識」建國（Chow 1993: 102-3）。這裡涉及的當然就是弱勢被壓迫者發聲反抗壓迫的問題。由於抗拒的、被迫害者的位置已被男性無產階級所占據，也就是說，男性無產階級「代表」所有中國人民發聲，中國女性往往找不到發言位置，她們的聲音因而無從發出（Chow 1993: 111-2）。我們可以周蕾對中國文學這樣的批判來反省台灣文學的問題。在建構台灣文學為國家文學的工程當中，我們訴諸的是「被殖民者」群起反抗殖民壓迫，建立自己主體性的過程；在這當中，由於占據這個被殖民者的或是受害者位置的往往是男性，女性往往無從發聲。這樣的檢討應不為過。同樣的，以「全球化」為主要概念來談「台灣性」，強調台灣文學的開放與多元文化並存的「移民社會」特質，我們要注意的是應該同時分析這多股多元文化之間的角力和權力關係，以免喪失從事文化觀察所需的批判思考立場。Ien Ang反省「中國性」所提出的建言應可對照來看：「『中國性』這個類別為什麼這麼穩固？怎樣達到這個穩定性？產生了什麼樣的政治和文化效應？」當然，在這裡我們必須用「台灣性」來置換「中國性」。

另外，有關誰最有資格呈現「台灣性」，以及誰呈現的「台灣性」最具代表性的問題，我認為這種問題問法徒然模糊思考的焦距。不管再怎麼爭辯，不管再如何界定所謂的資格的問題，我們都無法禁止不同的人從不同的立場來呈現「台灣性」。以原住民為例或許更能讓我們看到這個問題的難解之處。由於種種原因，原住民外移到都會地區是相當普遍的現象。誰最能代表原住民？最能定義「原住民特質」呢？是留守在部落的原住民還是都會原住民？這個問題可能難有統一的答案。我認為，與其問誰最有資格呈現「台灣性」或是誰呈現的

「台灣性」最具代表性，不如問：這樣呈現「台灣性」是坐落在怎樣的對話脈絡？想要達到什麼樣的目的？造成什麼樣的效應？壓抑了什麼樣的問題？

最後，我想回應奚密所提出來的向西方學習的問題和周蕾提出來的我們需不需要中國或台灣標籤的問題。奚密認為，「中國知識分子兩難的困境在此：如果向西方學習讓中國可以迎頭追上西方的話，假藉這些西方理論讓中國永遠落後西方。」類似的問題也常在台灣文學場域裡出現。奇怪的是，如果引用西方的理論涉及借用，以及複製、抄襲、追趕流行等等問題，為什麼引用葉石濤、林瑞明、陳萬益或是呂興昌的論點，就未曾引起同樣的疑問？難道文化論述也有「愛用國貨」的前提？那麼，為什麼引用孔孟學說或魯迅、高行健的說法，也都沒有所謂複製或抄襲外來理論的問題呢？而如果使用源自西方的東西就是「追逐流行」，我也沒看到哪個學者家裡沒用冰箱電視機，使用電腦軟體時堅持不用IE或Netscape。周蕾對族裔標籤的質疑，以及巴里巴所說的文化差異被用來合理化種族歧視當然是個存在的問題。但是，這些討論都讓我想到以前女性作家不願被稱為「女」作家，女性學者希望被稱呼為「先生」，以示與男性平起平坐。「女性」或「台灣」標示的是一種特定切入論述的位置，輕易抹滅這些符號，其實很容易回到「普世主義」（universalism）時代以西方和男性中心為標準的大一統時代。

世界文化場域裡的台灣文化

站在二十一世紀初來談台灣文學，我們很容易忘記「台灣」這個名詞得來不易，連帶的「『台灣性』是什麼？」這個問題也未有足夠的時間來探討。台灣社會在一九四五年之前一直是依附著日本符號，而一九四五到台灣解嚴的一九八七年則轉而依附中國符號，在這漫長的歷史歲月裡，「台灣」一直是個禁忌的符號。從一九八七年至今不過短短十來年，這中間「台灣」的內涵和實質的意義才逐漸在台灣文化場域裡有所討論。顯然要充分回答「台灣性」是什麼這個問題，我們還有一段漫長的路要走。

如果我們要找尋台灣文學／文化，不一定必須依附在「文化中國」或「日本殖民地文化」的框架，卻依然能夠在被看見的空間，我們當然要思考在全球文化場域裡，台灣究竟占取什麼樣的位置？有什麼樣的發言空間？必須以什麼樣的方式來再製其文化？這或許將帶我們回到本論文開始的「中國家族譬喻」問題。台灣文學在全球文化場域裡顯然相當遭受忽視。王德威曾在〈華麗的世紀末——台灣・女作家・邊緣詩學〉這篇文章裡提到：

在中國小說的現代化過程中，女作家的貢獻有目共睹。然而除了陳若曦外，極少台灣女作家受到海外評論者的嚴肅關注。當女性主義評論者處理當代中國女作家這一論題

> 時，他們多半只把眼光放在中國大陸。他們的「邊緣詩學」（Poetics of Marginality）往往開始於政治地理中心論（Geopolitics of Center）。這使我想到，如果李昂、平路和朱天文這樣的作家不是在台灣而是在大陸從事寫作或發表的話，她們將會在世界受到何等的重視？（1993: 161）

這段話點出了台灣文學在全球文化場域裡艱困的處境。如果台灣文學在全球文化生產中被編派到如此邊緣的位置，那麼，從邊緣出發的台灣文學發聲策略又有什麼樣的可能形式？第一種可能，也是目前相當常見的做法，就是依附在「中國文學家族」這樣的概念下來進入全球文學／文化討論空間，吸引其他國家對台灣文學的興趣。但是，這樣的做法其實並未真正顛覆台灣的邊緣位置。就如王德威在同一篇文章裡提到的，許多學生／學者認為「台灣作家作品不足以代表中國文學」，「真正」代表「中國文學」的是生長於中國大陸的作家寫出來的有關大陸經驗的作品。顯然以「中國文學家族」這樣的身分來進入全球文化生產再製場域，企圖奪得一個發言位置，其結果可能無助於提升台灣文學的位置，合理化台灣文學的研究。另外一種做法，是以「台灣」做為一種符號，強調台灣文學／文化的「台灣性」（“Taiwaneseness”）。日本在這方面的做法值得我們借鏡。歷史上日本曾從中國和西方吸取不少文化，但是不管是中國儒家文化也好，或是中國傳至日本的佛教文化也好，日本都能經過選擇性吸收的過程轉化成一種所謂「日本特質」的文化，再以這樣一種「日本」符號的文化產品回到全球文化場域裡來與其他文化和中國文化對話（Robertson 1991: 76）。當然，可能更靈活的一種做法是「化整為零」，不一定要進入以「國家文學」為規畫重點的文化場域，全球文化場域有許多是以「國」之外為關懷重點的：「性別」、「多元文化」、「現代性」、「流行文化」等等文化交流的場域都可以偷渡「台灣」經驗。問題是，即使在這些不以「國家」為分類的文化討論場域裡，各個討論者仍有特定的發言位置，而其發言的特色或被聽見、看見的程度往往取決於他發言內容所透露的特殊歷史或地理經驗。這是為什麼「『台灣性』是什麼？」這個問題無法迴避的原因。最根本的問題是這符號的特質和內涵是什麼？「台灣性」或「台灣特質」究竟是什麼？只有回答了這個問題，我們才可能創造台灣文化在全球文化場域裡的新契機。而這個問題可能的種種解答方式，或許要往台灣獨特的歷史經驗和遺產裡去尋求。

引用書目

中文部分

王德威。1993。〈華麗的世紀末——台灣・女作家・邊緣詩學〉。《小說中國：晚清到當代的中文小說》。

台北：麥田。161-92。

朱天文。1996。〈自序：花憶前身——記胡蘭成八書〉。《花憶前身》。台北：麥田。31-106。

李筱峰。1999。《台灣史100件大事》（上、下冊）。台北：玉山社。

邱貴芬。1998。《(不)同國女人聒噪：訪談當代台灣女作家》。台北：元尊文化。

———。1999。〈台灣（女性）小說史學方法初探〉。《中外文學》27.9 (1999.2) : 5-25。亦見本書。19-47。

———。2000。〈從戰後初期女作家的創作談台灣文學史的敘述〉。《中外文學》29.2 (2000.7) : 313-35。亦見本書。49-82。

———。2001a。〈落後的時間與台灣歷史敘述——試探現代主義時期女作家創作裡另類時間的救贖可能〉。*Intergrams: Studies in Languages and Literature* 3.2 (2001)。亦見本書。83-110。

———主編。2001b。《日據以來台灣女作家小說選讀》（上、下冊）。台北：女書文化。

陳芳明。2002。《後殖民台灣：文學史論及其周邊》。台北：麥田。

彭瑞金。1991。《台灣新文學運動四十年》。台北：自立晚報。

葉石濤。2000。〈世界文學的寫實主義與台灣新文學的寫實主義〉。《文學台灣》34 (200.04) : 47-66。

英文部分

Ahmad, Aijaz. 1995. "The Politics of Literary Postcoloniality," *Race and Class* 36.3 (Jan-Mar, 1995) : 1-20.

Ang, Ien. 1998. "Can One Say No to Chineseness? Pushing the Limits of the Diasporic Paradigm," *Boundary 2* 25.3 (Fall, 1998): 223-42.

Appadurai, Arjun. 1996. *Modernity at Large: Cultural Dimensions of Globalization.* Minneapolis, Minn.: U of Minnesota P.

——. 2000. "Grassroots Globalization and the Research Imagination," *Public Culture* 12.1 (2000): 1-19.

Ashcroft, Bill. Gareth Griffiths and Helen Tiffin. 1998. *Key Concepts in Post-Colonial Studies.* London; New York: Routledge.

Balibar, Etienne. Immanuel Wallerstein. 1991. "Is There a 'Neo-Racism'?" *Race, Nation, Class: Ambiguous Identities.* London; New York: Verso. 17-28.

Bird, Jon et al. Eds. 1993. *Mapping the Futures: Local Cultures, Global Change.* London; New York: Routledge.

Chow, Rey. 1993. *Writing Diaspora: Tactics of Intervention in Contemporary Cultural Studies.* Bloomington; Indianapolis: Indiana UP.

——. 1998. "Introduction: On Chineseness as a Theoretical Problem," *Boundary 2* 25.3 (Fall, 1998): 1-24.

Cohen, Ralph. Ed. 1989. *The Future of Literary Theory.* New York: Routledge.

Cox, Jeffrey N. Larry J. Reynolds. Eds. 1993. *New Historical Literary Study: Essays on Reproducing Texts, Representing History.* Princeton, N. J.: Princeton UP.

Devereaux, Leslie. Roger Hillman. 1995. *Fields of Vision: Essays in Films Studies, Visual Anthropology, and photography.* Berkeley: U of California P.

Dussel, Enrique. 1998. "Beyond Eurocentrism: The World-System and the Limits of Modernity," *The Cultures of Globalization.* 3-31.

Ezell, Margaret J. M. 1993. "Re-visioning the Restoration: Or, How to Stop Obscuring Early Women Writers," *New Historical Literary Study*. 136-50.

Featherstone, Mike. Ed. 1990. *Global Culture: Nationalism, Globalization, and Modernity: A Theory, Culture & Society Special Issue*. London; Newbury Park: Sage Publications.

——. 1995. *Undoing Culture: Globalization, Postmodernism and Identity*. London; Thousand Oaks, Calif.: Sage Publications.

——. Scott Lash and Roland Robertson. Eds. 1995. *Global Modernities*. London: Thousand Oaks, Calif.: Sage Publications.

Giddens, Anthony. 1990. *The Consequences of Modernity*. Stanford, Calif.: Stanford UP.

Ginsburg, Faye. 1995. "Mediating Culture: Indigenous Media, Ethnographic Film, and the Production of Identity," *Fields of Vision*. 256-91.

Jameson, Fredric. Masao Miyoshi. Eds. 1998. *The Cultures of Globalization*. Durham: Duke UP.

Harvey, David. 1990. *The Condition of Postmodernity*. Mass.; Oxford: Blackwell.

——. 1993. "From Space to Place and Back Again: Reflections on the Condition of Postmodernity," *Mapping the Futures*. 3-29.

King, Anthony D. Ed. 1991. *Culture, Globalization and the World-System: Contemporary Conditions for the Presentation of Identity*. Basingstoke: Macmillan.

——. 1995. "The Times and Spaces of Modernity (Or Who Needs Post-modernism?)," *Global Modernities*. 108-23.

Lash, Scott. John Urry. 1994. *Economies of Signs and Space.* London; Thousand Oaks, Calif.: Sage Publications.

Mignolo, Walter D. 1998. “Globalization, Civilization Processes, and the Relocation of Languages and Cultures,” *The Cultures of Globalization.* 32-53.

Robertson, Roland. 1991. “Social Theory, Cultural Relativity and the Problem of Globality,” *Culture, Globalization and the World-System.* 69-90.

——. 1995. “Glocalization: Time-Space and Homogeneity-Heterogeneity,” *Global Modernities.* 25-44.

Showalter, Elaine. 1989. “A Criticism of Our Own: Autonomy and Assimilation in Afro-American and Feminist Literary Theory,” *The Future of Literary Theory.* 347-69.

Smith, Anthony D. 1990. “Towards a Global Culture?” *Global Culture: Nationalism, Globalization, and Modernity.* 171-91.

Smith, Valerie. 1989. “Black Feminist Theory and the Representation of the ‘Other’,” *Changing Our Own Words.* 38-57.

Tomlinson, John. 1999. *Globalization and Culture.* Cambridge: Polity P.

Wall, Cheryl A. Ed. 1989. *Changing Our Own Words: Essays on Criticism Theory, and Writing by Black Women.* New Brunswick: Rutgers UP.

Yeh, Michelle. 1998. “International Theory and the Transnational Critic: China in the Age of Multiculturalism,” *Boundary 2* 25.3 (Fall, 1998): 193-222.

文學影像與歷史

——從作家紀錄片談新世紀史學方法研究空間的開展

文字、史料與「真理」

書所記載的東西是難以直接反駁的。即使讀者完完全全、徹徹底底拒絕書本所寫的，書還是重複它原先所講的。這就是為什麼「書的記載」和「真理」通常被等同視之的一個重要原因。而這也是為什麼歷史上總發生焚書之事。書本即使記載了全世界都知道是錯的東西，只要這書存在於世，它就永遠講著同樣錯誤的東西。書本本質上是相當頑固的。

（There is no way directly to refute a text. After absolutely total and devastating refutation, it says exactly the same thing as before. This is one reason why "the book says" is popularly tantamount to "it is true". It is also one reason why books have been burnt. A text stating what the whole world knows is false will state falsehood forever, so long as the text exists. Texts are inherently contumacious.)（Ong 1982: 79）

學者歐恩（Walter J. Ong）如是解釋書寫如何成為「真理」的象徵。這在歷史研究領域裡尤然：所謂的「史料」通常指的是文字所記載的東西。歷史研究講求證據，而白紙黑字所記載的東西往往被視為最可靠的證據，建構歷史真理的基礎。非文字的歷史痕跡——如影像照片或聲音紀錄等等，在歷史領域裡仍屬次要的史料。為什麼歷史書寫（這個慣用辭其實已明白顯示「書寫」在「歷史」領域裡專有的重要地位）會高度仰賴文字記載，當然有其複雜的原因，我將留到底下再探討。值得注意的是，書寫並非在一開始就是「真理」的代名詞。歐恩指出，柏拉圖就曾對書寫提出三點質疑：第一、書寫是「人工化」、「非自然」的東西，假裝它可以呈現事實上只能存在心裡的東西。第二、書寫帶來一個嚴重的後遺症，那就是它讓人逐漸失去記憶的能力，使人逐漸仰賴外在的東西（書寫），而不再努力培養內在能力。第三、最糟糕的是，書寫記載不像口語交談情境裡一樣，可以回應我們的問題，只能一字不漏地重複它所記載的東西（Ong 1982: 79）。從以上種種書寫所暗示的跡象，柏拉圖導得一個結論：相較於鮮活的口語交換情境，書寫與「死亡」的概念密不可分。弔詭的是，正因為書寫僵化不動，從人類鮮活的情境裡抽離出來，因此它可以世代相傳，書寫所隱含的「死亡」概念反而為它的「永生」埋下伏筆（Ong 1982: 81）。

以上有關口語和書寫的辯證其實關係著歷史建構和呈現的重大課題。現實裡的人類活動中以口語交談情境最能逼近歷史，因為在場聽眾可以透過問答來檢驗談話者所說的真實程度，但口語情境和其間發生的一切卻無法留存，終將隨時間毀滅；書寫所呈現的和歷史現實裡人互動的狀態（所謂「真相」？）有所落差，但卻因文字的固定僵化，歷史痕跡卻因此得以保存流傳。不過，難道書寫和口語永遠是歷史呈現的兩難抉擇？有沒有一種歷史紀錄／呈現的形式橫跨口語和書寫的相對結構，重現了口語情境裡透過對談問答檢視歷史真實的可能，但又具有書寫抵抗時間的流傳功能？或許台灣最近開始蔚為風潮的紀錄片拍攝製作可以開展這個歷史課題的一些可能空間？

其實，就以上對書寫和口語的定義，紀錄片可能還是屬於「書寫」的成分居多，因為紀錄片同樣具有柏拉圖所提到的書寫的三個特色：「非自然」的科技產物、取代記憶的功能和無法回答觀眾臨場問題的缺失。但是，我們對所謂的「非自然」和「人工化」的排斥其實並無理性的根據。「非自然」和「人工化」有什麼不好？這種排斥或許根源於人對科技的不安和恐懼。根據歐恩的看法，「人工化」本來就是人類活動的特色；發明和使用工具是人的「天性」，科技不見得就一定會剝奪了人的「人性」，反而可能為人開展無限的空間（Ong

1982: 83）。有關科技帶來的究竟是福或是禍的這個問題，其實涉及「現代性」的種種複雜辯證，我不擬在此進入這一部分的爭論，只想重申一個概念：「非自然」和「人工化」不見得必然具負面的意義。另外，以科技取代人腦記憶功能，也不見得是壞事。歐恩討論口語社會，發現不會書寫的口語社會往往因為需要把大量精力花費在記憶代代口語相傳的事物上，相對之下無暇做知識創新的實驗，整體社會的傾向是傳統保守的。科技解除了人類記憶負擔之後，人類更有時間去發明與創新（Ong 1982: 41）。從這個角度來談書寫，書寫也不見得就只有負面的意義。但是，與口語相較，書寫的確僵化沒有彈性，無法製造像口語對談情境裡那樣檢驗真理的鮮活互動。弔詭的是，這其實是史家能夠以「權威」的面貌主宰其著述裡歷史論述的原因：史家說的就是真理，不容質疑，因為歷史書寫的結構本來就未有讀者可以發問，「當場」挑戰史家說法的可能空間。紀錄片既為一種科技成品，當然也和歷史書寫一樣，不能與觀眾對答，當場回應觀眾的挑戰和質疑。不過，由於人物訪談和口述歷史通常在紀錄片裡擔任吃重的角色，處理得好的紀錄片往往可以透過訪談的現場互動，利用聲音、影像和話語複雜交會所產生的張力，在某一程度上重現口語情境裡所謂「真理」的生產過程中的不確定性，紓解上述文字書寫的僵硬。有關音像紀錄在這個層次所開展的空間，我將在底下談及口述歷史紀錄時再深入討論。提出這些問題，我所要傳達的訊息是：由於紀錄片涵蓋的不僅是傳統歷史書寫的話語論述，也涉及用音像紀錄人物臨場的互動和種種文字之外的肢體語言，紀錄片或許開展了歷史再現和研究的另外可能空間。底下的論述主要就紀錄片對新世紀史學方法研究所開展的可能空間做初步觀察和討論。我將以與台灣文學研究領域相關的紀錄片為主要討論對象，先約略勾勒目前此領域紀錄片的活動面貌，再進入相關辯證。

作家紀錄片與台灣文學史的呈現

眾所周知，台灣解嚴之後，「歷史重建」成為台灣社會和文化論述界的一大工程，紀錄片在世紀之交介入這波洪潮所造成的衝擊，根據我的觀察，尤以作家生平傳記和底層人民歷史這兩個歷史生產領域特別值得注意。就本文所關切的台灣文學領域而言，就我所知，已有一些機構出版策畫台灣文學作者的影像紀錄。例如：前衛出版社和台灣獨立製片導演黃明川合作，出版了包括賴和、楊逵、東方白、林雙不等四位本土作家的《台灣文學家紀事》系列影片；春泉文教基金會的「人文台灣」系列以中部地區文史工作者為拍攝對象；蔡秀女、施叔青監製、紀錄八位傑出台灣女性的紀錄片《世紀女性‧台灣第一》也在二〇〇〇年跨年之際發表，其中包括了陳秀喜和楊千鶴等兩位台灣文學領域的女作家；春暉出版了「台灣作家身影系列」，包括賴和、楊逵、呂赫若、龍瑛宗、吳濁流、鍾理和、鍾肇政、葉石濤、白先勇、李喬、鄭清文、王禎和、白先勇等十三位著名作家；而公視則另外拍攝了以十三位當代作家為對象的《文學風景》，「為九〇年代的文學及創作者提供另一種發聲的管道，呈現台灣現代文學的多元風貌」，這十三位作家包括了幾米、成英姝、陳黎、鴻鴻、紀大偉、林宜澐、張惠菁、夏曼・藍波安、廖鴻基、賴香吟、詹澈、駱以軍、陳雪等。作家紀錄片的出現象徵台灣歷史撰述將突破以往以書寫文字為主的局面，紀錄片導演將扮演史家的角色，成為新世紀台灣歷史、文學傳播的重要人物。作家紀錄片的拍攝正方興未艾。目前有關台灣文學作家的史料多以文字呈現的作家全集和傳記呈現。作家紀錄片的出現預告了科技多媒體時代，台灣文學史的建構和傳播將以迥異於以往傳統文字媒體的形式展開。

值得注意的是，截至目前為止，歷史影片和台灣文學史家的交流似乎只是單向的：作家紀錄片的一大特色就是出現大量學者的訪談，借用這些台灣文學研究學者的學術權威性來支撐影片對作家的詮釋；但是，反過來，即使學者提供其觀點，成就了作家紀錄片，紀錄片的種種卻未成為學者本身的研究或論述對象。這些作家紀錄片究竟在台灣文學史書寫和傳播當中扮演什麼樣的角色，似乎尚未引起台灣文學領域的注意或討論。西方史學大家懷特（Hayden White）指出，任何歷史敘述動作的背後都隱含了史家「傳教」（moralizing）的動機，而這個動機往往指向某套社會政治系統，或鞏固或挑戰其合法性；歷史寫作處理的其實是律法和權威性的問題。史家的自覺性越高，其文字之間就越流露對律法、社會系統、合法性等等問題的關切（White 1987: 12-3）。台灣文學史的編纂書寫顯然印證了懷特的這番說法。但是，如果台灣文學史家提出有別於戒嚴時代官方版台灣文學史敘述，意在扭轉台灣大眾對台灣歷史的了解與詮釋，進而切入台灣社會政治律法的合法性或合理性問題，那麼，由於大眾傳播媒體（特別是電視和影片）對社會民眾有關歷史認知的影響力遠超過專業史著（Custen 1999: 28），紀錄片顯然更是兵家必爭之地，不應排除在台灣文學史家關切的領域之外。

紀錄片與民主國家的形塑

在作家紀錄片逐一出爐之前，非文學類的紀錄片的拍攝與製作其實已逐漸累積了豐富的成果，其中尤以原住民影像民族誌、以社會運動導向和關注弱勢社群議題的紀錄片最為可觀（李泳泉 2001；黃才容 2001）。這些紀錄片的一大特色就是大量採用了社會底層階級人民的訪談和口述歷史。我認為解嚴之後台灣紀錄片的大量湧現主要有兩個原因。科技層面的原因當然就是輕巧錄影設備的出現，使得影片拍攝的困難度相對減低。不過，我們卻也要注意到，紀錄片的蓬勃盛行恰巧和解嚴後台灣社會有關國家認同和民主社會討論的百花齊放現象平行發展。這兩者之間有無某種微妙的牽引和關聯呢？

電影工業於二十世紀初興起，而紀錄片則稍晚在二〇年代末、三〇年代之時在葛里森（John Grierson）大力倡導之下漸成氣候。而葛里森在整個紀錄片運動當中所提出的一個重要理念就是希望借重紀錄片的教導功能來培育現代民主社會的公民。換言之，與主流電影相較，紀錄片的主要功能不在於提供大眾娛樂，而是透過影片的大眾傳播功能來散播知識，教育民眾，打造現代民主社會（Rosen 1993: 78-9）。紀錄片特殊的價值即是其大眾傳播功能。當然，這大眾傳播功能不見得必然為大眾福祉服務，歷史上紀錄片被巧妙利用來傳播帝國主義和極權意識形態的例子屢見不鮮。三〇年代德國納粹主義就利用著名導演拍攝紀錄片來推展其特定意識形態（沈曉茵 2000: 64-6），而葛里森所謂紀錄片和現代國民之論其實也臣服於散布大英帝國殖民主義的論述之下。羅森（Philip Rosen）論此問題，認為在此大眾傳播媒體與意識形態瓜葛糾纏的情況之下，紀錄片領域文化工作者的角色因而十分重要（Rosen 1993: 79-80）。班雅明面對德國當權者擅用現代化科技大眾媒體推行納粹主義的行為，也認為對應之道，唯有透過介入藝術產品的生產（Benjamin 1992: 235）。

無論如何，紀錄片的興起和發展顯然與現代以大眾為主的社會的興起有密切的關係（Rosen 1993: 81）。換言之，紀錄片和大眾在現代社會扮演日益吃重的角色的現象息息相關。我想從幾個層面來談這個問題。首先，就影像的層面來談，對影片之為一種結合現代科技的藝術形式一向懷有高度興趣的班雅明認為，影片反映了現代社會大眾愈來愈舉足輕重的趨勢：影片特有的展現形式（如特寫鏡頭）流露了大眾想要拉近自身與事物的距離的欲望；在近距離下解剖事物，摧毀其光環（aura），反映的正是一種「世界萬物皆平等」的概念

（Benjamin 1992: 217）。社會民主化之後，大眾在現代社會運作裡所扮演的角色越吃重，影片之為一種與大眾欲望和理念對話的藝術形態也將越來越重要。根據班雅明的說法，影片和繪畫有兩大值得注意的差異之處：一則是「距離」的問題，另一則是觀看這兩種文化產品時「私密」和「群體」經驗的不同。繪畫通常和事物保持一段「自然的距離」，而影片則可以透過鏡頭穿刺現實表象，攤開事物平常肉眼看不到的層面（Benjamin 1992: 229）。另外，影片還特別值得重視的地方就是它所提供的「群體共同經驗」。觀賞繪畫基本上是一種沉思性、「私密」性極高的行為；相對的，影片卻希望激起群體反應，目的是創造大眾同時共同的經驗（Benjamin 1992: 228）。紀錄片尤然。尼克斯（Bill Nichols）認為，任何紀錄片基本上都隱含嚴肅的思辨，提出某個值得思考的課題，其對象往往是公眾（而非個人）的回應（Nichols 1991: 4）。就觀看對象的層面而言，紀錄片因此往往以「大眾性」為目標。而這當然與紀錄片在興起之時就被賦予的「載道」功能——散播知識，教育群眾為現代社會公民——息息相關。

另外，紀錄片往往透過訪談，採用口述歷史的形式來進行。這樣的特殊內容形式往往凸顯了普羅大眾的聲音，這是紀錄片的「大眾性」另一層次的展現。傳統史學訓練高度仰賴書寫文字記載，但是，這樣的傳統歷史訓練取向所造成的一大問題便是有關庶民觀點的處理。這個問題也可以分兩個層次來談。傳統歷史關切的是國家大事，庶民的經驗鮮少是史家關切的重點（Hobsbawn 1988: 13）。個人性和地區性愈高的史料愈不受重視，保存流傳下來的機率也就愈低。因此，通常史著裡若出現和庶民有關的部分，通常只是被做為統計數字來印證一些現象，支撐史家的某些看法（Thompson 1998: 22-3）。庶民個人的觀點和聲音很少被納入史著中。口述歷史是歷史領域裡少數看重庶民觀點並試圖呈現其聲音的場域。將大眾聲音納入歷史書寫場域的口述歷史因此可說是代表歷史書寫的「民主化」（Hobsbawn 1988: 13; Thompson 1998: 26）。但是，我們卻也必須注意到，訪談書寫紀錄牽涉的是把口語轉化為文字書寫這個仲介編輯整理過程。在這中間，被訪談者口語表達的原意不免會有一些流失和扭曲。而受訪者的社會階級愈低、表達能力愈差，呈現他們觀點的文字就往往愈和他們想表達的意思愈大差距（Sipe 1998: 382）。在訪談過程中，訪談者和受訪者微妙的互動是口述歷史研究不可忽視的一個重要面向。受訪者聲調的改變或停頓、眼神和肢體語言等等現場反應可能都透露了文字無法或未傳達的重要訊息，這些訊息通常都無法在文字記載整理的口述歷史裡被呈現出來（Sipe 1998: 383）。影片若拍得好，往往可以藉助音像拍攝捕捉到這些語言文字之外的意思。就這點而言，紀錄片可能較傳統歷史文字書寫更能傳達庶民階級的一些訊息（Sipe 1995: 183）。

歸納上面的討論，我們可以說紀錄片的興起和現代社會的民主化有密切的關係。紀錄片的最大特色就是「大眾性」。對班雅明而言，影片形式的「大眾性」展現於取消距離感，近距離觀察事物，這反映的是民主化過程裡大眾追求「平等」的欲望。班雅明和紀錄片理論大家尼克斯認為，「大眾集體經驗」是影片的訴求。另外，對尼克斯和推動紀錄片運動的鼻祖葛里森而言，紀錄片的大眾性更展現在其教育民眾，形塑現代國家社會公民的功能之上。在內容形式方面，口述歷史在紀錄片裡往往扮演吃重的角色，這讓傳統歷史和公眾論述所排除的一些庶民訊息得以被呈現出來。不管從哪個角度來談，紀錄片的發展和現代國家社會的「民主化」顯然關係不淺。如果我們承認，台灣文學與文學史的建構除了涉及藝術文化問題，亦事關國家政治，那麼，與台灣文學和作家相關的紀錄片拍攝製作就不能不列入台灣文學和歷史論述的研究對象。

作家紀錄片與史學方法

為什麼紀錄影像在拍攝和製作過程當中，大量仰賴台灣文學研究者提供權威性論述觀點，但影片成品卻沒有得到學者相對的重視和回應，未見學者發表有關紀錄片之為一種歷史呈現的任何論述？我想這中間涉及不少問題，可以提供我們反省史學傳統和方法的空間。最大的問題應該是傳統史學在史料蒐集和研究時，一向高度仰賴書寫文字，影像的出現把史料蒐集的範疇擴充到文字紀錄以外的多媒體紀錄資料，而這些多媒體史料又大大衝擊歷史呈現的方式，但是，傳統史學訓練裡並無對應這些新科技歷史產品的解讀方法。換言之，面對音像歷史紀錄之時，傳統史學訓練所教導的思維模式和史學方法可能捉襟見肘，因此史家論述往往不及音像歷史紀錄（O'Connor 1988: 1201; Sipe 1998: 379）。這樣的看法認為傳統史學訓練側重書寫文字，於音像歷史紀錄的解讀方法訓練有所不足，這是為什麼歷史紀錄片被排除在史家論述之外的主要原因。但是，另外一個看法，則認為就歷史呈現的模式來比較，紀錄片較以文字為主的傳統史著略遜一籌，短短幾十分鐘的影片所能負載的思考辯證遠不如傳統仰賴書寫文字的歷史書寫，因此不得史家青睞（R. Rosenstone 1988: 1176-9; Toplin 1988: 1211-3; White 1988: 1196）。這個看法另外帶出的一個問題是紀錄片與文字紀錄之間「可譯性」（translatability）的問題：許多人認為影片呈現過程中，許多原先在文字歷史裡的東西（特別是辯證的部分）都流失而無法呈現（Custen 1999: 26）。針對後面這兩個相關的問題，我想有兩個重要的認知：㈠我們在比較紀錄影片和文字歷史書寫時，基本上必須認清紀錄片和文字書寫乃是兩種相當不同的呈現歷史的模式，各有各的呈現方法和解讀方式。紀錄片不是把文字書寫的歷史「改編翻譯」成影片。㈡有關紀錄片所能展現的思考辯證深度問題，文字書寫所創造的思考深度仰賴的是透過語言呈現的辯證論述；但是，就如同前面我在論及庶民口述歷史訪談轉化成文字記載時所指出的，音像紀錄所創造出來的思考空間靠的不僅是口語文字，也包括影像聲音傳達的訊息。這樣說，不是企圖貶低文字歷史書寫的重要性和意義，而是想指出影片呈現的歷史必須用另外一套史學方法來討論解讀，而目前，這樣的史學方法顯然尚有待開發，我想，紀錄片對台灣文學和歷史研究的意義正在於它暴露了我們目前的思考方式和探討範疇之某些局限性。

可是，這樣的一個思考方向不應簡單化約為下列的說法：「作家紀錄片所暗示的史學方法和歷史再現方式遠比文字書寫的歷史敘述為優。」相反的，我認為目前許多我看過的台灣文學歷史紀錄片，正因為未有充分的史學方法和觀點的照映，以至於影片未能發揮其特質來呈現歷史，這是相當可惜的地方。不過，這不是台灣紀錄片特有的現象，而是許多紀錄片共有的通病。研究紀錄片的學者羅森史通指出，許多紀錄片有兩個傾向：第一、採用口述歷史時，把記憶和歷史等同視之，而未再深究記憶的不可靠性。第二、更令人不安的是許多紀錄片採用單一直線進行的敘述模式，展現單面向的人物和事件的歷史詮釋方式（Rosenstone 1988: 1174）。有關記憶的扭曲性，我想是史家在處理史料（特別是口述歷史）時必須特別小心謹慎的問題。這個問題，阿斯本雪（Richard S. Esbenshade）有關記憶的討論可為借鏡。阿斯本雪指出，通常我們在處理歷史記憶時有兩種模式：第一種模式把人民記憶當作官方記憶的對立面，人民的記憶被當作是較「真實」的社會歷史記憶，抵抗國家機器運作下的壓抑和強迫性遺忘（Esbenshade 1995: 74）。但是另外一種探討歷史記憶的模式卻質疑這樣的對立，指出人民記憶其實一樣涉及（有意或無意的）遺忘、掩飾和（有意或無意的）扭曲

（Esbenshade 1995: 78）。就作家紀錄片而言，這一部分的問題較小，因為作家紀錄片重點在於評論作家的文學藝術，生平細節反而次要。不過，這個問題在處理重大歷史事件或人物時可能就會對歷史詮釋產生重大的影響。例如，蔡秀女所策畫拍攝的《台灣第一位女革命家——謝雪紅》，口述歷史部分的受訪者如何回憶謝雪紅在當時二二八事件的行為，就可能左右影片對謝雪紅的歷史定位和詮釋。謝雪紅為何在敵我雙方對峙作殊死戰的緊要關頭，竟半途悄悄離去？有關這一部分，記憶與歷史之間的差距和重疊可能就必須特別小心處理。另外，在類似《阿嬤的祕密——台籍「慰安婦」的故事》這樣涉及巨大社會壓力和受害者故事的題材時，受訪者如何訴說原先既不願說、也不能說的往事，可能也是導演和觀眾不能馬虎處理的問題。

紀錄片因常常採用口述歷史，故記憶和歷史之間的落差問題特別值得注意。不過，我同意羅森史通所說的，紀錄片更大的問題在於常常採用「單面向」的呈現和詮釋方式來處理複雜的歷史。通常，隱含某項特定意識形態或社會運動目標的紀錄片特別容易展現這種傾向。再以先前提到的《台灣第一位女革命家——謝雪紅》和《阿嬤的祕密——台籍「慰安婦」的故事》為例：為了要平反謝雪紅在過去官方歷史裡所呈現的負面形象，紀錄片導演特意塑造了一個本土色彩濃厚的女英雄角色，卻迴避了謝雪紅歷史上種種招惹爭議之處——例如，她在埔里之役的臨陣逃脫，以及令當時社會側目的私生活等等。同樣的，《阿嬤的祕密——台籍「慰安婦」的故事》的拍攝意在平反台籍慰安婦的歷史污名，並進而向日本政府求償，故特別強調慰安婦「受難者」的角色，迴避了一些可能引發爭議的問題——例如，受訪的慰安婦一致表示，都是在不知情或受騙的情況下淪為慰安婦，但是，若在這受訪者之中或原本那一千多名慰安婦裡有人是志願擔任慰安婦的，那這影片的歷史敘述將如何進行？將要展現怎樣不同的風貌？當然，如同懷特所指出的，所謂的「歷史」，必然暗示兩種以上的版本，否則史家就不會不厭其煩地重新敘述過去的事件或人物，賦予新的歷史詮釋，並在敘述當中企圖建立起自己的版本的權威性（White 1987: 20）。《台灣第一位女革命家——謝雪紅》和《阿嬤的祕密——台籍「慰安婦」的故事》事實上也隱含一個對話脈絡，前者與官方（國民黨和中共）對謝雪紅的負面評價對話，後者是以慰安婦的社會污名做為對話的對象，但是這個對話的狀態並未呈現在影片當中；兩片導演都選擇以單一向度的詮釋方式來切入原本相當複雜的議題。

同樣的單向歷史詮釋方式也常常主宰作家紀錄片的拍攝。以「作家身影系列二——咱的所在，咱的文學」（2000）這一套以十三位台灣作家為主的紀錄片系列為例。這套紀錄片的製作與拍攝可視為積極介入這幾年台灣文學經典化的工程，試圖透過作家紀錄片的發行建構台灣作家的典律（canon）。這十三位作家包括賴和、楊逵、呂赫若、龍瑛宗、吳濁流、鍾理和、葉石濤、鍾肇政、白先勇、李喬、鄭清文、王禎和、王文興。除了白先勇、王文興和王禎和之外，都是本土立場鮮明的作家。由於影片拍攝的目的在於確定作家於台灣文學史上的地位，因此大部分的影片所呈現的幾乎一律是對作家的正面評價，作家作品評價的爭議性或是作家介入某個文學論爭所引起的一些爭議通常就未出現在影片當中，或只是一筆帶過。儘管各片導演不同，作家紀錄片主要結合了幾個紀錄片慣用的手法。最常為導演採用的手法包括：以旁白的方式敘述作家人生和出版的重要事件；以短劇方式呈現作家作品裡的情節、剪輯作家作品改編成的電影的片段（如王禎和〈嫁妝一牛車〉、白先勇〈玉卿嫂〉等）、以短劇演出作家生命中重要事件（葉石濤片中葉石濤被捕，或是賴和片中賴和在獄中煎熬憂心的幾個場景）、作家朗讀自己作品的聲音配上作品裡的場景（如王文興片中占相當高比例的作家朗讀自己作品的景象）。這些影像聲音主要以介紹性的方式來呈現作家和其作品。影片也常常包括作者的親友的訪談，透過他們的回憶和談話來捕捉作家的個性和生活中的種種。不過，由於作家紀錄片最重要的目的乃在於對作家的文學歷史定位提出一套詮釋，除了擔任影片旁白的權威敘述聲音之外，最重要的作家歷史詮釋部分乃是透過不同學者的訪談來形成。紀錄片如何處理訪談就成為觀賞作家紀錄片的一大重點。比較本土派作家和非本土派作家的影片，我們發現一個值得注意的現象：本土派的作家紀錄片裡出現的評論學者幾乎都是本土立場鮮明的學者；而非本土派的作家紀錄片裡出現的幾乎都是非本土派的學者。換言之，在影片當中，我們幾乎看／聽不到本土派的學者對非歸屬本土派的白先勇、王文興等作家的觀感和質疑；也看／聽不到非本土派的學者對本土派作家評價的異議。彭瑞金對白先勇和王文興的作品有什麼看法？而陳映真或是余光中又可能對葉石濤的作品及文學地位有什麼樣的評斷？當然，也有少數紀錄片試圖帶進不同的聲音，但基本上這些不同的意見都僅止於對作家作品的詮釋（如學者林瑞明和呂正惠對吳濁流《亞細亞的孤兒》結局主角選擇道路的不同解釋），並未見到對作家文學地位和文學成就這個重要問題意見上的分歧。顯然影片選擇以「消音」的方式來處理文學的「雜音」問題。這個單向歷史詮釋的傾向無形中大大削弱了紀錄片之為一種「深度」歷史論述的呈現模式。有些紀錄片評論家認為紀錄片的一大缺點就是停留於浮面資訊，只能歸屬於「輕量級」歷史，這樣的批評顯然並非無的放矢。不過，如同羅森史通所說的，紀錄片其實可以負載相當豐富而複雜的訊息；最好的紀錄片往往呈現兩種以上歷史詮釋的對話，藉此傳達多元繁複的歷史面貌（Rosenstone 1988: 1180-2）。前面提及，文字歷史書寫傳統上較不重視訪談和口述歷史，其文獻資料大多以文字記載為主。紀錄片正好相反，訪談和口述歷史往往是紀錄片表現其歷史詮釋的主要模式。善加利用紀錄片對訪談和口述歷史的包容力，其實就可以解決「單面向」歷史詮釋的問題，因為口述歷史最大的特質就是可以讓不同的觀點和意見同時並陳（Thompson 1998: 24-5）。

不過，我懷疑作家紀錄片的單向歷史詮釋問題，純粹只是導演或影片製作單位單純簡化的歷史想像問題，可能還要考慮到紀錄片之有別於文字書寫，除了所採用的表達媒體不同之外，更涉及紀錄片製作發行的「體制」向度。換句話說，文字書寫主要是個人行為，史家論述有相當大的自主空間決定如何詮釋和呈現他所要處理的素材。相較之下，紀錄片是一種集體生產，有其高度的體制牽制面向。作家紀錄片的拍攝所費不貲，通常非個人可以獨立負擔，須要機關單位資助。這些機關所訂定的一些補助原則經常可以左右影片拍攝手法和方向（Nichols 1991: 15）。而紀錄片的發行流通也有特殊的管道，這些發行機構以什麼樣的觀眾為對象的考量也會對紀錄片的製作有大小不一的影響力。此外，紀錄片往往需要結集製作、導演、腳本撰稿和攝影等等一群人的共識。凡此種種，都提醒我們紀錄片研究與傳統文字歷史書寫不同之處，必須注意其生產行銷機制如何影響影片的成形。把問題再拉回到作家紀錄片系列的討論。紀錄片單面向地推崇作家，未見爭議性問題的探討，除了事關導演和腳本撰稿人本身對作家作品及文壇對他的種種評價掌握是否充分之外，另外一個考量是：是不是因為影片最初的製作動機就在於肯定作家的地位和文學成就，因此限制了影片所能發揮的歷史詮釋空間？無論這體制面和集體創作的協商問題是不是造成影片歷史詮釋單向化的主要原因，討論紀錄片與歷史詮釋的關係，我們都不能忽視紀錄片與傳統歷史文字書寫生產過程的巨大差異，前者的生產因為必須依賴種種體制網絡，涉及複雜的群體協商，製作群隊裡的個人對影片的歷史詮釋恐怕無法像傳統史傳著者那樣可以揮灑自如。

底下，我將以「作家身影」這一系列紀錄片中的兩部影片《永遠的台北人：白先勇》和

《推巨石的人：王文興》為主要討論對象來談作家紀錄片拍攝製作所涉及的問題。兩位作者都是現代主義時期的代表作家，並且健在，紀錄片因而得以有相當大的讓作家「現身說法」的空間；影片對於作家聲音、影像和談話內容的剪輯和安排處理透露了重要的訊息，除了可以讓我們藉此比較紀錄片和文字書寫歷史的異同，也更可以讓我們深入探討紀錄片之為一種呈現歷史的方式的特殊問題。

永遠的台北人？與作家自我定義相左的紀錄片

相較於「作家身影」系列紀錄片中的其他成品，《永遠的台北人：白先勇》可算是採取最傳統做法的紀錄片。影片開頭先以傳統中國戲曲唱腔做為背景音樂，搭配白先勇美國住家庭院裡姹紫嫣紅的花朵影像，設定影片「中國」古典的基調，接下來以平鋪直敘的手法追溯白先勇自出生以來的「足跡」。相較於其他作家紀錄片，地理影像在這部影片裡扮演相當重要的角色；影片主要是由一段段不同地理景象所組成：從白先勇出生的中國桂林到幼時曾居住過的南京、上海以至台北和紐約，勾勒出作家一生漂泊的形跡。這樣的平鋪直敘手法當然也是一般紀錄片慣用的手法，不過，如果細心一點觀看這一系列地理組曲，我們會注意到這些不同地點的地理影像所扮演的角色和分量大不相同，如果再參照口述歷史部分作家本身接受訪談時談及這些地理點的一些反應，我們會發覺影片對作家的詮釋在相當程度上反映了這組影片製作群預設的立場，和作家對自己的定位頗有出入。這其中透露的玄機值得推敲。我將拐個彎來解釋這個問題。

通常有關於歷史影片的研究，往往以「影像」歷史稱之，而忽略了聲音和配樂在影片裡所扮演的角色。許多相關論述也多半著眼於鏡頭運用和影像處理，而未觸及音效在影片意義產生過程裡所扮演的角色。葉月瑜在討論台灣歷史史詩電影《悲情城市》時，特別提到音效如何積極介入影片意義的產生過程。最引人注意的是《悲情城市》經常以男、女聲巧妙的雙聲共鳴，暗示歷史詮釋和敘述的交集或分歧。葉月瑜所引用的一個例子是電影開始時林家細姨分娩的場景。在這時刻，林家廳裡林文雄正虔誠燒香祭祖，期待母子平安，再為林家增添香火，收音機中流洩出日本天皇裕仁宣布無條件投降的聲音，與細姨分娩聲嘶力竭的吶喊交織，「代表了無數家庭在個體的層面上與大歷史的交集」（葉月瑜 2000: 193）。葉月瑜認為，電影開頭音像的特殊處理其實已透露了導演侯孝賢「野心勃勃地想將台灣人的生命軌跡併入大歷史的演變中，讓兩方力量互相衝激，使歷史的書寫不落入單元的囈語」（葉月瑜 2000: 193）。

觀賞台灣作家紀錄片，同樣必須要注意音效的意涵。眾所周知，台灣文學的一大特色就是創作語言的混雜，而這個現象最主要的歷史原因就是政權的轉換。許多拍攝老一輩具日據經驗背景的作家的紀錄片便常以日語唸讀作家作品，除了寫實地呈現作家當時創作的語言之外，觀眾對語言的隔閡和陌生感更可產生一種「疏離感」，暗示台灣歷史傳承和理解的斷層。回到白先勇作家紀錄片的探討。上面提及，影片在一開頭就透過背景音樂召喚古典中國情調，接下來影片剪輯大量中國地理和城市的影像，除了呈現作家幼時舊居之外，主要的企圖在指認作家小說裡提及的一些場景（如小說〈花橋榮記〉所提及的橋和桂林景色；〈秋思〉裡的南京；〈遊園驚夢〉裡的上海等等），暗示這些地理城市經驗對作家創作的重大影響。在影片中地理影像部分，中國影像約占三分之二的比重與分量。透過音效和影像剪輯，影片以強烈的中國符號架構出「白先勇」。

有趣的是，這個符號架構竟在一個驚鴻一瞥的白先勇談話片段裡被白先勇本人否定了。我在前面提及，作家尚在世的紀錄片有一大優勢，就是可以透過對作家的採訪，來呈現作家的世界。紀錄片之有別於一般的電影，最重要的就是其「紀錄」的功能。以在世作家為對象的作家紀錄片最寶貴的可能就是紀錄保存了作家的影像聲音，更有意義的，可能就是透過採訪，讓作家以自己的觀點來討論其創作，呈現其創作觀。可惜《永遠的台北人：白先勇》並未充分利用這個優勢，我們所看到的白先勇本人出現時，談論的多半是作品之外的生平事物。影片拍攝涉及採訪，而採訪的現場互動其實相當重要，採訪者的知識和提問的問題往往深刻影響採訪的成果（Sipe 1998: 383）。我們必須注意到，口述歷史和文字書寫歷史在史料蒐集方法上大不相同：以文字書寫為對象的歷史蒐集和詮釋方法是以「既存」的文件為蒐集和詮釋的對象，口述歷史則不然。口述歷史的資料來自於採訪者和受訪者中的問答互動，在此情況下，史料不是被「發現」的，而是在採訪過程中經由這個互動過程產生的，採訪者往往透過提問和對受訪者答問內容的回應來「誘導」受訪者談話的內容和方向。換句話說，口述歷史的史料往往不是被「發現」的，而是口述歷史工作者「誘導出來的」（elicit）（Sipe 1998: 382）。這個口語情境所產生的複雜性，往往是文字書寫記載遠不能及的。如果我們假設，影片剪輯尚不至於剪掉作家對自己文學觀的闡述，那麼，影片中作家現身說法談論自己作品的部分會如此稀少，作家談話多集中在作品之外的事物，顯然就是白先勇紀錄片的採訪者在訪談當中未誘引相關的談論。

影片裡，白先勇談論自己創作的鏡頭並不多。但是，就在影片透過中國大陸地理影像，逐一指認《台北人》裡小說人物與大陸城市的關聯之後，影片裡驀然出現白先勇的一個說話鏡頭：

> 雖然你剛剛講的是大陸的那幾個都市，其實在我小說裡面，意義最重要、最大的是台北。我自己覺得自己可能是永遠的台北人。因為我寫的小說裡面雖然有過去的回憶，可是現實上都是以台北為主的。台北從它的開始是一個半農業的這種都市，一直到現在是

現代化的都市，我想它的轉化、一切，我也跟著它，這樣子的一個記憶、經歷，跟著它。

影片下面一個鏡頭接到台灣，卻匆匆以幾個類似台灣觀光宣傳片的鏡頭帶過這個作家口中重要的城市。在這幾個影片的鏡頭剪輯和順序當中，我們突然發現影片意義上的一個巨大斷裂：影像所呈現（並進而詮釋）的作家世界和其作品，與作家想要呈現的自我與作品的意義顯然有相當大的落差。白先勇說自己是「永遠的台北人」，這句話也正是白先勇影片的標題，但是影片影像剪輯和敘述者詮釋作家與其作品的聲音所傳達的訊息並非如此。

這樣說，並非要以一套「政治正確」性的解讀指導影片製作一定要如何「本土」才行，而是要指出紀錄片的製作涉及對作家和作品的詮釋，詮釋的方式主要透過影像和聲音的剪輯來呈現，而在這剪輯的過程裡，導演的意識形態觀點，不管是自覺或不自覺地，都會融入其中。就這點而言，導演其實占取一個「史家」的位置，以特定的意識形態角度介入歷史詮釋的角力。在此情況下，觀看紀錄片必須有兩個重要的認知：第一、我們必須摒棄「紀錄就是真實」這樣的迷思（Corner 1996: 54-5; Minh-ha 1993: 105-6），因為紀錄片的製作和歷史書寫一樣，都涉及敘述模式的選取和編輯篩選等等動作（White 1987: 402），這個編輯呈現所採取的策略和過程必須被檢驗和探討。第二、這個問題帶出一個相關的重要認知：我們必須承認，紀錄片製作人已經在新世紀加入史家的行列，透過科技產生的新方式來詮釋歷史，而這種音像方式的歷史詮釋勢必在未來具有相當大的力量，可以左右一般民眾對歷史的認知。如果影片製作者扮演的是史家的角色，那麼所有有關歷史書寫和史學方法反省的問題也必須是從事這個行業重要的思考問題（Toplin 1988: 1227）。紀錄片論述的重要性就在於它可以搭起紀錄片製作和史學方法研究這兩個領域的橋樑。另外，白先勇作家紀錄片給我們的一個啟示是，即使是這樣非常傳統，採取類似文字書寫傳記形式平鋪直敘的紀錄片，我們也可以看到影片和文字書寫呈現歷史的方式有其不同之處。紀錄影片不該被視為以文字寫成的歷史的改編（White 1988: 1194），影片的製作牽涉獨特的音像語言，其意義的解讀也必須照顧到音像多媒體的互動和並置對比等等。

推巨石的人：王文興

對照白先勇紀錄片所暴露的種種問題，我們或許更能看出同一套「作家身影」系列影片中，以王文興為拍攝製作對象的紀錄片的獨到之處。在上面討論白先勇紀錄片時，我提到該部紀錄片的呈現方法主要採取傳統傳記平鋪直敘的方式，以旁白的方式介紹白先勇和其作品的種種；作家現身說法，談論自己作品或闡述創作觀與文學理念的鏡頭並不多。這樣的呈現方式意味歷史詮釋權主要掌握在旁白所代表的影片製作人／群手裡。相較於白先勇的紀錄片，王文興紀錄片一開始便是作家王文興的聲音，敘述希臘神話薛西弗斯（Sisphus）推巨石的故事。片尾回到這個故事的影像，與片中王文興對自己創作觀的闡述相連，薛西弗斯的故事成為王文興創作的象徵——就作者而言，王文興就是那個推巨石的人，即使知道以他寫作速度之慢，與時間賽跑注定要失敗，卻仍孜孜不倦地創作；就王文興創作主題而言，王文興的作品其實反覆變奏的是「人與命運艱苦的奮鬥，以及不知奮鬥的意義何在」。王文興的聲音和觀點籠罩整部影片，成為影片裡「王文興」最權威性的詮釋聲音，其他的聲音和影像都臣服其下。

影片中當然也有旁白介紹王文興生平重要事件以及口述歷史的部分（王文興親友談王文興的往事與為人、特質；學者談王文興的作品等等）。但是，這些聲音相較之下分量輕微得多，因為整部影片最引人注意，所占比例最重的是王文興的聲音：除了王文興朗讀自己作品的聲音搭配短劇演出的小說情節片段之外，影片裡更出現了大量王文興接受訪談時的談話，對自己的作品和創作觀提出詮釋。最值得注意的是這部影片處理口述歷史的手法。「作家身影」系列紀錄片通常都剪輯了許多口述歷史片段，透過對學者和作家親友的訪談來詮釋作家。王文興紀錄片同樣也訪談了作家的親友和學者，但是，幾乎在這些談話之後必然出現作家自己的聲音和詮釋。於是，我們看到了王文興談《家變》，指出作品意在「寫人和命運艱苦的奮鬥」；也看到了王文興談《背海的人》，認為這部作品還是在寫「人生的奮鬥」；也看到了他談創作如何艱苦成形等等。在許多紀錄片裡，學者訪談往往主掌對作者的詮釋，但是在王文興的這部紀錄片裡，作者成為他自己最重要的詮釋者，其他人的談話不過是為他所提出的詮釋加註罷了。傳統歷史書寫高度仰賴文字書寫記載，王文興影片裡聲音的重要性無異把「口語」再度納入歷史關注的範疇，間接點出傳統史料蒐集和處理訓練上的盲點。

除了透過訪談，凸顯（作家自己）聲音的重要性之外，聲音也和其他媒體結合，反映王文興作品的特質。受訪的學者張誦聖、鄭恆雄和陳器文都指出，王文興的作品經常透過種種策略，背棄傳統創作強調的「平順」，創造出「視覺障礙」，達到高度的文本「稠密度」。影片裡有許多片斷似在模仿王文興創作的這些特色：音效部分，觀眾耳裡聽到的是王文興閱讀作品的聲音和背景交響樂此起彼落的交會；視覺方面，觀眾眼裡看到分割的銀幕裡縮小處理的王文興朗讀鏡頭重疊於跳動的影像之上，銀幕下方王文興聲音正朗讀的小說文字綿綿排列出現，而正被讀到的字則在瞬間逐個凸出加大。在這些影片片斷裡，影片本身展現的文本「稠密度」和「視覺障礙」似乎在呼應學者所說的王文興創作的特色。這幾個極具巧思的片斷讓我們看到了音像巧妙的結合所發揮的影片歷史呈現特質。歷史文字書寫可能只能透過文字敘述點出作家作品的特色，卻難以用辯證文字來模擬作家創作的特色；王文興紀錄影片在這方面所展現的正是影片做為一種歷史呈現模式的莫大潛能。這樣說，並非主張以影片代替文字書寫，做為呈現歷史的主要媒體；如同塞普所說的，非文字的影像其實也可創造出深度辯證和複雜符號指涉意義（Sipe 1995: 185），但是，文字書寫所呈現的辯證層次卻也不是音像可以取代的。討論相關問題，重點不在「二選一」或「取代」的取捨問題，而是讓不同的媒體展現其特有的功能，以不同的方式來呈現歷史。

回到王文興影片的討論。這部片展現了音像紀錄之為一種歷史呈現方式所能發揮的空間，除了透過訪談處理剪輯將歷史詮釋權移轉給作者之外，影片也透過多媒體結合的種種效果實踐影片口語部分訊息。這些地方都看到導演的用心。但是，這部影片的製作卻也非毫無瑕疵。比較美中不足的就是它依然呈現相當單一的歷史詮釋。如同我所說的，影片特意把這部作家紀錄片的歷史詮釋主控權交付給作者本人，作者的聲音成為詮釋的權威聲音，其他的聲音都只臣服於其下。王文興一生文學活動的軌跡，除了創作之外，也在台灣七〇年代的鄉土文學論戰中留下烙痕。這一部分的相關爭議在影片中卻只是輕描淡寫地帶過，影片中王文興有關鄉土文學論戰的談話似乎也相當模糊，未能呈現雙方爭執所在。影片中當然也訪談了當時參與論戰、對王文興強力抨擊的文化工作者尉天驄，可是尉天驄終究不算代表與「現代文學」派別真正對立的本土派學者立場。如果可以透過訪談紀錄本土派學者的意見，應更可以讓觀眾了解王文興與這個台灣文學重要論爭的關係。

結語

班雅明曾說：「每一種藝術的歷史都展現了一些關鍵性的時期，在那些期間，有些藝術會力圖達到某些效果，而這些渴望中的效果只有透過技術標準上的轉變（也就是說，透過新的藝術形式）方得以達成」（The history of every art form shows critical epochs in which a certain art form aspires to effects which could be fully obtained only with a changed technical standard, that is to say, in a new art form.）（Benjamin 1992: 230）。隨著科技的進步和社會的民主化，歷史呈現必然也會出現新的方式。我相信九○年代以來台灣紀錄片拍攝和製作逐漸風行，正是反映了這樣的趨勢。截至目前為止，影片和歷史的關係只見於一些電影研究論文，《戲戀人生：侯孝賢電影研究》這本書所收錄的文章算是相當具有代表性地呈現了這方面的成果。相較之下，紀錄片所涉及的史學問題卻尚未引起注意。由於紀錄片和一般劇情為導向的電影，無論目的和採用的手法都不盡相同——例如，紀錄片裡口述歷史的吃重比例和紀錄片凸顯的「載道」目的，電影研究方式並不能全套挪用來做為解讀紀錄片的依據（Rosenstone 1988: 1181）。台灣有關紀錄片的研究，目前以民族誌角度切入的居多，以史學觀點來探討的仍屬少數，其中的一個原因當然是因為傳統歷史研究領域的訓練向來側重文字書寫的處理，尚未發展出一套有系統的音像歷史紀錄史學方法。歷史紀錄片研究的開發尚在起步階段。

然而，如果我們承認，影片的大眾性將使得這個特殊傳播工具成為新世紀大眾歷史知識的主要來源，那麼，我們就不得不正視這個新的歷史呈現方式所帶來的史學訓練挑戰，也不能不積極介入這個媒體涉及的歷史呈現問題。紀錄片製作者扮演的正是歷史工作者的角色，紀錄片已成為歷史詮釋的一種新興的重要工具。如何開發相關的研究方法與論述是關心台灣歷史的人不該漠視的課題。

本文透過兩部作家紀錄片的探討，初步勾勒出紀錄片歷史學三個重要研究層面：口述歷史所帶出的種種史學反省問題、多媒體結合所能創造出的迥異於文字書寫的歷史呈現空間，以及紀錄片對應歷史詮釋單元化的一些可能之道。其間涉及的種種問題都顯示紀錄片對史學研究訓練的衝擊，深入探討紀錄片的歷史呈現方式，應可大大開展史學方法研究的視野。

附錄：「作家身影——台灣篇」系列作家與拍攝導演對照表

作家	導演
賴和	吳秀菁
楊逵	吳秀菁
呂赫若	賴豐奇
龍瑛宗	井迎兆
吳濁流	陳麗貴
鍾理和	周晏子
葉石濤	曾壯祥
鍾肇政	周晏子
白先勇	黃以功
李喬	曹瑞原
鄭清文	李泳泉
王禎和	曾壯祥
王文興	井迎兆

引文書目

中文部分

李泳泉。2001。〈觀察與反省——初探台灣紀錄片的趨勢〉。「二〇〇一獨立製片與紀錄片國際學術研討會暨南方影展」。國立台南藝術學院音像藝術科技多媒體中心及音像藝術管理研究所合辦。2001.10。

沈曉茵。2000。〈本來就應該多看兩遍——電影美學與侯孝賢〉。《戲戀人生：侯孝賢電影研究》。林文淇、沈曉茵、李振亞編。台北：麥田。61-92。

黃才容。2001。〈台灣同性戀的影像紀錄〉。「二〇〇一獨立製片與紀錄片國際學術研討會暨南方影展」。國立台南藝術學院音像藝術科技多媒體中心及音像藝術管理研究所合辦。2001.10。

葉月瑜。2000。〈女人真的無法進入歷史嗎？——再讀《悲情城市》〉。《戲戀人生》。181-214。

英文部分

Benjamin, Walter. 1992. “The Work of Art in the Age of Mechanical Reproduction,” *Illuminations*. Ed. Hannah Arendt. Trans. Harry Zohn. London: Fontana P. 211-44.

Corner, John. 1996. “Action Formats: Drama-Documentary and Verite,” *The Art of Record: A Critical Introduction to Documentary*. Manchester; New York: Manchester UP. 31-55.

Custen, George F. 1999. “Clio in Hollywood,” *Why Docudrama?: Fact-fiction on Film and TV*. Ed. Alan Rosenthal. Carbondale, Ill.: Southern Illinois UP. 19-34.

Esbenshade, Richard S. 1995. “Remembering to Forget: Memory, History, National Identity in Post-war East Central

Europe," *Representations* 49 (Winter, 1995) : 72-96.

Hobsbawm, E. J. 1988. "History from Below-Some Reflections," *History from Below: Studies in Popular Protest and Popular Ideology*. Ed. Frederick Krantz. New York: Basil Blackwell. 13-27.

Minh-ha, Trinh T. 1993. "The Totalizing Quest of Meaning," *Theorizing Documentary*. Ed. Michael Renov. New York: Routledge. 90-107.

Nichols, Bill. 1991. *Representing Reality: Issues and Concepts in Documentary*. Bloomington: Indiana UP.

O' Connor, John E. 1988. "History in Images/Images in History: Reflections on the Importance of Film and Television Study for an Understanding of the Past," *The American Historical Review* 93.5 (Dec, 1988): 1200-9.

Ong, Walter J. 1982. *Orality and Literacy: The Technologizing of the Word*. London; New York: Routledge.

Rosen, Philip. 1993. "Document and Documentary: On the Persistence of Historical Concepts," *Theorizing Documentary*. 58-89.

Rosenstone, Robert A. 1988. "History in Images/History in Words: Reflections of the Possibility of Really Putting History onto Film," *The American Historical Review* 93.5 (Dec, 1988): 1173-85.

——. 1995. "Introduction," *Revisioning History: Film and the Construction of a New Past*. Ed. Robert A. Rosenstone. Princeton, N. J.: Princeton UP. 3-13.

Sipe, Dan. 1995. "*From the Pole to the Equator*: A Vision of a Worldless Past," *Revisioning History*. 174-87.

——. 1998. "The Future of Oral History and Moving Images," *The Oral History Reader*. Eds. Robert Perks and Alistair Thomson. London; New York: Routledge. 379-88. Rpt. from *Oral History Review* 9.1/2 (Spring-Fall, 1991): 75-87.

Thompson, Paul. 1998. "The Voice of the Past: Oral History," *The Oral History Reader*. 21-8. Extracted from P. Thompson. 1988. *The Voice of the Past: Oral History*. Oxford: Oxford UP. Second Edition.

Toplin, Robert Brent. 1988. "The Filmmaker as Historian," *The American Historical Review* 93.5 (Dec, 1988) : 1210-27.

White, Hayden. 1986. "The Historical Text as Literary Artifact," *Critical Theory Since 1965*. Eds. Hazard Adams and Leroy Searle. Tallahassee: Florida State UP. 395-407.

——. 1987. *The Content of the Form: Narrative Discourse and Historical Representation*. Baltimore: Johns Hopkins UP.

——. 1988. "Historiography and Historiophoty," *The American Historical Review* 93.5 (Dec, 1988) : 1193-9.

作品現象探討篇

塗抹當代女性二二八撰述圖像

二二八與認同重塑

二二八平反可算是九〇年代台灣政治文化界的一件大事。二二八事件研究報告、二二八紀念碑、二二八紀念日、每年二二八紀念活動，「二二八」顯然已迅速成為解嚴後台灣社會的重要儀式。

二二八為什麼這麼重要？當然，對背負二二八傷痕的家屬而言，就像中國人對日本人南京大屠殺、猶太人對德國納粹暴行的記憶一樣，二二八不可忘、不能忘、無法忘；紀念二二八，不僅追思歷史傷痛、撫慰逝者生者、也控訴不當政治勢力對人民所造成的無法彌補的傷害。但是，「二二八」之為解嚴後台灣社會逐漸成形的一個重要社會儀式，顯然還有「安魂療傷」之外的意義。這隱藏在「安魂療傷」背後更深層的意義究竟是什麼？對台灣社會沒有直接遭受二二八事件衝擊的人民，「二二八」的意義恐怕更要從這個層面去尋索。

我想拐個彎來處理這個問題。在寫這篇文章之時，我正在英國。離開台灣之際，朱天心的小說集《古都》（1997）才剛剛出版。其中與書同名的短篇小說〈古都〉操演記憶與認同的多層繁複關係；這篇小說假遊記尋訪「桃花源」的形式探索歷史空間與身分認同的關係。小說暗示，隨著台灣政治勢力結構的轉變，新的政權以抹滅地面上的歷史遺蹟來遺忘過去。小說主角遊走於似曾相識卻毫無半點痕跡可以印證自己記憶的台北城，最後竟無從確定自己的身分。失去有形歷史痕跡支撐驗證，記憶只得虛脫。這篇小說可以用來反覆辯證哈布瓦赫（Maurice Halbwachs）的《集體記憶》（*On Collective Memory*, 1992）。集體記憶理論的小說以創作形式展現了集體記憶與認同建構經常相輔相成的關係：剝落了外在社會網絡，架空集體記憶，個人的記憶往往隨時間而瓦解，身分認同即失去依歸。假如台灣是個缺乏歷史遺蹟、集體記憶（為了不同原因理由）一再被架空塗抹、身分認同極其混淆的社會的話，從台灣到英國，最令我觸目驚心的大概就是這個島嶼的處處古蹟。不僅如此，每個重要古蹟所在，每日總有數次導覽，日復一日訴說那個地點、那棟建築物裡的種種歷史傳說。探訪古蹟，聆聽英國不同歷史時刻不同歷史人物的傳奇故事大概是這個島嶼人民從小參與的社會儀式。這樣的儀式不僅意在傳承歷史，恐怕更有個重要的功能：塑造集體記憶，凝聚集體認同。

歷史遺蹟最大的功能之一便是透過建構集體記憶，讓不同社群的人產生某種聯繫共識，進而形成某種集體認同（Koshar 1994: 216）。不過，值得注意的是，集體記憶的建構過程中往往衝突橫生，暗潮洶湧。這當然不僅是民間集體記憶對抗國家政治機器壓抑，或者是政權轉換之時集體記憶被修飾甚或被竄改的問題，這也是不同民間記憶爭戰交鋒，奪取主要歷史詮釋權的問題（Esbenshade 1995; Grossmann 1995; Shnirel'man 1996; Gillis 1994）。以英國為例：英國處處古蹟，歷史傳說經由當地導遊日日傳頌，在訴說「我們的祖先、我們的歷史」之中，無形地傳播、強化英國國民的國族意識；但是，在蘇格蘭的愛丁堡城堡，我卻也在當地導遊的話語當中聽到了「我們蘇格蘭」、「他們英格蘭」的種種歷史情仇；顯然所謂「我們的」歷史、集體記憶，其實是極其不穩定的。共同記憶往往隱含社會權力結構，透露了權力爭鬥的脈絡（Bodnar 1994: 76）。

回頭來看二二八。紀念二二八，有何安魂療傷之外的意義？紀念二二八，使之成為台灣重要的社會儀式，當然是要透過這個集體記憶，凝聚認同。從國家敘述的觀點來看，二二八顯然是台灣歷史的縮影，濃縮了在台灣這塊土地上一再重演的權力衝突歷史影像。透過二二八的儀式化，使二二八成為台灣人民「我們的」歷史、「我們的」集體記憶，二二八之為台灣國殤的象徵，其中隱含的記憶認同政治不待言之。如同當代政治學者Anthony Smith（1995）所言，歷史記憶在國家的形成過程裡占有相當重要的一席之地；談「國殤」，當代台灣場域所凸顯的二二八記憶和過去數十年來同樣在國家塑造工程裡擔任重要任務的「南京大屠殺」

記憶形成的政治張力，無形中透露了台灣國族敘述的轉換。不過，如上文所述，集體記憶本身乃恆常處於不穩定的狀態，映照社會權力結構的脈絡。二二八記憶一方面需與其他記憶競爭，方能成為台灣社會具有重要歷史象徵意義的「全民」集體記憶，一方面二二八記憶本身也不斷有不同聲音（不同發言位置）的介入，「二二八記憶」的面貌因而極為複雜，處處可見集體記憶塑造過程當中的權力交鋒痕跡。

台灣女性二二八書寫

台灣二二八記憶的書寫一向由男性主導，台灣女性二二八的書寫似乎到解嚴之後才漸成風氣。底下我將試圖勾畫女性二二八撰述的面向。在呈現女性論述介入二二八集體記憶塑造的情形之時，也嘗試處理「集體」這個概念隱藏的複雜問題。本文所討論的範圍以「女性二二八撰述」為限。此處所定義的「女性二二八撰述」乃以女性為書寫或敘述主體位置的文本。小說創作方面只探討女作家創作以女性為回憶二二八主體的作品，男作家小說創作書寫女性二二八經驗的作品因牽涉到複雜的「再現」（representation）性別政治問題，衍生太多枝節，難在短短一篇論文裡充分討論，故排除在本篇論文探討範疇之外。口述歷史如由男性記載，但口述者為女性者則亦納入本文所定義之「女性二二八撰述」。

主流女性二二八記憶撰述及其問題

以二二八受難家屬為主要題材的書寫可謂女性二二八撰述的主流。在台灣女性小說創作領域，蔡秀女的〈稻穗落土〉（1985）最先以二二八為小說背景，陳燁的《泥河》（1989）、李昂的《迷園》（1991）都以女性在二二八喪失所愛之人的傷痛為記述角度，參與二二八集體記憶塑造。這兩篇小說刻畫女性如何與沉痛記憶搏鬥，二二八傷痕如何持續於現在的時間，不斷影響女主角現時人際關係。在非創作領域裡，阮美姝的《孤寂煎熬四十五年：尋找二二八失蹤的爸爸阮朝日》（1992）以及沈秀華訪談收集的《查某人的二二八：政治寡婦的故事》（1997）堪為此類書寫角度的代表。阮美姝寫出無法言明的失父之痛以及無盡的思父之情，沈秀華則透過訪談記錄了一則則二二八受難家屬家破人亡之後掙扎求生的辛酸血淚。

受難家屬故事成為女性二二八記憶書寫的主流當然有其現實的因素。沈秀華在《查某人的二二八：政治寡婦的故事》緒論裡有言簡意賅的解釋：

> ……在了解當時台灣人社會中，有能力影響輿論、掌握權力、資源的人，是以男性為絕對多數的情況下，就不驚訝，當國民黨決定以軍力來鎮壓台灣社會時，它屠殺的對象會幾乎全是台灣男人，尤其又是社會菁英份子。

因此男人成為二二八受難者，而他們的妻子成為這個屠殺的政治寡婦，就絕非是個歷史的偶然……男女在社會的權力運作結構中，有著不同的配制，在國家、民族建造過程中，有不同的參與方式與角色，因而也決定男女在權力鬥爭中和國家建立過程，有著不同的經驗，最後也往往因為這個不同的經驗，導致男女有著不同的國家想像藍圖。（1997: 13）

這段話主要在解釋二二八記憶的重建工程裡，何以女性參與的角色往往以政治寡婦居多。如果二二八集體記憶的塑造有強烈凝聚認同企圖的話，標示「二二八受難家屬」的記憶撰述可謂「參與」的意味遠大於「介入」。誠然，女性二二八記憶和男性有所不同，男性受難犧牲，女性背負著記憶在往後的歲月裡痛苦煎熬。但是，以「受難家屬記憶」為主要訴求的「女性的二二八」雖然彰顯女性的聲音，卻不背離主流男性二二八記憶書寫隱含的政治企圖。整體而言，此類女性二二八撰述往往呼應男性二二八記憶，並透過女性聲音的加入，擴大集體記憶，暗示二二八所帶來的衝擊不僅銘刻於男性受難的身體，也烙在女性隨後飲泣的歲月。

不過，這樣解釋「受難家屬」的女性二二八記憶撰述可能流於浮面，化約了此類撰述的複雜性。這裡所謂的「複雜性」不僅包涵現在談記憶時大家已相當熟悉的性別政治問題——

在積極參與政治控訴，突破女性於政治場域的消音狀態之時，此類女性二二八撰述卻也不免再度落入傳統歷史記憶的「性別分工」模式：男性參與歷史事件，塑造歷史，女性哀悼追思，在回憶中成為歷史的守護者（Gillis 1994: 10）。換言之，定位為「政治寡婦」、「受難家屬」的女性二二八記憶無形中已標示了記憶撰述不同性別的主從位階。性別位置與記憶建構的關係當然是個不能漠視的問題，不過，「受難家屬記憶」撰述還牽涉到一個較少引起注意也因此未見充分探討的問題：「誰在說？怎麼說？誰在聽？聽見了什麼？」探討「集體」記憶時不忘關照這一連串的問題，或許更可以讓我們看到集體記憶形成過程中的權力暗流以及集體記憶結構隱藏的一些問題。沈秀華的《查某人的二二八：政治寡婦的故事》是截至目前為止，最具規模的女性二二八記憶撰述工程，蒐集記錄了在二二八事件發生時喪失丈夫的不同背景階層女人的敘述，涵蓋面最廣，可視為此類撰述的代表作，提供了相關問題分析討論的最佳文本，我們將以之為基本文本，探討「受難家屬二二八記憶」撰述和口述歷史往往被忽略的一個重要的理論關照點。

《查某人的二二八：政治寡婦的故事》的標題一方面界定了整部書的範疇，更提示了書中所載錄的不同女性的口述歷史的重疊處和閱讀角度。沈秀華說明策畫這本書的主要動機：

> 二二八成為台灣人在外來政權欺壓下，一個集體苦難命運的象徵事件，由再論述這段

> 苦難歷史，台灣人找到其共同命運體的基點，當年事件的受難男人，成為今日台灣主體歷史建構中，被悼念的，為台灣人自主性而犧牲的先驅。
>
> 有趣的是，在絕大多數的二二八論述中，女人不見了。那些在恐怖中艱苦扶孤、活下來的女人的聲音不見了，或是我們若聽到他們的聲音，也是因為我們要他們告訴我們，他們丈夫當年受難的情形，這些女人自事件後，艱苦尋求出路的故事，只是零星的點綴在他們男人的故事後，而不見其主體性。（1997: 14）

鑑於二二八論述只看到男性的犧牲，卻未見到女性遭受的苦難，沈秀華的撰述目地似乎是要透過女性自述，挖掘主流男性二二八論述所埋沒的女性的聲音和二二八經歷。沈秀華隨後對這些故事所呈現的「女性的二二八經驗」有明確的定義：

> 因此二二八不只是只限於一九四七年的二月二十八日。對許多二二八寡婦，二二八是從他們先生遇難的那一刻開始。從訪談裡，我們常看到許多受訪者，都由他們先生出事的那一日起，來描述他們二二八的開始。從這個角度來看，二二八事件不再只是個已死的歷史事件，或只是一個有公認日期的歷史事件。**二二八流動在每個台灣人的生命經驗裡**。每個人因性別、年齡、族群、階級的不同，也經驗屬於每個人的二二八。而這本口

述歷史，正是屬於女人的二二八，尤其是屬於那群喪夫扶孤查某人的二二八。（1997: 30。引者強調）

《查某人的二二八：政治寡婦的故事》無疑是本政治性相當強的撰述。著者「自序」切入的角度在在點出目前二二八記憶書寫的盲點與不足，也透露了本書最重要的意義（和目的）：一則點出二二八之為「重建台灣共同命運體的一個重要歷史象徵」，借此書印證「台灣共同命運體」之說（或可曰：參與其建構），一則強調女性參與其中的角色不容忽視，打破男性壟斷國家／記憶撰述的局面。女性聲音的重要性當然是現在文化論述領域的共識。不過，我們卻可以進一步追問：所謂女性「自己」的聲音究竟內涵為何？換個問法：《查某人的二二八：政治寡婦的故事》發出「女性的聲音」，這些女性包括了策畫訪談的學者沈秀華和被定位為「受難家屬」的口述者。她們的聲音所透露的訊息有多一致？「誰在說？說了些什麼？誰在聽？聽到了什麼？」

探討這些問題，G. C. Spivak著名的“Can the Subaltern Speak?”（1988）所提出的概念值得參考。Spivak援用葛蘭西（Antonio Gramsci）《獄中札記》（*Prison Notebooks*）提到的“subaltern”概念，以“subaltern”泛指有別於所謂「菁英」的社會底層人民。Spivak認為即使底層人民得以說話，這並不表示這些人的心聲已被聽到。在最近出版的 *The Spivak Reader*（1996）裡，

Spivak進一步闡述這個概念，她特別指出，她所說的“the subaltern cannot speak”並非“the subaltern cannot talk”：兩者有重要區分，不可混為一談（287-92）。Spivak認為，**底層人民即便發出聲音說話（talk），他們要表達的往往也和聽者的詮釋有一段差距，因此，“the subaltern cannot speak”——底層人民即使說話了（talk），卻無言（cannot speak）。**

回頭來看二二八「受難家屬」記憶。這裡有兩個基本層次：「受難家屬」在說，沈秀華在聽；「受難家屬」和沈秀華在「說」，我們在「聽」。「說了什麼？聽到了什麼？」這卻是個棘手的問題。沈秀華的書名和〈緒論〉的論述方向似在暗示，二二八在口述者生命史裡扮演關鍵的角色（事實上，將眾多口述者定義為二二八政治寡婦已無形中刻畫出了這樣的一個聆聽／閱讀位置角度），「二二八」似乎是這些口述者生命苦難的根源。但是，在閱讀這些口述者的敘述時，我卻發現，許多口述者對自己生命的苦難另有一套解釋，「二二八」的重要性固然不可抹煞，卻非真正的「根源」。沈秀華注意到，許多受訪者敘述並不企圖積極從政治思考層面來分析二二八變故，認為喪夫是自己的「宿命」。「對二二八事件，我只是自己怨嘆自己的命，也不會去怨嘆為何阮頭家他會被抓去，要怎麼怨嘆，咱們又無怎樣，他們就要抓咱們，這是咱們的命」（1997: 55）、「我很難過，會想為何我那麼『衰』（倒楣）去遇到這種代誌。伊又無做什麼壞代誌，到底為什麼來被打死？我是不會想這是政府的代誌，我不要隨便想……」（1997: 76）、「阮先生過身以後，我當然會傷心，但是人已經『根源』死去，也講不回來。當時囝仔會吵，又要顧囝仔、教囝仔，也要賺錢，無閒得要死，也無那個時間去想那麼多」（1997: 38），諸如此類的反應充斥在許多受訪者的敘述裡。

分析口述歷史史料，將採訪者和口述者的「記憶撰述」角度分開處理，避免混為一談，是不可疏忽的一個步驟。沈秀華書裡許多口述者在記憶她們的生命史時，常常以「宿命」的無奈帶過「二二八」的傷痛；另外，許多口述者談話的內容和方向似乎顯示，不管「二二八」背後的政治和她們受訪參與「二二八集體記憶」的塑造往往都不是她們關切的重點。讀／聽她們在敘述，我們發現，**喪夫之後的苦難，台灣社會性別壓迫的結構或許更是這些女人如此「孤寂煎熬」的真正原因。當先生尚在身旁時，這些深層的女人生存問題常被忽略，一但失去男人，台灣社會性別壓迫結構的問題立即浮上檯面，赤裸裸地暴露了殖民政治不是台灣女人生命唯一的沉重負擔。「二二八」不是「受難家屬」苦難的最終解釋，卻是這些苦難的觸媒**。婦女就業機會不多、經濟管道缺乏、寡婦地位的低落等等結構性問題都使這些喪夫的女人生活雪上加霜。王鄭阿妹所言「阮頭家二月出代誌，我六月才生第三個囝仔，結果那個囝仔出世七天以後就無去，我彼時想這個囝仔若真的活了，我也無法度養伊，都無得吃，怎麼養，啊！不會講，日子是真艱苦」（1997: 126），以及楊治的哀嘆「無尪是無地位，尤其是客家人，寡婦是給人看不起。這四、五十年多，我經濟上還過得去，吃最多苦的是人情上的苦。我無向人伸手要求幫忙，就已經被人隔得遠遠，叫我如何不看破人情」（1997: 80），最可看出女人所面臨的搏鬥問題的癥結。血腥的政治暴力事件是這些女人苦難的偶然因素，深植於社會結構的性別壓迫問題卻是台灣女人苦難的恆長因素。**這樣的社會結構讓女人永遠必需附屬於男人，臣服於男性之下，那麼，即使她們可以解除政治恐懼，說出喪夫之痛，所謂「女性自主」依然遙遙無期。**

在談女性二二八集體記憶時，我們往往容易賦予「二二八」一個絕對重要的地位，這是「女性二二八」這樣一個角度在出發時就隱含的撰述切入點。但是，許多「政治寡婦」的敘述固然印證了「二二八」在她們生命裡所扮演的關鍵性角色，卻也隱然修正「二二八是政治寡婦苦難最終根源」的假設。如果我們聽「二二八政治寡婦」的敘述只意在借她們的口證實二二八對她們生命的衝擊，進而達成「二二八集體記憶」的政治目的，卻沒聽見這種女性聲音所暴露的性別壓迫社會結構性問題，這些女人雖然說話（talk）了，但是否真正解除「無言」（cannot speak）的狀態，恐怕仍待商榷。

這樣的思考重點帶出了後殖民論述的一個重要議題。國家問題（the national question）是後殖民理論的一個重要思考點。後結構主義「解構國家」的做法不僅有意無意與跨國企業沆瀣一氣，一方面巧妙地為出身第三世界但在第一世界謀生的中產階級專業人員爭取與當地白人競爭的籌碼（Brennan 1989; Dirlik 1994; Ahmad 1995），另一方面為跨國企業解除國家藩籬的企圖做文化論述的鋪路，助長「新殖民主義」的勢力（Miyoshi 1993）。沒有「建國」企圖，不以國家問題為核心的殖民地反殖民運動幾乎是不可思議的。但是，當國家問題被提升為所有論述思考能源的焦距時，卻也產生許多副作用，其中之一就是獨立後國家的高速「中產階級化」，國家不再受外來政權統治，但整體社會的資源權力結構卻未見革命性的改革（Ahmad 1992）。此類現象在婦女運動領域已有不少前車之鑑（Jayawardena 1986）。反殖民運動在處理婦女議題時，經常提出的說法即是：國家反殖民運動成功，婦女也必得到解放。台灣反殖民運動的傳統裡，也有這樣的傾向。楊翠《日據時期台灣婦女解放運動》分析日據時代殖民／性別／階級抗爭的運動脈絡的發現可為印證：「綜合以上論述，吾人可略知一九二○年代之台灣言論菁英對婦女解放問題的看法。基本上，他們是將婦解問題置放於殖民地三大解放目標之間，而此三大解放目標又有層序之分，且將民族解放懸為最高原則。」（1993: 91）從女性主義的角度來談女性的二二八，我們不可對反殖民論述收編婦女議題的傾向掉以輕心。如何刻畫出積極的女性二二八的介入角度，呈現女性二二八的複雜面向，避免女性二二八記憶圖像的單一化，這都是可以再進一步發展的論述方向。

非主流女性二二八撰述

除了以「政治受難家屬」姿態介入「二二八集體記憶」的女性二二八之外，亦有其它撰述以不同的角度或直書或側寫女性與「二二八」的關係。不過，相較於上述主流「受難家屬」的記憶，這些女性二二八的撰述相當零散。我將以三篇文本為例，討論非主流女性二二八撰述如何介入「二二八集體記憶」的塑造以及它們可能產生的文化政治意義。這三篇文本分別是：收錄於應大偉《台灣女人：半世紀的影像與回憶》（1996）裡日據時代農組與文協成員許月里的自述；泰雅族女性綢仔絲萊渥口述、文化工作者洪金珠和日本學者中村　勝註解的《山深情遙：泰雅族女性綢仔絲萊渥的一生》（1997）和李昂近作「戴貞操帶的魔鬼系列」中的短篇小說〈彩妝血祭〉（1997）。

許月里「女性二二八」：分裂「集體」記憶

「受難家屬」之為女性二二八經驗最凸顯的位置和台灣父系社會的結構當然有密切的關係。喪夫之後，在白色恐怖時代人人自危，急欲與政治犯劃清界線的社會裡掙扎求生，女性受難家屬的二二八經驗的傷痛並不比在二二八事件中遭受刑囚殺害的男性輕微。不過，就參與二二八事件的角度而言，「受難家屬」透過男性居中仲介（mediation），「間接」參與二二八。「受難家屬」經歷二二八，但並不在二二八現場。許月里的自述難得地讓我們「看到」了女性直接參與二二八事件的情況。根據許月里的回憶，許月里的政治意識啟蒙相當早，從小即穿梭於反日演講當中，年長後加入當時抗日組織「工友協助會」，「反對日本統治台灣與幫助勞工獲得較合理的工資」（應大偉 1996: 67）。二二八時受「工友協助會」的簡吉、廖瑞發牽連，被冠以「資匪」名義入獄，判刑十二年，獄中產子，其子隨母在牢裡成長，到六歲才出獄就學。許月里刑滿出獄，先生已另有家庭，隨後艱苦求生的歲月，無言描繪。

如果我們同意，歷史的蒐集和撰述，其著眼點不僅在挖掘塵封的記憶，更意在介入當代社會認同的形塑，放眼未來的話，把許月里的口述二二八放在當代二二八集體記憶建構的脈絡來看，顯然許月里的「女性二二八」所產生的政治意義，與「受難家屬」的「女性二二八」有不少值得細膩探究區分之處。最凸顯的分別，當然是許月里的二二八記憶打破了如「受難家屬」故事所呈現的男女性別位置在歷史記憶撰述裡扮演的不同角色。許月里的「女性二二八」是女性直接參與二二八現場的記錄。這當然與許月里在當時歷史情境裡有別於傳統女性的活動有關。另外，許月里口述回憶一再採用的政治詞彙和其中隱含的國家敘述，也暴露了「集體記憶」其實往往並不「集體」的事實。許月里親歷二二八，主要與她高度的政治意識和活躍的政治活動有關。但是，如果主流二二八集體記憶的一大重要政治目標乃在於強化台灣人意識，並隱然和中國認同意識暗中較勁的話，許月里的二二八記憶顯然和以這樣的政治目標為最終目的的「二二八集體記憶」格格不入。中國意識主宰許月里的敘述，被壓迫的漢族對抗「異族」日本人的欺壓更是她整體回憶政治詞藻的基礎。許月里記得：「當時每天在報紙或是廣播中，看到聽到中國被打、被炸得如何如何碎爛。得知這種惡訊，深覺中國人的屈辱，而咬牙切齒痛恨不已。」（1996: 61）談二二八傷痕，她說：「接踵而來的悲劇，使純樸美麗的台灣變成黑暗的地獄。野蠻、恐怖加貪污、腐敗、自大、枉法，是大部份接收官員及部隊當時的寫照，使國家、民族、台灣蒙受巨大的創傷。」（1996: 64）；「萬萬想不到一味高興回歸祖國統一的我，會落到這種下場，不免愴然。」（1996: 68）就此篇口述回憶來看，許月里的國家意識始終如一。敘述的最後，許月里期盼：「唯一盼望，過去受苦受難的我國，能早日統一，成為一富強康樂的國家，以促進人類和平。」（1996: 70）

除了展現與「受難家屬」不同的女性二二八經驗之外，**許月里的二二八回憶所鋪陳的中國國家敘述卻也無形中介入現時二二八「集體記憶」的建構，衝擊「集體記憶」的概念，分裂「集體記憶」建構所欲凝聚的一致性。許月里的二二八敘述固然是台灣二二八集體記憶的一部分，卻也是其中不可忽視的雜音。**許月里的「女性二二八」與「二二八集體記憶／認同」既合流又衝突，見證「集體記憶」的不穩定性與其中潛藏的權力暗流。

《山深情遙：泰雅族女性綢仔絲萊渥的一生》：「二二八」空白的記憶

《山深情遙：泰雅族女性綢仔絲萊渥的一生》在結構上分為兩部分：口述回憶部分是泰

雅族女性綢仔絲萊渥的聲音，敘述她從日據時代出生、接受日本教育到戰後結識日人大西光男，與他三度深山逃亡，後來被他遺棄的一段生命史；〈導論〉的時代背景補充說明和每個章節的註解由台籍女性文化工作者洪金珠和日人中村勝主筆。這部女性記憶的主要部分集中於綢仔絲萊渥與大西光男的共同生活歲月。我們從〈導論〉和章節註解得知，二二八事件發生之後，日人被懷疑與中國共產黨共同策畫二二八，國民政府因此成立「外事課」搜捕潛逃山地的日人，大西光男在一九四六年被「外事課」聘為山地特務，一九四七年夏天轉任二二八事件後新設的山地課課員（1997: 18-20），隨後以與綢仔絲萊渥的關係為掩護，在各處深山進行特務工作，綢仔絲萊渥所敘述的深山逃亡，不過是大西製造的障眼煙霧。因此，書中故事進行的時間其實正是二二八事件發生前後。值得注意的是，二二八在綢仔絲萊渥的敘述裡卻是缺席的。綢仔絲萊渥的回憶焦距放在她與大西的愛恨情仇，對二二八隻字未提，在她的回憶裡，二二八是空白的，有關二二八的補白，讀者必需從註解者的論述去拼湊。

此書結構上口述歷史／註解論述的分裂因此同時也是意識形態上的分裂。口述者和擔任註釋及背景補充說明分析的學者顯然對所敘述事件的詮釋角度不同，關注的重點也不同。在重點選擇方面，註解論述部分建構的是國家敘述和殖民歷史，口述者在意的卻是女人的感情歲月。口述者解釋，她與大西的關係乃有感於日據時代「蕃人是受日本人的照顧才會有今天的好日子」（1997: 51），「我只不過是想對日本人報恩，因此才幫助大西桑留下來……」

（1997: 91）。從此展開了她曲折傳奇的（愛情）故事，大時代的變動在她的回憶裡往往一筆帶過，她私人的感情時間才是敘述的重點。相對的，註解者的論述所呈現的是以國家／民族認同為思考重點的公共空間，他們接受綢仔絲萊渥所謂「報恩」的解釋，但卻認為這是台灣原住民內化日本殖民教育的結果。這樣的解釋當然成理，但卻忽略／壓抑了這段關係細膩婉轉的女性感情空間，例如，被殖民女人內化殖民教育，因而對殖民男人的仰慕（綢仔絲萊渥的初戀是她小學日本老師）、寡婦（初識大西時，綢仔絲萊渥第一任丈夫已去世）的情欲需求等等。整體而言，這也是國家大敘述為重點的集體記憶撰述在處理女性記憶時的傾向。本文先前提到非菁英基層人民聲音的問題再次浮現。但是，如果我們只看綢仔絲萊渥的敘述，而忽略了註解論述呈現的歷史大環境空間以及口述者不曾意識到的大西活動的特務脈絡，我們將只看到一段男女恩怨，而無法觸及這段關係裡所隱藏的性別／殖民／國家敘述之間的瓜葛糾纏。本書的口述歷史部分和註解論述部分存在的張力特別能展現記憶建構過程的複雜性。

從二二八集體記憶的角度來看《山深情遙：泰雅族女性綢仔絲萊渥的一生》，我想這本口述歷史撰述至少有兩個層面值得再進一步探討：第一，口述者所回憶敘述的活動時刻不僅和二二八事件發生的歷史時空高度重疊，更和二二八當時的政治運作有密切關聯（大西在口述者生命裡出現並與她發展出一段關係和二二八事件息息相關），但是，「二二八」在口述者所呈現的回憶裡卻是空白的。**就故事發展的脈絡而言，「二二八」其實無所不在，時時影響口述者的生活和她生命記憶裡最珍惜的人際關係，可是在口述者的意識空間裡，「二二八」並不存在。這恐怕是底層人民與國家政治關係最具代表性的常態。二二八「在場」卻「空白」的記憶是台灣社會撰述「二二八集體記憶」的另一個角度。**此外，這本書分裂的結構和敘述／論述方向也再度彰顯許多基層／菁英、女性記憶／國家集體記憶撰述重點上往往存在的差異。透過綢仔絲萊渥，「女性的二二八」似乎有了另外的一種面貌。

〈彩妝血祭〉：妝補「二二八」

李昂新作〈彩妝血祭〉表面上採取了「受難家屬」的形式，卻別有洞天，發展出另類的思考重點。上述「女性二二八」的出發角度通常返回「二二八」發生時刻，再帶出隨後餘波，〈彩妝血祭〉則直接以台灣社會現時建構「二二八記憶」的集體活動儀式為出發點來探討「二二八記憶」所牽涉的問題。這篇以種種層次扮裝／補妝意象架構而成的小說在故事敘述上大致分公共空間／私人空間、壓抑／公開兩個方向進行。在公共社會空間，小說裡的台灣社會正在進行「弔祭二二八」的社會儀式，解除五十年來「不能言」的痛苦。紀念會上的司儀的一段話挑明了小說的這層意義：

咱，做為受難者家屬，終能將這近五十年來暗藏的苦痛，公開的、正式的說出來，不免再假，不免再說謊，假裝沒這個事件發生、咱的親人不被殺、被關；不免再假說咱心不碎、不怨恨、不苦痛。今晚，咱終能大聲說出咱的悲情、咱的血淚，今晚，代表的是謊言結束、公義開始……（1997: 216）

在這公共社會「不再假裝」儀式進行之時，小說也同時呈現了一個隱密的私人空間，身為政治受難者家屬並長年投入反對運動的王媽媽，正在離會場不遠的樓房裡為因愛滋病死去的同性戀兒子做屍身入土前最後的化妝。在兒子生前拒絕接受他同性戀身分，掉頭離去並與他斷絕關係的王媽媽細心地為兒子撲粉點唇，並拿出自己新婚之夜的真絲浴袍套上屍體，一邊說：「你放心，以後不免假了。」（1997: 197）兩相對照，前面引述的二二八公開紀念儀式司儀的話因而另有一番意義。透過社會儀式凝聚的集體認同，二二八的記憶終於解除了被壓抑的狀態，二二八受難家屬可以拆下假面，面對事實的苦痛；但是，「假裝」和「衣櫃」閉鎖狀態卻仍存於在台灣社會的其他層面。小說操弄當代性別扮裝／妝理論，在性別真假辯證當中遊走（Newton 1972: 103; Fuss 1991）；王媽媽為兒扮妝，遂其生前心願的舉動暗示，兒子的男身不過是假面，透過私人儀式，王媽媽以化妝解除兒子生前的假面，小說彩妝意象的弔詭有獨到的曲折之處。值得深思的是，受難家屬解除「假裝」是在公共場域，透過社會儀式進行，同性戀的解除「假裝」卻發生在隱密的私人空間，隨後王媽媽敲下鐵釘封棺，小說於此將同性戀「衣櫃」狀態的隱喻發揮到最恐怖的極點。小說最後，身為受難家屬的王媽媽在二二八苦難記憶終得安身之處的夜晚仍選擇自殺求取安息，這樣的結局安排似在暗示，**當「假裝」仍舊以不同形式存在於社會之時，「二二八集體記憶」所勾畫的救贖仍然遠不可及。**

李昂近年來的創作對性別認同／國族敘述／記憶政治之間的瓜葛糾纏多有著墨。一九九一年出版的《迷園》已見證了李昂這方面的功夫（邱貴芬 1997: 216-23）。〈彩妝血祭〉以另一個切入角度探討記憶認同的問題，關照「二二八集體記憶」所牽涉的政治意義，亦有發人深省之處。

結語

紀念二二八、回憶二二八。「二二八」已儼然成為台灣社會的一個重要儀式。任何社會儀式都隱含凝聚認同的目的，「二二八」亦當然也不例外。如果我們同意「二二八」記憶的建構和台灣國族的建構有密切關係的話，女性「二二八」記憶撰述如何參與或介入「二二八」集體記憶暗中鋪陳的台灣國家敘述是討論「女性的二二八」一個重要問題。如同任何重整記憶的工程一樣，訪談、口述是「女性二二八」的主要模式。「女性二二八」這樣一個史料蒐集計畫本身在出發點上即標示了訪談者的訪談內容模式重點，以及訪談者參與／介入「二二八集體記憶」的角度。讀者所看到的基本上是口述者就訪談者的問題所做的回應，回憶的角度和敘述的進行方向受訪談者問題的牽引在所難免。正因如此，仔細閱讀這些口述歷史的細微轉折，試圖釐清訪談者和口述者關照點的差距，注意口述者的敘述是否在訪談者問題無形中所勾畫的框架下表達了不同的思考方向，更是探討「女性二二八」不能輕易忽視的問題。《查某人的二二八：政治寡婦的故事》提供了我們演練這些問題的最佳場域。隨著這些問題而來的，當然是不同女人的發言位置和彼此發言產生的對話關係。這在《查某人的二二八：政治寡婦的故事》裡是隱形的，《山深情遙：泰雅族女性綢仔絲萊渥的一生》分裂的架構卻將之暴露無遺。此外，許月里的敘述不管在性別角色或國家敘述層次都標示非常不同的「女性二二八」，李昂〈彩妝血祭〉把弱勢團體問題帶入「二二八集體記憶」敘述。「女性的二二八」、「女人與二二八」顯然不是個簡單的題目，而是有心者還可以再開拓的撰述思考空間。

引用書目

中文部分

李昂。1997。〈彩妝血祭〉。《北港香爐人人插：戴貞操帶的魔鬼系列》。台北：麥田。163-220。

沈秀華。1997。《查某人的二二八：政治寡婦的故事》。台北：玉山社。

阮美姝。1992。《孤寂煎熬四十五年：尋找二二八失蹤的爸爸阮朝日》。台北：前衛。

邱貴芬。1997。〈歷史記憶的重組與國家敘述的建構——試探《新興民族》、《迷園》及《暗巷迷夜》的記憶認同政治〉。《仲介台灣・女人：後殖民女性觀點的台灣閱讀》。台北：元尊文化。201-36。原刊載於《中外文學》25.5 (1996.10) : 6-29。

許月里。1996。〈長夜漫漫何時旦〉。應大偉。《台灣女人：半世紀的影像與回憶》。台北：田野影像。48-70。

楊翠。1993。《日據時期台灣婦女解放運動：以《台灣民報》為分析場域（一九二〇—一九三二）》。台北：時報文化。

綢仔絲萊渥口述。中村　勝／洪金珠著。1997。《山深情遙：泰雅族女性綢仔絲萊渥的一生》。台北：時報文化。

應大偉。1996。《台灣女人：半世紀的影像與回憶》。台北：田野影像。

英文部分

Ahmad, Aijaz. 1992. *In Theory: Classes, Nations, Literatures.* London; New York: Verso.

——. 1995. "The Politics of Literary Postcoloniality," *Race and Class* 36.3 (Jan-Mac, 1995) : 1-20.

Bodnar, John. 1994. "Public Memory in an American City: Commemoration in Cleveland," *Commemorations: The Politics of National Identity.* Ed. John R. Gillis. Princeton, N. J.: Princeton UP. 74-89.

Brennan, Tim. 1989. "Cosmopolitans and Celebrities," *Race and Class* 31.1 (July-Sep, 1989) : 1-20.

Dirlik, Arif. 1994. "The Postcolonial Aura: Third World Criticism in the Age of Global Capitalism," *Critical Inquiry* 20.2 (Winter, 1994): 328-56.

Esbenshade, Richard S. 1995. "Remembering to Forget: Memory, History, National Identity in Post-war East Central Europe," *Representations* 49 (Winter, 1995) : 72-96.

Fuss, Diana. Ed. 1991. *Inside/out: Lesbian Theories, Gay Theories.* New York; London: Routledge.

Gillis, John R. 1994. "Introductions: Memory and Identity: The History of a Relationship," *Commemorations.* 3-24.

Grossmann, Atina. 1995. "A Question of Silence: The Rape of German Women by Occupation Soldiers," *October* 72 (Spring, 1995): 43-63.

Jayawardena, Kumari. 1986. *Feminism and Nationalism in the Third World.* London: Zed Books.

Halbwachs, Maurice. 1992. *On Collective Memory.* Ed. and trans. Lewis A. Coser. Chicago: U of Chicago P.

Koshar, Rudy J. 1994. "Building Pasts: Historic Preservation and Identity in Twentieth-Century Germany," *Commemorations.* 215-38.

Landry, Donna. Gerald MacLean. Eds. 1996. *The Spivak Reader: Selected Works of Gayatri Chakravorty Spivak.* New York: Routledge.

Miyoshi, Masao. 1993. "A Borderless World? From Colonialism to Transnationalism and the Decline of the Nation-State," *Critical Inquiry* 19.4 (Summer, 1993): 726-51.

Newton, Esther. 1972. *Mother Camp: Female Impersonators in America.* Englewood Cliffs, N. J.: Prentice-Hall.

Shnirel'man, V. A. 1996. *Who Gets the Past?: Competition for Ancestors Among Non-Russian Intellectuals in Russia.* Baltimore: Johns Hopkins UP.

Smith, Anthony D. 1995. "Gastronomy or Geology? The Role of Nationalism in the Reconstruction of Nations," *Nations and Nationalism* 1.1 (Mac, 1995) : 3-23.

Spivak, G. C. 1988. "Can the Subaltern Speak?" *Marxism and the Interpretation of Culture.* Eds. Cary Nelson and Lawrence Grossberg. Urbana: U of Illinois P. 271-313.

《日據以來台灣女作家小說選讀》導論

怎樣敘述台灣女性文學史？

我將從台灣女性文學史編撰的一頁空白說起。

從解嚴以來，台灣文學史的著作即是台灣文學界關懷的一大議題。從葉石濤到陳芳明，乃至於海峽對岸的學者黃重添、古繼堂等等，無不嘗試建構台灣文學史。然而，在這眾多的台灣文學史裡，台灣女性創作的面貌卻十分模糊，也未曾出現過一部以較宏觀的視野來勾勒台灣女作家創作歷史軌跡的著作。步入二十一世紀，一部台灣女性文學史應該要出現才是。二〇〇一年女書店出版的《日據以來台灣女作家小說選讀》企圖爬梳台灣女作家小說創作的初步歷史脈絡。為了架構起台灣女性創作的多向對話狀態，以便對照傳統史書中史家主宰史述所暗示的「單音」權威歷史敘述，整套書分上下兩冊，採取作家作品和學者導讀搭配的結構，讓二十一篇日據以來，從葉陶、楊千鶴以降之女作家小說作品，和當代從事台灣文學研究的學者多向對話，交響而成台灣女性文學史的骨架。這樣的組織結構，意在凸顯台灣女性文學創作的多樣面貌，以及其無法定於一尊說法的歷史流程。事先的作業包括與約莫四十位參與此歷史重建工程的小說作者和導讀者聯絡，取得其首肯以及出版社的接洽、合約簽訂等等。不料在導讀作業完成之際，郭良蕙女士看過有關她在一九六二年出版並曾引起不小文壇風波的小說《心鎖》導讀之後，拒絕授權出版社將《心鎖》節錄刊載於套書之中。《心鎖》的缺席使得《日據以來台灣女作家小說選讀》出現了一頁空白。

如果《日據以來台灣女作家小說選讀》的結構堪可與文學史比擬的話，一本史書裡的一頁空白，有何後果、效應呢？原先答應出版此書的出版社期期以為不可，一頁空白代表匱乏、缺陷、不完整。不過，就這套書出版策畫原先就隱含的史學敘述反省企圖而言，這一頁空白卻是意義滿溢。傳統上，史家撰述歷史，仰賴的是「承續」、「傳承」、「傳統」、「發展演變」、「完整性」這些概念，要讓我們看到在文學的歷史流程裡，作家們如何承續某一套「傳統」、沿續哪些前輩作家的「精神」，而史家的著述也往往透露強烈的企圖心——要「完整」呈現歷史過程裡台灣文學的活動情形。反過來想，如果我們採納傅柯（1972: 3-30）的建議，捨棄「傳承」、「進化」、「完整性」這些傳統歷史撰述的策略，改採「不連貫」（discontinuity）、「斷裂」（rupture）的概念來撰述歷史呢？許久以來，我們都習慣史述應該要提供一套連續完整的歷史敘述，而且要在「起承轉合」的統攝概念下，推演出一套「歷史演化」的過程。「不連貫」通常是傳統歷史書寫無法接受、無法想像的「污點」或「缺陷」，必須排除在歷史敘述之外。然而，我們現在都知道，所謂「連貫」、「完整性」並非歷史之必然；歷史之所以能以「連續完整」的面貌呈現，主要因為史家在歷史敘述撰述過程當中採取「排他性」原則來處理史料（White 1986: 404）。換言之，只要歷史是以「敘述」為主要形式，就免不了篩選、決定哪些史料要納進或排除於史家敘述之外；而以線性敘述為主要形式的歷史鋪陳更往往側重「傳承」、「進化」的概念來貫穿全程。一頁空白正好暴露了傳統歷史敘述的迷思。摒棄傳統歷史敘述依賴的「連貫」、「完整性」這些概念，改採「不連貫」、「斷裂」來架構台灣女性小說史，就要改變幾個我們習以為常的想法：

㈠如果像張小虹（2000: 64）所說的，海峽兩岸的文學史中「家族系譜想像」根深柢固，「認祖歸宗」和「文學香火傳承」乃兩岸文學史家文學史述的一大重點，那麼，凸顯「不連貫」、「斷裂」的文學史要揚棄「一脈相傳」的說歷史方法，打破以「傳承、連續」做為串連作家創作活動的文學史寫作習慣（邱貴芬 1997: 30-1）。

㈡放在台灣女性文學史敘述的範疇來看，這意味著不複製目前所見台灣文學史的敘述方法，也就是拒絕以「文學家族系譜」串聯不同世代女作家；摒棄「祖師奶奶」、「文學母親」、「女兒」等等家族隱喻來界定作家之間的關係，也不把論述重點放在汲汲於尋求後代作家如何受到前代作家的「影響」，如何企圖「傳承」前輩的精神等等。換言之，**不僅拒絕以父系「香火相傳」的族譜想像來架構文學史述，也拒絕當代女性主義論述偏好的「姊妹情誼」詞彙，以及當中往往強調的「相濡以沫」等等女性主義文學論述概念。這意味摒棄許多女性主義論述慣用的論述策略——亦即，以「姊妹情誼」或「尋找文學的母親」置換男性「香火相傳」的概念。**[1]

不過，為了避免誤會，我可能要在此特別澄清，這不是說我們將排除所有作家間明顯的「師承」探討（如張愛玲之於朱天文），而是說，**文學史的敘述將不再把台灣文學的活動視為不同世代作家之間的「一脈相傳」，轉而呈現作品於特定歷史時刻在當時不同文學領域所架成的網絡（networks）當中（如反共文學、女性文學、文學的族群結構、通俗與嚴肅文學分野體制）活動和互動的情形。**

㈢如果「不連貫」、「斷裂」乃文學歷史流程的常態，那麼，文學史將不再是線性敘述（linear narrative）：台灣文學史將不會呈現像葉石濤先生所期許的「台灣文學在歷史的流動中如何地**發展**了它強烈的自主意願」（葉石濤 1987: 2。引者強調）；也不可能是如彭瑞金先生所說的，意在記錄「台灣人如何經由文化創造運動中的文學創作，去思考、**尋找自己民族靈魂**的經驗」（彭瑞金 1991: 17。引者強調）；也不是像陳芳明教授所說的，乃是「官方文學」和「民間文學」的鬥爭流程（陳芳明 1999: 164）。非線性的台灣文學史把歷史想像「空間化」，也就是拒絕將台灣文學的歷史流程化約為正反兩方勢力（如殖民與被殖民、或官方與非官方、男性與女性）的鬥爭和對抗，而將試圖呈現文學場域裡**多重結構和活動有時重疊有時衝突矛盾的狀態**（邱貴芬 2000: 329）。

總而言之，一頁文學史的空白所帶出的「不連貫」、「斷裂」概念假借了不少傅柯「考古學」所提出的史學方法反省[2]。值得在此特別一提的是，傅柯強調「不連貫」、「斷裂」的考古學，並非完全否定歷史過程裡有因果關係和連續的成分，而是認為不連續與差異和連續一樣重要，必須納入歷史敘述當中。傳統歷史敘述最大的弊病乃在於將所有歷史裡的斷裂和差異化約為循次漸進、連貫而成的發展流程（Gutting 1989: 248; Bunzl 1997: 74）。假借傅柯對歷史學的反省來討論台灣文學史的敘述，目的乃在於省思傳統史家在敘述歷史時通常採用的「自然」的呈現方式，讓讀者產生錯覺，誤以為所看到的歷史敘述乃是完整無誤的；在建構歷史敘述之時，站在自我反省和自我批判的位置，將披露所謂「歷史知識」並非客觀自然形成的，也將凸顯史家積極介入「歷史知識」生產過程的角色（Scott 1988: 7）。

除此之外，台灣女性小說史的一頁空白更衍生多重向度的意義。例如，這一頁空白也可以指涉那些被排除在台灣文學經典之外，已被遺忘的女性創作。幾部納入我出版計畫的作品，如郭良蕙的《心鎖》和聶華苓的《桑青與桃紅》都曾因不同原因遭查禁，阻斷其流傳的管道。另外，主流思潮的變化也是相當重要的原因。以「反共小說」《蓮漪表妹》享譽五〇

年代文壇的潘人木就說，

> 這本書出版以後，一般的批評還算不錯；可是沒多久也就隨風而逝，無影無蹤，大概在讀者心目中已被打入「混五類」了。（〈我控訴（代自序）〉1985: 2-3）

針對這個問題，應鳳凰歸納出台灣本土評論家評估五〇年代「反共文學」的兩大要點：批評其缺乏藝術性並否定其在文學史上的價值。針對這樣的史述觀點，應鳳凰認為不能因為「反共文學」是「宣傳工具」和「意識掛帥」即認定它喪失藝術性，因為台灣本土派所推崇的鄉土文學一樣是「意識掛帥」，反而因此得到甚高的評價，並未因此就讓本土學者覺得無藝術價值。主流意識形態和文化霸權的改變也是作品評價改變，甚至流傳中斷的一個重要原因。這些原因都使文學史敘述充斥無法填滿的縫隙。

不過，談女性創作與文學史一頁空白的密切關聯，可能更核心的一個問題是許多女性創作的通俗傾向。討論這個問題，當然不可忽視Pierre Bourdieu（1993: 54）「文化生產領域」理論所提出來的一個論點——文學作品經典化的過程經常涉及「反經濟操作」（anti-economic economy）；也就是說，主導文學評論的學者和文化工作者通常不太信任太過通俗受歡迎的作品，以拒絕「大眾品味」介入文學評論的專業領域，威脅其掌控「文化象徵資本」的權力。在此情況下，愈符合大眾品味的暢銷賺錢作品，可能會在正典化過程中愈受到掌握文學正典資源的評論者之質疑（Bourdieu 1993: 116）。林芳玫則認為，除了上述「通俗與精英主義之間的對立」之外，女性創作容易被排除在文學史之外，可能與台灣文學史所強調的「感時憂國」精神有關。

> 女性作家……未能進入正典，因為她們不像鄉土派或現代派那樣成為文化運動者，既無明顯的感時憂國或批判抗議的民族主義情懷，也沒有引領文學風潮去從事文學語言的實驗與創新。女性平時就已被從公共領域中排除，更談不上積極參與社會運動或文化運動，因此她們雖然活躍於文壇，創作是不少，卻往往與「偉大文學傳統」無緣。（1994: 55-6）

《心鎖》在《日據以來台灣女作家小說選讀》的缺席，固然是《心鎖》作者本身的決定，但這一頁空白其實也可用來觀照女性文學史的敘述者在面對通俗文學作品時的猶豫和舉棋不定。誠如《心鎖》導讀者張淑麗教授所言，《心鎖》有相當濃厚的通俗小說色彩。我當初在決定《日據以來台灣女作家小說選讀》的作品名單時，是有點躊躇，無法立即決定是否該把《心鎖》納入規畫中的這本台灣女性小說選集。後來決定將其納入作品名單當中，相當重要的考量是想要藉《心鎖》出版時所引起的風波來探討台灣創作出版與官檢（censorship）之間的複雜關係，並引以探討六〇年代女作家創作的情欲面向、當時的文壇環境等等問題[3]。《心鎖》之所以讓我躊躇，主要牽涉女性主義文學批評裡相當棘手的文學位階（literary hierarchy）問題。如果說，女性小說中有相當大的一部分都可歸類為通俗小說，那麼，女性文學史敘述是否要揚棄傳統文學觀的「精英」傾向品味，讓女性通俗小說和嚴肅小說平起平坐，在文學史敘述裡得到相等的觀照？而所謂的「通俗」文學與「嚴肅」文學真的有嚴謹的界線嗎？後面這個問題，答案當然是否定的。然而，大眾消費與藝術畢竟並非毫無分野，取消其間的分野並非就能成就所謂的「基進文化」觀。我認為左派女性主義學者Michèle Barrett（1982: 54-7）討論女性主義和文化政治，提出的兩點看法頗值得我們借鏡：一、從現代主義的例子可知，顛覆既存的藝術理念到底會產生「基進」或「反動」的文化意義，恐怕不是像我們想的那麼理所當然。換言之，倘若我們打破傳統文學觀的位階，揚棄「精英」傾向的藝術品味而向大眾文學靠攏，那是否就會帶出較前進的文學觀，恐怕還有待商榷。二、藝術的「想像」、「美學」面向仍是我們討論作品時不可輕言放棄的重點；這些與傳統「藝術」定義的相關層面並無法收納到我們「意識形態」分析的分類裡。作品呈現的「深度」、「廣度」、語言技巧、意象經營、結構安排和「創意」、「想像力」等等，即我們傳統慣常用來討論作品藝術價值的概念仍不應棄為敝屣，需藉助來評估作品的價值。

《日據以來台灣女作家小說選讀》篩選作品的標準因而參照幾個座標。作品反映當時文壇生態的程度、作品本身的美學面向、以及作家整體創作表現等等，都是考量的範圍。五十年來，曾經耕耘於台灣文壇的女作家成千上百，一部女性小說史規畫展現約莫二十篇女作家創作，「空缺」是這樣的史述結構的基本元素。通常在台灣「現代主義」時期被提及的歐陽子之作品並未納入，主要因選集中其它同時期作家的作品（如：聶華苓的《桑青與桃紅》、陳若曦的〈夜戲〉、李昂〈有曲線的娃娃〉、施叔青〈常滿姨的一日〉和於梨華〈黃昏・廊裡的女人〉）相較之下都更能展現當時女作家的創作在主題和技巧上的一些突破。帶出通稱「閨秀時期」創作時代的蔣曉雲也未出現在選集裡，主要考量她的創作時期很短，只曇花一現，不似其它同時期出道的作家（如朱天文、朱天心、袁瓊瓊、蘇偉貞等）都持續灌溉創作園地，且愈來愈洗練成熟。蕭麗紅的《桂花巷》和《千江有水千江月》應相當能代表「閨秀時期」的創作特色和當時女作家創作與鄉土文學的對話狀態，可惜作家本人不願將作品納入選集。

《日據以來台灣女作家小說選讀》的文學斷代方法

總而言之，傳統文學史在論述策略上總向「完整性」、「連續性」這些史學概念靠攏；

《日據以來台灣女作家小說選讀》希望能暴露文學史建構過程當中的「斷裂」、「不連貫」。在此史觀影響之下，不僅史著的結構安排揚棄了傳統連續性的歷史敘述，代之以編者論述、作品和導讀論述架構而成的多向對話網絡，連帶許多台灣文學史著所採用的斷代系統（日據、反共懷鄉、現代主義、鄉土文學、後現代多音喧嘩時期）也不再被視為「想當然耳」而沿用之。許多論者在質疑這套標示台灣文學分期斷代系統之時，都將矛頭指向本土派文學史家（龔鵬程 1997: 50-5）。其實，這樣的台灣文學斷代標示，始作俑者並非本土派史家，早葉石濤先生《台灣文學史綱》（1987）前六年出版、較接近官方立場的《當代中國新文學大系》（1981）〈文學論評集〉編者司徒衛和〈史料與索引〉編者劉心皇在回顧一九四九－一九七九年台灣文學歷史流程時，都已經採用這樣的台灣文學史斷代法，葉石濤等本土文學史家只是採取當時已通用的說法而已。一個處理台灣文學史斷代問題的方法，是參照張誦聖（2000）分析戰後台灣文學的做法，援引雷蒙・威廉斯（Williams 1977: 122-4）討論文化時所提出的「主導」、「另類」和「反對」文化的概念，將「反共懷鄉」、「現代主義」、「鄉土文學」解釋為各時期的「主導」文化[4]。不過，我在〈從戰後初期女作家的創作談台灣文學史的敘述〉裡曾就這樣的斷代方法提出看法，認為站在以台灣女性創作為主要觀照對象的角度來看，這個通用的台灣文學分期斷代系統並無法用來勾勒台灣女作家創作的歷史流程。最明顯的就是「鄉土文學」這一個通常用來代表七〇年代台灣文學的斷代分法無法形容七〇年代台灣女作家小說的活動情況。文學斷代所隱藏的「男性」史觀位置於是暴露無遺（邱貴芬 2000: 328）。

基本上，我認為書寫位置和意識形態相去甚遠的史家會不約而同引用上述的這套台灣文學分期斷代系統，主要是因為他們心目中想要呈現的台灣文學史仍是沿著一條線性敘述展開：現代主義文學乃是對反共懷鄉文學的反叛、鄉土文學又是對現代文學的反叛、而鄉土文學之後的台灣文學主要是沿著台灣社會的解嚴、民主化日漸開展出多元面貌……云云。這樣的歷史想像其實不脫黑格爾以降西方傳統歷史觀所規畫的thesis/antithesis/synthesis的時間連串。我們須將歷史想像從這樣的框框限制裡解放出來。傅柯主張重視「斷裂」、「不連貫」的史學方法提醒我們反省這種習以為常的史觀，將歷史想像「空間化」，而不再一面倒地仰賴時間軸線和其附屬的「連續」、「發展」等等概念來架構歷史敘述。在此認知之下，一部台灣女作家創作史又將提出什麼樣有別於傳統台灣文學史採用的斷代法呢？《日據以來台灣女作家小說選讀》以膾炙人口的「閨秀文學」時期做為套書上下冊的分界線，在這個時期，就如楊照所說的，台灣文壇呈現了強烈對照的分裂狀態：

> 台灣文壇上一方面是鄉土文學論戰的意識形態熾熱殺伐，另一方面卻浮現許多以張愛玲式筆調寫的愛情小說，一剛一柔，一個以雄性聲音張揚國族、階級論述；一個以女性

書寫深挖情愛內蘊細節，給那個時代塗染了令人久久難以忘懷的豐富面貌。（1995a: 43）

換言之，當時台灣文壇其實有兩大勢力，一者為鄉土文學，一者為我們現在慣稱的「閨秀文學」。然而，現在通用的台灣文學分期斷代系統卻將這一時期總稱為「鄉土文學時期」，塗銷了當時文壇與鄉土文學有複雜角力關係的「閨秀文學」。從女性文學為主要觀照的文學史敘述觀點來看，這個時期台灣女性文學的主導文化應是「閨秀風」，故以「閨秀時期」標示這一時期台灣女性創作應不為過。我把在這之前的台灣女性創作分為三期，日據時期、戰後初期以及現代主義鄉土時期。前兩個時期之可以「日據時期」、「戰後初期」來劃分，主要因國民政府接收台灣，移民潮和語言政策對台灣（女性）文壇的衝擊不僅大幅度地重組了台灣女性創作生態，也重劃了台灣女性小說於台灣文壇的版圖。不用「反共懷鄉」這樣常見的標示來定義此時期的台灣女性創作，是因為「反共懷鄉」固然是當時的主流女性小說創作的一大主題，但是，如果我們換個角度看這些小說，它們的關懷重點不見得是反共、是懷鄉。這一點我將在底下談此時期的創作時再作進一步闡述。以「現代主義鄉土時期」接續「戰後初期」，我們要探討的問題不僅包括此時期作家的創作如何「選擇性地挪用」西方「現代主義」文學的一些特質，例如：對文學語言形式的探討與實驗、對非常態心理意識層面的高度興趣等等（Chang 1993: 50-80），也涉及這些特質如何與新生代作家的「台灣觀點」互相發生作用而產生深具台灣在地色彩的創作。我認為現代主義和鄉土文學在台灣女性小說歷史的時間軸上，並非先後主導台灣女性文壇，而是同時並存，相輔相成。這是為什麼我採用了「現代主義鄉土時期」來標示約莫從一九六〇年代初期到一九七〇年代中葉的台灣女性小說創作的原因。

陳映真（2000: 154）討論台灣文學「現代主義」流派的行程，認為其與反共文學乃雙胞胎，都是美國新殖民主義在台蔓延的產物。援用上述威廉斯的「主導」文化概念，就算反共文學和現代文學在台發展的時間重疊部分甚多，兩者扮演台灣文壇「主導」文化角色的時間仍有先後，倒不一定要採取陳映真的斷代法，取消其界線而將此時期統稱為「一九〇五—一九六六的台灣文學」。不過，台灣現代文學的流行的確不單是在反共文學之外另闢文學創作空間，也是美國對台政治勢力擴張所帶來的文化殖民現象。哈維（David Harvey）指出，西方的「現代主義」發展經過多次轉折：一九三〇年代的現代主義其實極具社會主義改革色彩，一九四五年第二次世界大戰之後的現代主義逐漸喪失其批判精神，為主流資本主義社會收編。此時「去政治化」的現代主義其實是美國冷戰時期意識形態的利器，文化帝國主義的幫兇（Harvey 1990: 35-7）[5]。不過，我倒是認為就台灣女作家小說創作的部分來看，現代主義和鄉土文學在一九六〇—一九七五年這段期間並非先後主導女作家創作，而是一開始即相輔相成。就此而言，此時期的女作家小說並非只是複製美國文化，而是具有較積極政治意涵的一面。這點我將在底下談論此時期女作家作品時再詳細辯證。

「閨秀文學」接續「現代主義」之後，主導了一九七六年之後，到約莫解嚴前後的台灣女性文學創作，之後我採用「解嚴後的女作家小說」來標示從一九八七年解嚴以來的台灣女性作家小說創作。其實，斷代是非常不精準的，不過是文學史敘述為了方便討論文學結構的變化，不得不採取的通融做法。以「日據」、「戰後初期」、「現代主義鄉土時期」、「閨秀文學」、「解嚴後女作家創作」來標示台灣女性小說的歷史過程，意味對目前三部台灣文學史著（葉石濤《台灣文學史綱》、彭瑞金《台灣新文學運動四十年》、以及陳芳明雖尚未完成但已明白陳述其採用的斷代架構的《台灣新文學史》）的斷代標示所隱含的線性發展敘述提出異議。「日據」、「戰後初期」、「現代主義鄉土文學」、「閨秀文學」、「解嚴後女作家創作」的斷代方法雖仍然不得不用時間軸做參考座標，卻刻意避免以「發展」（如葉石濤《台灣文學史綱》和陳芳明的《台灣新文學史》）或「傳承」（如彭瑞金《台灣新文學運動四十年》）的概念做為台灣文學史敘述的基石。這並不表示我們一概否認文學的歷史流程中的確有某些傳承和發展存在，只是意味著歷史想像的反省必須從傳統史學對「發展」、「傳承」的過分執著中逃逸出來；同時，我們也不忘威廉斯的提醒，任何時刻裡文化的過程都是多種成分並存，所謂的「主導」文化也不過是此結構中與「剩餘」（residual）、「新興」（emergent）文化或是「另類」（alternative）、「反對」（oppositional）文化同時存在的一種。以「閨秀」或是「現代主義鄉土文學」來做斷代標示，並非表示這時期只有此類創作，只表示當時「閨秀」或是「現代主義」的勢力特別強大。

從「日據」到「戰後初期」

日據時代的台灣女作家小說創作相當稀少，主要因整個社會環境對女子教育的種種限制。當時台人家庭不重視女子教育是主要的原因（游鑑明 1992: 15），另外一個重要的原因，則是因為日據時期殖民教育制度有種種不公平的規定，中產階級出身的台灣女子與日人女子考試競爭仍居劣勢（楊千鶴 1995a: 333-34）。《日據以來台灣女作家小說選讀》收錄了當時左翼婦解運動者葉陶的〈愛的結晶〉（1935）和楊千鶴的《花開時節》（1942），兩篇小說都有濃厚的自傳色彩。前者以對話為基本結構，映照出兩個命運路線截然不同的女子卻都面臨難以解套的困境。不管是選擇傳統女子生命路線，或是投身社運改革，小說陰鬱的色調和具有多重意味的標題都暗示了女子前途的坎坷。雖然楊千鶴《花開時節》以中產階級女專學校畢業生為主角，和葉陶所呈現的世界有明顯的差異，但是小說中女主角面對未來的那份茫然，以及想要開闢人生空間卻不知如何著手的心情卻相當一致。這兩篇背景氣氛和主角生活世界大不相同的小說，關切的主題其實相去不遠：都在探討女人人生的出路和可能性，但卻都展現了程度不一的悲觀。就小說技巧而言，前者採用第三人稱敘述觀點和強烈對比手法來開展小說的主題，後者以女性自傳體來描繪女子在試圖開創生命空間時的徘徊與惶恐，可以讓我們一窺當時女作家小說創作的面貌。

值得一提的是，這兩篇作品所採用的語言都是日文。楊千鶴曾說，任職報社擔任採訪記者的她有一次曾到彰化訪問當時有名的作家賴和，但是賴和的作品她卻未讀過，主要是在她成長的年代，日語教育已是公學校的政策，賴和創作堅持使用漢語，她無法閱讀（楊千鶴1995b: 40）。日據時代作家之間因語言造成的隔閡至少透露兩點重要的訊息：第一，創作語言乃具有強烈的政治意義，談殖民地的文學活動不可忽視文學語言在作家創作意圖和文學版圖形構過程中所扮演的重要角色。第二，由於殖民地語言政策的影響，作家之間的傳承觀摩管道常被阻斷，對女作家而言，來自前輩女作家創作的啟示既幾乎等於零，要從前輩男作家的創作中來找尋創作典範，也往往因語言的斷層而不得其門而入。

葉石濤認為，楊千鶴《花開時節》以及他自己早年的作品相當能代表戰爭期間以日文創作作品「耽美」、「逃避現實」的傾向：

戰爭期中出現的日文新作家寥寥無幾。這些年歲二十歲左右的作家涉世未深，受日本

> 帝國主義教育的影響很大，縱令對民族的歷史有些認識，但缺乏堅強的抵抗精神，因此他們的作品都是耽美的，逃避現實的。（1987: 66）

《花開時節》當然是一群女專學校畢業生的生活寫照，無關民族大義，不過，這篇小說卻也未必「逃避現實」。小說裡女主角拒絕畢業後就依循傳統慣例踏上結婚生子之途，想要開闢人生不一樣的道路卻百般掙扎仍未見清楚的出路，可算是探討當時年輕女子所面臨的人生抉擇課題。

相較於五〇年代戰後初期外省來台的女作家，此時期的女性小說創作似乎都是「蜻蜓點水」，以寫作為長期志業的「女作家」似乎尚未出現。以葉陶和楊千鶴為例，兩者的小說創作量都不多。相較於日據時期眾多長期耕耘寫作的知名男性作家——如賴和、楊逵、楊守愚等等，日據時期的女性創作相當貧瘠。一直要到戰後大批在大陸接受高等教育的中產階級移民來台，台灣文壇上才出現了以寫作為長期重要活動的「女作家」。

戰後初期台灣女性文壇最明顯的變化，當然就是女作家的大量湧現。如果日據時代女作家創作勢力單薄，難以與男作家創作抗衡，戰後初期的局勢則大為改觀。當時出現了不少創作力豐沛的女作家。劉心皇所編的《當代中國新文學大系：史料與索引》所列當時「享有盛名」的女作家就包括了艾雯、吳崇蘭、孟瑤、張漱菡、潘人木、潘琦君、陳香梅、劉枋、謝冰瑩、畢璞、瓊瑤、繁露、聶華苓、郭良蕙等十多位。葉石濤《台灣文學史綱》則列了潘人木、蘇雪林、謝冰瑩、林海音、郭良蕙、童真、張秀亞、張漱菡、繁露、嚴友梅、劉枋、艾雯、孟瑤等十三位女作家。我們在嘗試解釋這個巨大的文壇裂變時，通常會注意到族群和政治因素。語言在此又扮演了一個關鍵性的角色。戰後國民政府遷移台灣，帶來大批移民，並且推行「國語政策」，提倡「反共戰鬥文藝」。在這批移民潮中，有不少移居台灣的大陸女性乃中產階級出身，受過大學以上的高等教育，在「國語政策」環境下自然容易攫取優勢的創作位置（邱貴芬 2000: 322）。同時，她們在大陸的經驗和與國民政府「生死與共」的歷史經驗也使得她們較能呼應政府的「反共」文藝政策。女作家崛起於此時期的台灣文壇，自有其歷史分量。

另外一個尚未見史家談及的原因即是文學商品化。五〇年代台灣文壇相當重要的「中華文藝獎金委員會」於一九五〇年成立，根據《如夢令》和《蓮漪表妹》的作者潘人木的回憶，《如夢令》得獎獎金高達三千元，在當時可以買十兩黃金（曾鈐月 2001: 87）。而同樣活躍於五〇年代的另一位著名女作家孟瑤在一次訪談中，提到來台後的文學創作，表示：「說句很坦白的話，我只是煮字療饑，是真的，那個時候都太窮了，寄一篇稿子，給點稿費，不無小補，要寫得多的話，稿費是很可觀的」（曾鈐月 2001: 68）。這或許也可用來解釋為什麼當時的長篇小說創作量會如此居高不下。這並不是說，當時的作家創作都只意在圖利，而是說，除了我們慣常聽到的政府文藝、語言政策主導和作家以書寫過去的歷史經驗來止傷療痛這些原因之外，經濟考量也是個潛在的重要因素。我認為，戰後台灣「女作家」的出現意味了文學商品化的時代來臨。這同時也意味中產階級品味逐漸在台灣女性文壇上取得主導的位置。張誦聖論潘人木的《蓮漪表妹》，提出一個相當有意思的看法，值得全段抄錄於下：

把《旋風》的遭遇和另一個得獎受肯定的反共小說，潘人木的《蓮漪表妹》，做個對比，也許可以幫助我們對這個現象有更清楚的了解。前者具有傳統通俗小說、譴責小說的文類特質，寫沒落的仕紳階級的道德墮落。後者則為現代都市新興中產階層的浪漫愛情小說，從心理、個性角度，來解釋國共鬥爭時共產動員學生的政治罪行。嚴格說來，兩者所佔有的藝術位階極為相似，皆是以情節為主，具有相當娛樂價值的「中額」（middle-brow）小說，然而從時代網絡的角度來說，卻是兩個截然不同世代的產物。前者具有在西風東漸後文化位階下降，佔劣勢的「舊小說」形貌。後者卻屬於堪與「新小說」抗衡的，與都市新興印刷媒體同時成長的中產品味文類。如果我們進一步把《蓮漪表妹》視為承襲戰前上海發展的中產小說傳統（朱西甯就曾將潘與張愛玲並列），那麼它所預示的，儼然是一個在台灣四九年後的新世代極具發展潛力、廣受鍾愛的中產文學

品味。這個文學品味在台灣逐漸佔有主流位置的事實，在八〇年代張愛玲風興起時已是毫無疑問了。（2000: 360）

不過，在從日據到戰後初期台灣女性創作的這個脈絡下，所謂的「中產階級」的意義不必然是負面的。這批在戰後初期於台灣文壇享有重要一席之地的女作家，許多都來自於性別觀念較開放的中產階級家庭，或是身受五四思潮的衝擊。就性別反思的層面而言，她們的創作開展出日據時代女性創作所未有的空間。當時的代表作家之一潘人木受訪時談到自己的父母，認為她的父親「覺得男孩、女孩都一樣，不管家庭環境怎樣變更，男孩、女孩都受教育是以後的趨勢」，而她的母親對她堅決到重慶讀書的決定「一點異議都沒有，就是祈禱，她認為出去唸書是應該的。」（曾鈴月 2001: 81）即使是自承不甚支持婦女運動的徐鍾珮，在她自傳性濃厚的小說《餘音》裡也經常出現頗具性別反省意味的段落，最明顯的一個例子是小說主角的母親不顧丈夫的反對，主張送女兒上洋學堂：

女人一生全靠男人，男人不爭氣，一輩子就抬不起頭來，以後她嫁什麼樣的人，是她的命，但是我要她不要像我一樣的毫無辦法。她自己總要學點本領，以後不靠男人也可以有飯吃。（1981: 14）

孟瑤則清楚表示，她那時代的女作家受到五四新思潮的衝擊不小（曾鈴月 2001: 66）。而林海音談論自己的小說，也點明了她的小說就是探討五四思潮衝擊下，女人所面臨的抉擇：

我寫的是我母親那個時代的女人，那是個新舊交替的時代，也就是受到「五四運動」影響，有的人就從舊時代跳過來，跳到新時代，如蘇雪林、謝冰瑩等人。但是，大部分的女人不能也不敢跳過來，她們的遭遇是時代造成的。我的小說不由得表現了那個新舊時代的女人。（鍾麗慧 1987: 58）

總而言之，戰後初期活躍於台灣文壇的女作家具有兩個特質：許多女作家都擁有大專高等學歷，服務於文教界，而且在性別意識上都或多或少受到五四運動的衝擊。在此情況下，她們的創作不僅在質量上都超越日據時代台灣女性創作的水準，而且也拓展了性別議題書寫的空間。

就我個人研究涉獵的資料，目前評論界談到此時期的女作家創作，基本上有三種觀點：一者為葉石濤的評論方式，認為此時期的女作家創作以家庭男女婚姻關係為重點，「社會觀點稀少」；一者為張誦聖（2000: 356）的詮釋方法，認為五〇年代（女）創作在戒嚴體制下的保守妥協性格，「其實林海音、朱西甯等對形式成規的轉化，是對五四傳統的選擇性傳承。左翼所發展出的形式成規可以挪用到以右翼為主題的作品」[6]；另外一種詮釋方式則以范銘如為代表，強調女作家通過對「懷鄉」主題的顛覆，發展出與當時男作家創作不一樣的身分敘述，展現女性創作的前衛性。葉先生的看法顯然根植於傳統批評「男性中心」價值體系，對處理「家庭」、「婚姻」題材的作品等閒視之。張誦聖和范銘如的詮釋則互相衝突，前者不論談林海音或是潘人木，都強調她們的作品對主導文化的依附，後者則反過來認為五○年代女性創作深具顛覆主導文化的能力。我無意反駁張誦聖或范銘如的看法，反而要大小通吃，主張作品的意義其實並不穩定，往往展現出保守與前衛並存的矛盾（Macherey 1978: 60）。換言之，我認為此時的作品既保守又前衛。我將以兩部著名的「反共」、「抗戰」小說為例，說明這批大陸移台女作家作品裡的多重意義。

潘人木的《蓮漪表妹》於五○年代初獲得「中華文藝獎金」，成為五○年代膾炙人口的「反共小說」。徐鍾珮的《餘音》最初於一九六一年出版，與王藍的《藍與黑》、紀剛的《滾滾遼河》被當時的評論家並列為「抗戰三大小說」（鐘麗慧 1985: 16）。兩者皆以抗戰時期為背景，敘述女主角流離顛沛的留學生生活和成長經驗，並且都具有鮮明的反共立場，側寫小說中的親共分子如何利用學生和女性達到政治目的。王德威對反共小說曾有提綱挈領的歸納：

反共小說因此是一種文字的宣傳攻勢，也是一種文字的猶豫失落；它的誇張，來自它的焦慮。作家們一再的重複個人及群體的痛苦經驗，與其說是臥薪嘗膽，以俟將來，更不如說是自圓其說，重溯安身立命的源頭。他（她）們不斷的在紙上重回鄉土、追憶過去，歸納各種可能的因素，解釋眼前的困境。罪魁禍首當然是那萬惡的共產黨，但如何以文字鎖定亂源，並不容易。如前所述，反共小說如果讀來空洞或空虛，不只是來自文學為政治服務的動機，更有其歷史及心理的因緣。而這一點是歷來推崇或譏刺反共文學者，皆所未能企及的。（1998a: 145-6）

劉心皇〈自由中國文學三十年導言〉裡的一段話可以與王德威的說法對照來看：

五十年代，作家都是「壯懷激烈」，愛國情緒特別高漲，原因是大家剛剛從大陸撤退來台，在大陸上與共黨的奮鬥，怎麼敗的？大家都很茫然，都覺得不應該敗的，竟然敗了，不僅是在軍事上，大家心有未甘，就是在文藝上，也都覺得沒有用出最後的力量，更是不甘心！老實說，不僅我們如此想法，就是當時的最高統帥先總統　蔣公，在心理上也是如此，證據是：革命實踐研究院研究員每期結業時，　蔣公召見必然要問：「我們在大陸上失敗的原因在哪裡？」　蔣公的這一問，雖然是要大家提高警覺，而不甘心的意思也是很顯然的。

> 這種心理當然反映在文學作品上。這便是五十年代文學主要的背景。（1981: 81-2）

寫作「反共小說」因而可說是一種集體療傷，在文字當中重返當年，追尋（國土、家園）失落的源頭。不過，我在此想提出的一個看法是，所謂的「反共小說」或「抗戰小說」不見得就一定是「反共小說」和「抗戰小說」而已；也就是說，換個角度來看，《蓮漪表妹》和《餘音》其實是寫得相當好的「女性成長小說」。就現有的史料而言，楊千鶴的《花開時節》可稱之為台灣女性自傳體小說的先驅之一，在《蓮漪表妹》和《餘音》裡我們看到了這個形式更加成熟的開展；同時值得注意的是，在這兩部小說裡，我們都看到了女性在廣大的空間裡之轉移，與日據時代葉陶和楊千鶴小說場景裡所呈現的女性閉鎖空間大不相同。性別意識在這兩本小說也更加凸顯，蓮漪的一生雖因過度主張個人主義而顛沛流離，但是這人生道路也暗示了無窮的可能性，與葉陶、楊千鶴小說所呈現的茫然與悲觀大不相同。而《餘音》裡也相當正面地刻畫女主角的成長和自我開發空間的模式。當然，本土派論述者可能指出，《餘音》之所以正面刻畫女主角的成長，其實是因為女主角的成長依附於當時政府所要宣揚的國族敘述，《蓮漪表妹》中蓮漪的成長就因為她與共產黨掛勾而付出相當大的代價。不過，我仍然想要辯解，不管女主角的成長是正面或負面，這兩部小說對女性成長小說這個文類而言，都有兩個不可忽視的意義：一來這兩部小說中所展示的女性成長空間顯然比《花開時節》更加寬廣，對開發台灣女性成長小說這個文類的寫法有不少貢獻；二來，就形式技巧而言，我們看到台灣女性成長小說的書寫有更上一層樓的表現。

如此觀照戰後初期女作家創作，可能帶出幾個比較不一樣的詮釋概念：

㈠我們不需把戰後初期的台灣文壇一分為二：男作家創作主打政治，女作家創作專事婚姻家庭的經營。在此認知之下，我們既不必採取傳統文學論的位階（literary hierarchy）系統，視女作家創作比男作家創作較無足輕重；也不需採取反轉傳統文學位階的論述策略，主張女作家從女人生活經驗出發點寫出來的小說往往比直攻國家政治議題的男作家創作更具「前衛」意涵。

㈡反共懷鄉可算是當時不少女作家創作的一大主題，但是，「反共懷鄉」卻不足以囊括這些作品文本所有的意義。

㈢一部作品的意義可能不像我們通常想像的那麼單一或一致。一種可能的情況是：作品在展現「反共懷鄉」情懷時，與政治場域的主導文化唱和，並且在當時整個政治氣氛裡扮演相當保守反動的角色，但是同時也在性別議題上打開台灣女性文學創作前所未有的空間。詮釋作品，我們也必須質疑「連續一致」的閱讀概念，把「矛盾衝突」放進來考量。這意味著，不僅作品就某一主題的處理可能隱含內部矛盾，而且作品在不同層面上也可能帶出互相衝突的意義（Colebrook 1997: 161）。

㈣我認為，就女性文學的領域而言，戰後初期女作家創作的整體表現展現相當積極正面的意義。這批大陸來台受過高等教育、或多或少在大陸受到五四思潮衝擊的女作家為台灣女性文壇創造出前所未有的豐盛景象。這並不表示說，她們的性別意識就相當前衛激進；當時的女作家作品所表現的性別反省有程度不等的差異[7]。但是，相對而言，這些產量豐盛的女作家對婦女於傳統與現代之間的拉扯多所描繪，這是台灣文壇頭一次有這麼多的女性作家就性別議題發言和發揮。當然，在當時推行的「國語政策」影響之下，本土女性創作在語言政策下的空間更加緊縮，不過，即使不受語言政策的影響，日據以來的社會環境也並非是造就具備性別意識的女作家沃土。

陰錯陽差，戰後初期的整個政治社會環境變動，反而讓台灣女性創作有意外的收穫。從此，「女作家」在台灣出現，並且在往後的歷史歲月裡於台灣文壇中扮演舉足輕重的角色。戰後初期女作家既參與政治對話又經營性別議題的書寫大大開展了當時台灣女性文學的格局。

「現代主義鄉土」時期的台灣女作家小說

許多戰後初期出現的這些女作家在往後一、二十年間依然不斷勤奮創作，在六〇年代仍活躍於台灣文壇且享有一定的文名。不過，在六〇年代台灣出生的女作家也開始出現於台灣文壇，例如：陳若曦、歐陽子、季季、施叔青、李昂等。值得注意的是，這批新嶄露頭角的本土出生女作家無論在創作的形式風格或偏好主題上，都與戰後初期的移民女作家大不相同。如果說，戰後初期的主流女作家創作是如張誦聖所言「選擇性地傳承了五四文學」，在六〇年代才出道的本土出生女作家卻往往選擇性地挪用西方現代主義的某些特質——例如，對敘述形式、小說語言的實驗和側重心理描寫的方式，來鋪陳作家關懷的主題。我想這是對台灣文學史略有了解的讀者都相當熟悉的認知。通常史家在評論這一時期的創作時，慣常採用白先勇的說法，把「流亡」和「放逐」當作此時期創作的兩大主題。加上此時期作家偏好挪用西方現代主義技巧，於梨華又適時喊出「無根的一代」這樣的口號來標示此時期的作家，「西化」遂成為後代讀者和評論家回看這個時期的文學創作之立即聯想。不過，我想特別提出的是，「流亡」和「放逐」固然是這時期作家創作的重要主題，我們卻無法忽視這個時期同時也出現了不少鄉土色彩濃厚，而且對台灣在現代化過程所面臨的危機有深刻省思的作品。換言之，以在地觀點呈現台灣社會面向的創作也在這個時期大量出現。如果說這個時期的作家在創作技巧上受到西方現代主義影響，我們可以從美國對台政治勢力擴張所帶來的文化殖民結構來談現代主義在台灣的流行（Chang 1993: 8-13），但是，我認為這也是台灣在地色彩開始清晰浮現於女作家創作的時期，其中一個重要的原因是台灣出生的新生代作家如陳若曦、季季、施叔青、李昂、歐陽子在這個時候開始發表她們的作品。她們在台灣成長的經驗和對蛻變中台灣社會的觀察轉化成小說材料時，所呈現的「台灣」色彩隱然改寫了台灣女作家創作的生態版圖，這個變化的複雜面向使得以「現代主義」的單一標籤來標示此時期的創作有誤導之嫌。比較貼近此時期創作特色的說法，可能要把我們一向認為衝突矛盾的「現代主義」和「鄉土文學」兩個標示並列。許多評論家（陳映真 2000: 154；葉石濤 1987: 122-3）已指出，許多我們現在歸類為「鄉土文學」的作家（如黃春明、陳映真、王禎和等）重要作品在六〇年代即已相當成熟。不僅如此，許多我們歸類為「現代主義」的作品其實非常鄉土。黃春明、王禎和、陳若曦六〇年代的創作都可以這個觀點回頭再評估。張誦聖認為，此時期的台灣現代主義作家接收了西方資本主義社會中產階級主流價值觀，如「個人主義」、「自由主義」等等（Chang 1993: 2）。我覺得這是一針見血的見解，不過，在實際文本意義的產生過程中，女作家的現代主義作品卻也不見得全然複製了中產階級價值體系或全面迎合美國新殖民主義。這一點我將於底下談及作品時再申論。

談論現代主義創作，不免涉及史家對現代主義文學的評價。「西化」和「橫的移植」既成為談論此時期創作的「基本」認知，站在民族主義立場的史家當然對現代主義文學頗有微詞。對此，王德威曾有所回應：

> 可怪的是，評家論者對文學「現代性」或「現代化」的追求，居之不疑，對「現代主義」卻難以認同。而我們記得，寫實／現實主義原也不全是本土特產，也曾是進口的文學舶來品。（1998b: 167）

王德威說的不錯，民族主義史家所偏好的寫實主義也是進口的舶來品。那麼，「外來」文化與否或許並不是史家對現代主義作品持較負面看法的原因。真正的問題恐怕在於寫實主義和現代主義對「現實」、「寫實」的不同定義。值得注意的是：現代主義出現時，強調的是作家必須面對現實、小說必須寫實；言下之意即是五〇年代的「反共文學」不面對現實，現代文學標榜的是「正視台灣當前赤裸裸的現實，不管這現實如何不如意，如何令人難受。」（白先勇 1995: 110）不過，顯然台灣史家如葉石濤等並不同意現代主義作家「為了避過政府的檢查，處處避免正面評議當前社會政治的問題，轉向個人內心的探索」（白先勇 1995: 111）的寫作方向是寫實的。

其實，台灣文化場域裡這種寫實主義和現代主義的對立，不僅牽涉到主張寫實主義的一派對美國對台實行文化帝國主義的批判，也涉及主張社會主義寫實的評論家對「寫實」的定義，以及對「好小說」的定義。現在我們所見社會寫實派台灣文學評論家談論這個問題的方法，主要還是承續盧卡奇（György Lukács）的思考路線。以盧卡奇為代表的馬克思學派文學批評主張文學之所以可貴正在於其有助於對階級意識的體認，好的小說應該對個人與外在社會的互動多所著墨，克服個人的孤立而照見外在社會力量如何影響個人的生命。現代主義以個人內心為描寫分析重點的作品因與這種文學主張相左，故往往不得此派評論家青睞（Colebrook 1997: 155-6）。但是，從現代主義作家觀點來看，內心層次的探討或許比著重於外在世界的描繪更貼近「寫實」（Woolf 1966: 106; Fletcher and Bradbury 1976: 407-9）。這樣，我們就可以理解白先勇所說的，現代主義作家「把人生描寫得黑暗無希望，其實正是因為他們忠實地反映了本身對社會及政治情況的失望。」（白先勇 1995: 120-1）總而言之，台灣文學史家對現代主義作品傾向於負面的評價，主要有兩個原因：一者為站在對美國新殖民主義的省思，二者為台灣文學史論述受到程度不等的馬克思學派盧卡奇那一脈的文學觀之影響。有關馬克思文學評論在台灣文學評論傳統裡所扮演的角色是個相當重要的問題，不過，這個問題超越本文關切的範圍，需另撰專文討論，此處不深入討論。

談論六〇年代初期以迄七〇年代中葉女性創作的歷史背景，首先會注意到這個時期女性文壇發生了三個重要事件：一者為現代主義技巧的流行和在地觀點的浮現，二者為郭良蕙因撰寫《心鎖》，探觸亂倫情欲的禁忌題材而遭到婦女寫作協會與文協開除會籍[8]；三者為聶華苓《桑青與桃紅》因小說情節觸及政治禁忌遭查禁。後面兩個事件牽涉到文字思想的監控。《心鎖》風波發生於一九六二至六三年左右，檯面上的原因為觸犯情欲禁忌話題，約十年之後，聶華苓《桑青與桃紅》因政治原因被查禁，但是小說對「性」的探討比起《心鎖》更有過之而無不及。這兩個查禁事件標示了當時作家創作出版的環境以及書寫題材的種種設限。不過，更值得注意的是，這個時期卻也是情欲幽微處在女作家筆下最見峰迴路轉的時期。歐陽子的許多小說都觸探女性情欲的深層角落，如〈秋葉〉裡曖昧難解的亂倫習題、〈魔女〉裡對刻板母親形象的顛覆與翻轉等等。施叔青、李昂兩姊妹也於此時開始嶄露頭角，兩人少作〈壁虎〉（1965）和〈有曲線的娃娃〉（1970）都在夢魘般的氣氛中探索情欲複雜的面向，而《桑青與桃紅》也一樣在夢魘和情欲流動當中開展出小說對現代（中國）人「流亡」、「放逐」、乃至於根本「存在」問題的思考格局。「性」這個議題逐漸浮上檯面，成為這個時期女作家創作重要的探討領域之一。就形式技巧而言，《心鎖》於形式上仍較接近戰後初期女作家作品的主流風格，採取通俗寫實模式。《桑青與桃紅》則標示了此時期女作家創作風格另一種傾向。學者認為，西方現代主義小說基本上有四大特色：㈠對創作形式本身的複雜性之關注，㈡對呈現內心活動的關注，㈢對表象生命和現實背後毀滅性混亂力量的關注，㈣對如何開展敘述模式的探索（Fletcher and Bradbury 1976: 393）。在這時期傑出的創作裡，我們看到了作家們轉化西方現代主義的這些關注來呈現相當具有台灣在地色彩的文學景觀。例如：《桑青與桃紅》第三部「台北・閣樓」便成功地挪用西方現代主義小說的形式來展現白色恐怖壓力下，生活於台灣有如隨時都在瘋狂邊界徘徊的情境。同時收錄於《日據以來台灣女作家小說選讀》的陳若曦短篇小說〈最後夜戲〉（1961）也透過上述西方現代小說形式上的特色，深入刻畫一個過氣女歌仔戲班旦角搖搖欲墜的生命世界。

〈最後夜戲〉是陳若曦一九六一年發表的作品，那時正是推行台灣現代主義小說代表刊物之一《現代文學》創立初期。被歸類為現代主義代表作家的陳若曦〈最後夜戲〉在形式上雖然採用了許多西方現代主義的技巧，但是所處理的題材和思考切入的角度更歸屬於鄉土文學的路線。這篇小說可說是早三十年出現的《失聲畫眉》。凌煙的《失聲畫眉》於一九九〇年奪得《自立晚報》百萬小說大獎，呈現傳統歌仔戲在資本主義的文化世界裡如何節節敗退，浮沉於與現代肉欲物欲搏鬥當中。這也正是〈最後夜戲〉的主題。以極具鄉土色彩的社會底層階級為小說主要書寫對象，加上反省台灣傳統文化在現代化潮流中逐漸式微的危機，陳若曦與鄉土文學的共通處不下於她與現代文學的連結。對資本主義功利價值的批判以及台灣倫理結構瀕臨瓦解的危機在季季一九七四年發表的〈拾玉鐲〉裡就更加明顯了。就這個角度來看，說現代主義作家全盤西化，全盤接受美國的新殖民主義，恐怕是過分簡單的說法。

從陳若曦到聶華苓，女作家在創作技巧和理念上固然深受西方現代主義衝擊，但是「鄉土想像」的深刻辯證卻在她們的作品中也有相當遼闊的空間。陳若曦〈最後夜戲〉探討鄉土文化在現代化過程中式微的危機和依賴此文化結構維生的底層人民之困境。聶華苓《桑青與桃紅》則重重疊疊反覆追問「家」和「鄉土」的意義；逃家的過程與對「家」和「鄉土」意義探詢的過程其實是一體的兩面。而施叔青〈常滿姨的一日〉雖然主題在描繪一位移居美國的台灣中年女性之性壓抑，但是當時台灣對美移民潮現象所牽涉的種種問題卻隱然可見。被稱為「無根的一代」代言人於梨華代表作《又見棕櫚‧又見棕櫚》更是藉著一個「無根」移民流浪無依的徬徨推演「根」和「鄉土」的想像。如果說，在戰後初期女作家作品裡「鄉土」所指涉的大概還是個相當穩定的「故國」想像，在一九六〇至一九七〇年代中葉這段期間，女作家創作裡的「鄉土」意義就顯得複雜多了。不管是陳若曦小說裡受到資本主義衝擊而轉變的「鄉土」，或是於梨華《又見棕櫚‧又見棕櫚》裡指涉對象和意義都相當不穩定的「鄉土」，甚至聶華苓《桑青與桃紅》裡對「鄉土」意義相當激進的質疑，此時期女作家創作以不同的形式和切入點展現對「鄉土」這個議題的關懷。認同的焦慮若隱若現。

整體而言，我認為從一九六〇到一九七〇年中葉台灣女性文壇的創作特色和生態都和戰後初期有顯著的差異。此時期台灣出生的女作家開始出現於台灣文壇，她們的台灣經驗和觀點是討論此時期創作不可忽視的重點。同時，由於此時期台灣在經濟政治上強烈依賴美國，台灣作家與美國文化的密切互動促成現代主義在台灣的流行。台灣作家挪用西方現代主義的某些特色來呈現他們選擇的題材。女作家作品透過這些繁複的技巧對「性」和「鄉土想像」、乃至於人存在的根本處境的探討都大有斬獲。細部心理鋪陳的手法在這個階段有更進一步的發展，提供了探討女性私密感情空間的寫作策略。此外，另有一些作品透過情節巧妙的安排來展現女性感情的轉折，歐陽子的〈魔女〉和於梨華〈黃昏・廊裡的女人〉算是此類作品的代表作。

閨秀文學

評論家慣稱的「閨秀文學」時期大概是從一九七六年到一九八〇年代中葉。在這個時期，《聯合報》和《中國時報》分別於一九七六年和一九七八年設立文學獎，取代以往官方的文學獎（如：中華文藝獎金委員會）成為主導台灣文學風氣的重要機構。《聯合報》第一屆小說獎得獎名單包括：第二獎蔣曉雲〈掉傘天〉（第一獎從缺）和朱天文奪得第三獎的〈喬太守新記〉、朱天心佳作獎〈天涼好個秋〉。從此以後，兩大報的文學獎項屢落入女作家手中，除了蔣曉雲、朱家姊妹之外，袁瓊瓊、蕭麗紅、蘇偉貞等等以男女情愛見長的小說創作都在兩大報文學獎找到發表的管道。除了蘇偉貞之外，其他屬於這個「閨秀文學」文風的作家都與朱氏姊妹創立的「三三集刊」過從甚密。從朱天心在一次訪談裡回溯當時「三三」與鄉土文學陣營交鋒的情況（邱貴芬 1998: 132-5），與楊照所言，「『三三』基本上可以看成是對應鄉土文學，企圖創造一個以大中國文化為中心的行動原則的努力」（1995b: 152）。「閨秀文學」現象的政治意義相當複雜，顯然不能單從性別層面來探討。換句話說，通常我們解釋這個涵蓋七〇年代中葉以後以迄八〇年代中葉解嚴前的「閨秀文學現象」，會將幾個原因納入考量：一者以當時的政治環境為切入點，認為一九七九年美麗島事件之後，台灣肅殺的政治氣氛讓言不及政治的兒女情長有了大展身手的書寫空間；一者以台灣社會的蛻變為主要觀察點，認為八〇年代前後，台灣都會文化成形，社會型態的改變對性別關係造成不小的衝擊，閨秀文學「中產階級」、「都會」文化的傾向容易得到為數不少在都會裡就業的女性之共鳴。不過，從朱天心和楊照的說法來看，「閨秀文學現象」與「鄉土文學」並非兩條不交集的寫作路線，反而可能有相當複雜的角力關係。「閨秀文學現象」在七〇、八〇年代之交，究竟在台灣的文壇和意識形態場域扮演什麼樣的角色？

從女性主義角度的論述出發，或許在評價這個女性文學流行的現象時，會認為女作家以小搏大，以情欲顛覆國族政治的書寫取向可能為性別政治的書寫更掙得一片天空。不過，我覺得這樣來分析八〇年代之交的「閨秀文學現象」會失之浮面。無論就政治批判或性別批判的角度而言，我認為「閨秀文學」的基進政治意涵都相當薄弱。「閨秀文學」常被人稱道的對性別議題的關注，我們在前面兩個時期的女作家作品當中都看得到，而且，無論就情欲深度的探索或是創作技巧的繁複，「閨秀文學」作品都未見較之前的女作家創作更上一層樓。雖然在這時期出道的許多女作家（如朱家姊妹、蘇偉貞、袁瓊瓊等），於往後寫作事業的發展都各自開創出新的格局，但是就此時期的創作而言，我認為是相對的保守。根據呂正惠

（1992a: 86）的觀察，這時期的主流女性創作最大的問題是「不『現實』的描寫年輕女性在實際生活中所碰到的戀愛的困難，反而以浪漫的、抒情的方式來描寫少女對於愛情的懷想……面對女性求偶的難題，這種文學是以提供『夢想』來作為殘酷的現實的彌補。」當然，並非我們歸類為「閨秀文學」的作品都以浪漫情懷來處理女性的感情世界，袁瓊瓊最膾炙人口的〈自己的天空〉和蕭麗紅《桂花巷》對女性生活空間的探索都展現了相當的深度；但是，我認為，相較於郭良蕙的《心鎖》、聶華苓《桑青與桃紅》，以及於梨華、陳若曦、施叔青和李昂等作家在六〇年代的許多創作，此時期女作家創作筆下所展現的女性生活各層面的觀察和刻畫，其視野和思考格局未如前期作家般開闊。

放在歷史脈絡來看，可能「閨秀文學」最大的意義在於象徵中產階級、都會品味的抬頭。在談戰後初期女作家創作之時，我曾指出當時大陸來台的女作家作品所代表的中產階級價值觀對當時台灣女性文壇而言，不是保守反動，而是具有開發新的書寫空間的推動效應。這是因為在這些出身於中產階級、受過高等教育的女作家筆下，五四運動衝擊下的兩性關係反省成為女作家作品的一大主題，改寫了日據以來台灣文壇女性文學創作的版圖，具有相當正面的意義。但是，我認為，轉換了一個時空背景，三十年後的八〇年代之交「閨秀文學」所展現的都會中產階級價值觀卻沒有相等的開創意義。呂正惠對「閨秀文學」的觀察值得我們參考：

> ……進入八〇年代以後，已經明顯的看得出來，台灣的政治運動是新興的中產階級對國民黨老舊官僚體系的改革運動。省籍的衝突雖然使這一運動變得更為複雜，但中產階級並不願意看到台灣因省籍因素而兩極化，而使中共坐收漁人之利。在這種情形下，不論是陳映真式的統派論調，還是宋澤萊式的獨派論調，都不會得到大多數中產階級的認同。
>
> 國民黨的文宣體系可能意識到了這樣的局面，因此，在鄉土文學論戰以後開始改變策略，透過各種傳播媒體（主要是報紙副刊與出版社），推揚「純正」的文學，以和鄉土派的「政治」文學相對抗。現在看起來，這一策略因投合保守的中產階級的品味，得到了意外的成功。到了八〇年代中期，我們已可看到，鄉土文學退居一隅，再無七〇年代的氣勢了。
>
> 也是到了八〇年代中期，在所謂的純正文學中，女作家的作品，尤其是投合青春少女喜好的閨秀文學異軍突起，大有席捲文壇之勢。
>
> 閨秀文學的盛行，最可看出台灣中產階級文化的保守性格。（1992b: 131）

這樣評論「閨秀文學」，並不是否定這些女作家的整體創作對台灣女性文壇的貢獻。就如同我上文提到的，這些在八〇年代被歸類為「閨秀文學」的女作家有不少愈寫愈深沉，在九〇年代揮灑出自己的一片天空，表現不俗。但是，無可否認的，八〇年代初她們剛出道的作品在思考深度、廣度和技巧層次上都鮮少超越前輩作家已開發出來的格局。

在「閨秀文學」這個文類裡，蕭麗紅的作品特別值得一提。如果說八〇年代之交的台灣文壇一邊是政治意識形態激進的鄉土文學，一邊是溫柔婉約的閨秀文學，兩者看似井水不犯河水，其實卻有微妙的角力狀態，並產生複雜的政治效應，在蕭麗紅的作品裡我們卻看到了兩者巧妙的糅和。楊照便認為，從鄉土文學論戰時台灣左右兩翼文學行動主義交鋒的歷史脈絡來看，蕭麗紅的《千江有水千江月》統合操弄這兩派的文學語彙，卻剝落了兩派文學行動主義最重要的批判色彩。《千江有水千江月》濃厚的鄉土情和鄉土語彙不過收編了「鄉土」的概念。楊照這樣說當然頗具見解，然而，從當時台灣女作家創作的版圖來看，蕭麗紅凸顯台灣傳統社會色彩並且大量採用鄉土語彙的書寫路線在當時可謂別開生面，於「閨秀文學」的都會風情之外再另創天地。

不過，需要特別注意的是，八〇年代的台灣女性文壇不是只有「閨秀文學」。蕭颯、廖輝英走社會寫實路線，刻畫都會男女日益複雜的兩性關係和社會問題。同時，六〇年代就出道的李昂仍以其特立獨行的風格持續發表作品，一九八三年獲得《聯合報》中篇小說獎的作品〈殺夫〉在夢魘般氣氛中搬演傳統社會體制下女人的被壓迫問題。這部展現高度性別批判意識和作家的暴力美學小說在連載期間即引起相當大的爭議。一九七五年的《暗夜》回歸平實的社會寫實寫作路線，但其深度探討性、金錢和權力瓜葛糾纏的複雜關係的功力卻是台灣女性小說史上之罕見。另外，被譽為「議論的小說家」和「台灣知識性文學代表作者」的平路亦在此時開始受到台灣文壇的重視。〈玉米田之死〉獲得一九八三年《聯合報》小說獎第一名，往後二十餘年來，平路創作不斷，其多變而深具實驗性的敘述和語言風格對開發台灣女性創作空間有不小貢獻。她和李昂可算是八〇年代台灣女性文學創作的異數。

解嚴後的女作家小說

如果說，「閨秀文學」於七〇年代中葉到八〇年代中葉主導台灣女作家的創作風潮，從八〇年代中葉到九〇年代中葉女作家小說的一大轉向即是「政治化」——此處所定義的「政治」乃廣義的政治，「性別政治」亦包括在內。台灣於一九八七年宣布解嚴，不僅言論尺度大幅鬆綁，而且由於本省籍李登輝接任總統所帶來的政治人事大洗牌和隨即引發的族群意識效應，台灣的言論場域在這段期間非常政治化。同時，在此時期，戰後出生，拜國民義務教育和核心小家庭結構之賜，得以出國留學取得博士學位的女性亦紛紛回國在學院從事教職。透過這些學院女性的引介，加上解嚴後政治認同議題的風行，女性主義、同志運動在九〇年代初的台灣論述界引起一陣騷動。在此氣氛中，女作家創作的「政治性」遂有檯面化的趨勢。

這一波與當時對認同政治有密切對話的女作家創作，大概可以蔡秀女側寫白色恐怖的〈稻穗落土〉（1985），到一九九七年朱天心發表《古都》，以及李昂激起台灣文化界議論紛紛的《北港香爐人人插：戴貞操帶的魔鬼系列》做為代表。這期間朱天心剝落她的「閨秀文學作家」標籤，文風一變，以辛辣犀利的筆法開始她的「政治小說」時期。從一九八九年〈新黨十九日〉、〈佛滅〉到一九九二年的《想我眷村的兄弟們》、一九九七年的《古都》，朱天心創作的族群色彩愈見濃厚，與台灣政治對話關係也愈見緊張。另外一位也在「閨秀文學」時期備受矚目的作家袁瓊瓊在一九八九年出版的《今生緣》也見濃厚族群色彩，記憶五〇年代之際大陸移民來台定居的辛酸血淚。陳燁的《泥河》同樣在一九八九年出版，站在福佬族立場書寫二二八的傷痛，可謂與蔡秀女的〈稻穗落土〉和李昂一九九一年的《迷園》互相呼應，帶進了這波或可稱為「族群記憶」小說的福佬族女性的聲音。比較不同的是，站在福佬族角度書寫的小說多觸及戒嚴時代被壓抑、不可言說的白色恐怖經驗，與外省族群的歷史記憶小說切入點大不相同。八〇年代初就嶄露頭角的平路也未袖手旁觀，不過她介入這時期的記憶政治書寫的角度並不特意凸顯作家自己的族群位置，反倒是深入歷史和記憶的迷宮，反覆辯證歷史書寫的可能與不可能。〈百齡箋〉和《行道天涯》可算是平路此類創作的代表作。

在這種作家族群立場鮮明的九〇年代女作家創作版圖當中，還有兩部小說相當引人注目：一者是蔡素芬的《鹽田兒女》，一者為凌煙獲得《自立晚報》百萬小說大獎的《失聲畫眉》。這兩部出版於九〇年代初期，鄉土氣息濃厚的小說並未表達出積極的政治控訴意味，反而關注台灣在現代化過程中文化和風土人情的蛻變。值得注意的是，根據蔡素芬在一次訪談中的說法，她的創作並未自覺性地師承鄉土文學傳統，反而深受五〇年代流行的抗戰小說影響（邱貴芬 1998: 197）。這提醒我們，評論家和史家在張羅文學傳承網絡時應小心謹慎，作家與各個文學傳統之間的關係有時比我們想像中的要複雜得多。此外，標示原住民女作家創作位置的作品也開始出現，阿𡠄算是這個領域裡創作量最豐盛的作家。阿𡠄的創作大多以散文體寫成，不過，由於其創作有不少乃轉述原住民部落代代相傳的故事，意在維護原住民日益喪失的傳統和文化，其創作介於散文與小說之間，別幟一格。

除了族群和國家政治意涵濃厚的創作之外，女同志小說的出現也對九〇年代的台灣女作家小說生態產生相當大的衝擊。九〇年代中葉出現了幾部頗受重視的女同志小說：邱妙津的《鱷魚手記》於一九九四年出版，陳雪的《惡女書》和洪凌的《異端吸血鬼列傳》隨後於一九九五年出版，女同性戀的聲音在台灣女作家創作版圖中逐漸形成一股力量。也就是在這時候，朱天文以男同性戀邊緣人的身分位置作敘述觀點的小說《荒人手記》於一九九四年奪得時報文學百萬小說大獎，巧妙縫接國族政治與性別政治的對話，為九〇年代女作家創作的政治美學做了個最佳的註腳。有趣的是，正當《荒人手記》游走於身分認同政治的複雜網絡的同時，蘇偉貞同年獲頒「時報文學百萬小說評審團推薦獎」的《沉默之島》卻流露出對當時身分認同政治的不耐，以消弭小說中人物的文化差異、性別年齡和語言障礙等等社會身分指標的手法，這對於身分認同議題表達了相當獨特的回應。這兩位同樣屬於「閨秀文學」現象重要成員的作家，十幾年來的寫作生涯已帶領她們到思考與文字表現都與出道時有大異其趣的境界。

當然，並非所有九〇年代的女作家小說都有強烈的政治意涵或族群性別意識。朱天文〈世紀末的華麗〉寫的是「台北都會世紀末症候群」（王德威 1996: 16）。《荒人手記》若從另一個角度閱讀，也不必一定非是政治寓言，也可以解讀為一則世紀末「蒼涼頹廢的宣言」（王德威 1996 : 21）。《沉默之島》若不從身分認同的角度切入，亦可看成是現代都會飄離浮游生命狀態之最佳寫照，或是施淑所形容的「以愛情故事的形式所做的關於人的欲望的實驗報告」（林文珮 1994: 283）。九〇年代女作家小說世界所呈現的都會性格和生活美學是研究這一時期女作家創作不可忽視的面向。另外，九〇年代也出現了相當具有潛力的新世代女作家，如成英姝、張瀛太、郝譽翔、劉叔慧、朱國珍等。這批新世代作家來勢洶洶，寫作風格各異，由於創作年齡尚淺，現在談其成就未免言之過早。不過，其中成英姝短短幾年已累積相當可觀的成績，劉亮雅稱讚其小說「寫法光怪陸離，別具荒謬諷刺感，為台灣女性書寫注入了一個新的聲音」，其未來的發展值得期待。

小結

文學史的建構乃是巨大的工程，而任何史傳都不免局限於撰述者觀照點的不足。《日據以來台灣女作家小說選讀》的結構設計比擬一部文學史，暗示一套台灣女性文學史觀，它的一大企圖就是想透過不同撰述者的不同詮釋和觀照來彌補傳統文學史述的單音現象。另外，也想藉由這樣空間化的歷史架構來避免單線的線性歷史敘述。集體撰述是《日據以來台灣女作家小說選讀》的一大特色。導論所呈現的觀點和各篇導讀不盡相同，恰可藉此凸顯文學作品意義的多重面向，並顛覆傳統史傳裡歷史敘述主筆的權威位置。感謝參與這項文學工程的作者和導讀者，並希望一部台灣女性文學史的論述能早日出土。

註釋

1 有關女性主義「姊妹情誼」這個概念所牽涉的問題，請參考Weisser, Susan Ostrov. Jennifer Feischner. 1994. "Introduction," *Feminist Nightmares: Women at Odds: Feminism and the Problem of Sisterhood*. 1-17.

2 有關傅柯「考古學」的概念，可參考C. G. Prado在*Starting with Foucault: An Introduction to Genealogy*的說明：“The aim [of archaeology] is not to assess the truth of a knowledge-system's claims, but to understand how those claims come to be claims, how they are then deemed justified or otherwise within the targeted knowledge-

system, and how some of them cone to constitute knowledge within that system." (25); "Archaeology begins by discounting received opinion, by rendering problematic what is least questioned, by reconstruing the apparently obvious and natural as subject. It then searches out the discontinuities that mark shifts between conceptual frameworks." (1995: 29)。Gary Gutting在*Michel Foucault's Archaeology of Scientific Reason*裡針對Foucault的"discontinuity"概念有進一步的闡述："Archaeology does not differ from traditional history of ideas by ignoring change and continuity. But it does differ by taking difference and discontinuity as seriously as it does continuity. According to Foucault, traditional history of ideas tries to reduce all apparent discontinuity to a series of incremental changes, all contributing toward a finally achieved enlightenment." (1989: 248)。

3 有關《心鎖》引起的爭議，可參考蘇雪林當時對此書的批評（1963），〈評兩本黃色小說《江山美人》與《心鎖》〉。4-6；以及沈恬聿。1981。〈與郭良蕙談寫作與生活〉。144-51。

4 不過，張誦聖在引用威廉斯的概念時，是把「現代文學」定義為「另類／異向」（alternative）文化，而「鄉土文學」定義為「反對文化」（oppositional）。這樣的定義似乎偏離了威廉斯引用「主導」、「另類」、「反對」這三個概念時所強調的三種文化並存而互相作用牽扯的意思。參見張誦聖。1995。〈袁瓊瓊與八〇年代台灣女性作家的「張愛玲熱」〉。56-75；Williams, Raymond. 1977. *Marxism and Literature*. 121-7.

5 有關美國文學和文學批評中產階級傳統以及其與美國政治的關係，請參考Ahmad, Aijaz. 1992. *In Theory: Classes, Nations, Literature*. 46-56.

6 應鳳凰則讚揚林海音「對性別議題的敏銳與關注」，對林海音的評價與張誦聖有明顯的差異，但是，她採取的詮釋方法和關照重點卻也和范銘如大不相同。請參考應鳳凰。1998。〈《自由中國》《文友通訊》

作家群與五十年代台灣文學史〉。257。

7 在此要特別謝謝靜宜大學趙天儀教授和中興大學賴芳伶教授，他們在曾鈴月碩士論文口試時提出的見解讓我獲益匪淺。此處論點和本章有關五〇年代女作家作品的相關問題討論既參考也回應他們的論點。

8 對此風波，作家張放和郭良蕙本人都認為，《心鎖》的題材並非這個風波的主要原因，「她太出鋒頭才是真正造成她被打壓的原因」。參見楊明。〈郭良蕙《心鎖》——六〇年代初的「色情小說」?〉。30-1。

引用書目

中文部分

王德威。1996。〈從〈狂人日記〉到《荒人手記》——論朱天文，兼及胡蘭成與張愛玲〉。朱天文。《花憶前身》。台北：麥田。7-23。

——。1998a。〈一種逝去的文學?——反共小說新論〉。《如何現代，怎樣文學?：十九、二十世紀中文小說新論》。台北：麥田。141-58

——。1998b。〈國族論述與鄉土修辭〉。《如何現代，怎樣文學?》。159-80。

白先勇。1995。〈流浪的中國人——台灣小說的放逐主題〉。《第六隻手指》。台北：爾雅。107-21。原文原為英文，最初在一九七四年波士頓亞洲協會年會上宣讀，由周兆祥譯成中文。

司徒衛。1980。〈總序〉。《當代中國新文學大系：文學論評集》。王夢鷗編選。台北：天視。1-20。

呂正惠。1992a。〈八〇年代台灣小說的主流〉。《戰後台灣文學經驗》。台北：新地文學。75-94。

——。1992b。〈分裂的鄉土，虛浮的文化——八〇年代的台灣文學〉。《戰後台灣文學經驗》。129-35。原刊載於《自立早報》副刊1989.1.1。

沈恬聿。1981。〈與郭良蕙談寫作與生活〉。《文壇》253 (1981.7) : 144-51。

林芳玫。1994。《解讀瓊瑤愛情王國》。台北：時報文化。

林文珮。1994。〈《沉默之島》附錄之一——第一屆「時報文學百萬小說獎」決審會議記實〉。蘇偉貞。《沉默之島》。台北：時報文化。279-88。

邱貴芬。1997。〈從張愛玲看台灣女性文學傳統的建構〉。《仲介台灣・女人：後殖民女性觀點的台灣閱讀》。台北：元尊文化。15-36。

——。1998。《「（不）同國女人」聒噪：訪談當代台灣女作家》。台北：元尊文化。

——。1999。〈台灣（女性）小說史學方法初探〉。《中外文學》27.9 (1999.2) : 5-25。亦見本書。19-47。

——。2000。〈從戰後初期女作家的創作談台灣文學史的敘述〉。《中外文學》29.2 (2000.7) : 313-35。亦見本書。49-82。

范銘如。2000。〈台灣新故鄉——五十年代女性小說〉。《性別論述與台灣小說》。梅家玲主編。台北：麥田。35-65。

徐鍾珮。1981。《餘音》。台北：純文學。

張小虹。2000。〈不肖文學妖孽史——以《孽子》為例〉。《怪胎家庭羅曼史》。台北：時報文化。27-73。

張誦聖。1995。〈袁瓊瓊與八〇年代台灣女性作家的「張愛玲熱」〉。《中外文學》23.8 (1995.1) : 56-75。

——。2000。〈台灣女作家與當代主導文化〉。《性別論述與台灣小說》。349-67。

陳芳明。1999。〈台灣新文學史㈠——台灣新文學史的建構與分期〉。《聯合文學》15.10 (1999.8) : 162-73。
陳映真。2000。〈以意識形態代替科學知識的災難——批評陳芳明先生的〈台灣新文學史的建構與分期〉。《聯合文學》16.9 (2000.7) : 138-60。
葉石濤。1987。《台灣文學史綱》。高雄：文學界。
彭瑞金。1991。《台灣新文學運動四十年》。台北：自立晚報。
游鑑明。1992。〈有關日據時期台灣女子教育的一些觀察〉。《台灣史田野研究通訊》23 (1992.6) : 13-8。
曾鈴月。2001。〈女性、鄉土與國族——戰後初期大陸來台三位女作家小說作品之女性書寫及其社會意義初探〉。台中：私立靜宜大學中文研究所碩士論文。
潘人木。1985。〈我控訴（代自序）〉。《蓮漪表妹》。台北：純文學。1-13。
劉心皇。1981。〈導言——自由中國文學三十年〉。《當代中國新文學大系：史料與索引》。劉心皇編著。台北：天視。1-358。
楊千鶴。1995a。〈殷切期待更慎重的研究態度〉。《文學台灣》16 (1995.10) : 331-4。
——。1995b。〈我對日據時代台灣文學的一些看法與感想〉。《文學台灣》16 (1995.10) : 38-54。
楊明。1997。〈郭良蕙《心鎖》——六〇年代初的「色情小說」？〉。《中央月刊文訊別冊》146 (1997.12): 30-1。
楊照。1995a。〈四十年台灣大眾文學小史〉。《文學、社會與歷史想像：戰後文學史散論》。台北：聯合文學。25-69。
——。1997b。〈浪漫滅絕的轉折——評《我記得……》〉。《文學、社會與歷史想像：戰後文學史散論》。

150-9。
應鳳凰。1998。〈《自由中國》《文友通訊》作家群與五十年代台灣文學史〉。《文學台灣》26 (1998.4) : 236-69。
鐘麗慧。1985。〈「雙冠」女作家徐鍾珮〉。《文藝月刊》194 (1985.8)。8-19。
——。1987。《織錦的手：女作家素描》。台北：九歌。
蘇雪林。1963。〈評兩本黃色小說《江山美人》與《心鎖》〉。《文苑》。2.4 (1963.3) : 4-6。
龔鵬程。1997。〈台灣文學四十年〉。《台灣文學在台灣》。板橋：駱駝。39-92。

英文部分

Ahmad, Aijaz. 1992. *In Theory: Classes, Nations, Literatures.* London; New York: Verso.
Barrett, Michèle. 1982. "Feminism and the Definition of Cultural Politics," *Feminism, Culture, and Politics.* Eds. Rosalind Brunt and Caroline Rowan. London: Lawrence and Wishart. 37-58.
Bourdieu, Pierre. 1993. *The Field of Cultural Production: Essays on Art and Literature.* Ed. Randal Johnson. Cambridge: Polity P.
Bunzl, Martin. 1997. *Real History: Reflections on Historical Practice.* London; New York: Routledge.
Chang, Yvonne Sung-sheng 1993. *Modernism and the Nativist Resistance: Contemporary Chinese Fiction from Taiwan.* Durham: Duke UP.
Colebrook, Claire. 1997. *New Literary Histories: New Historicism and Contemporary Criticism.* Manchester; New York:

Manchester UP.

Fletcher, John. Malcom Bradbury. 1976. "The Introverted Novel," in *Modernism: 1890-1930*. Eds. Malcolm Bradbury and James McFarlane. Harmondsworth; New York: Penguin. 394-415.

Foucault, Michel. 1972. *The Archaeology of Knowledge and the Discourse on Language*. Trans. A. M. Sheridan Smith. New York: Pantheon Books.

Gutting, Gary. 1989. *Michel Foucault's Archaeology of Scientific Reason*. Cambridge: Cambridge UP.

Harvey, David. 1990. *The Condition of Postmodernity: An Enquiry into the Origins of Cultural Change*. Mass.; Oxford: Blackwell.

Macherey, Pierre. 1978. *A Theory of Literary Production*. Trans. G. Wall. London; Boston: Routledge & Kegan Paul.

Prado, C. G. 1995. *Starting with Foucault: An Introduction to Genealogy*. Boulder: Westview P.

Scott, Joan. Wallach. 1988. *Gender and the Politics of History*. New York: Columbia UP.

Weisser, Susan Ostrov. Jennifer Fleischner. 1994. "Introduction," *Feminist Nightmares: Women at Odds: Feminism and the Problem of Sisterhood*. Ed. Susan Ostrov Weisser and Jennifer Fleischner. New York: New York UP. 1-17.

White, Hayden. 1986. "The Historical Text as Literary Artifact," *Critical Theory Since 1965*. Eds. Hazard Adams and Leroy Searle. Tallahassee: Florida State UP. 395-407.

Williams, Raymond. 1977. *Marxism and Literature*. Oxford: Oxford UP.

Woolf, Virginia. 1966. "Modern Fiction," *Collected Essays* (Volume Two). London: Hogarth P. 103-10.

「後殖民」的台灣演繹

台灣「後殖民」論述興起的脈絡

在步入二十一世紀之際，回顧世紀末十年來在台灣文化學術界引起普遍注意和參與的「外來」理論，「後殖民」論述堪稱其中不可忽視的一脈。從戰後台灣文化生態來看，九〇年代幾次以外文系學者為主的後殖民理論論戰，可算是從六〇年代白先勇、王文興等人引介現代主義理論之後，外文界學者再一次積極地介入本土文化的爭辯，透過西方流行理論和當下（解嚴後）台灣文化做面向複雜的對話。但是，相較於六〇年代現代主義所強調的「橫的移植」和「漂泊」、「放逐」等等概念，九〇年代台灣「後殖民」論述的演繹卻自覺「橫的移植」這種外文系知識傳播典範隱含的殖民架構，在挪用西方流行理論之時不斷質疑「挪用」過程牽涉的種種問題，影響所及，「在地化」、「本土化」等等字眼時時在此類論述裡浮現並反覆辯證。

與現代主義相較，台灣「後殖民」演繹場域裡所進行的本土文化與西方理論交會，顯然更多了點「後現代式」的自我批判姿態。弔詭的是，這種不得不然的自覺性（self-conscious）論述姿態正反映了台灣論述界無法自外於歐美（後現代）學術風潮的影響，隱然表達了台灣深植於「新殖民」論述結構的位置，台灣的「後殖民」和「後現代」議題顯然不是可以那麼截然劃分，涇渭分明。[1]

德里克（Arif Dirlik）分析西方後殖民論述的流行，認為乃因應全球化資本時代跨國企業為了拓展市場，需要大量第三世界風土民情資訊而產生。因此，如果我們視「後現代」為資本主義發展的特定歷史階段，那麼，當代西方文化界後殖民論述的興起與「後現代」的經濟結構其實有相當密切的關係。針對「『後殖民』何時開始？」這個問題，德里克回答：「當全球化資本主義出現之時」（1994: 352）。台灣後殖民論述流行的原因當然和歐美不盡相同，但是，台灣歷史上長期納入美國為首的資本主義結構，資訊通常唯美國馬首是瞻的位階關係，顯然是台灣後殖民論述如此流行的部分原因。現有文獻（如江宜樺 1998；Liao Forthcoming）評析台灣「後殖民」論述，多半從論述內容對島內文化論述界產生的效應切入，著眼於幾次在《中外文學》展開的後殖民理論與台灣國族論述互動的關係，而未照應到台灣「後殖民」論述興起背景裡所反映的台灣在較宏觀的國際權力結構問題。討論台灣的

「後殖民」論述，我想這個層面不應該被忽略。因為，如果我們採用第一本有系統地論述「後殖民」理論與文學的著作《逆寫帝國：後殖民文學的理論與實踐》（*The Empire Writes Back: Theory and Practice in Post-Colonial Literatures*）對「後殖民」所作的定義，台灣的後殖民論述其實在外文界學者引介之前，早已源遠流長，見諸「本土」論述傳統。台灣後殖民演繹的奠基和開發，外文界學者都不居首功，只是在外文界學者引進西方相關理論切入本土文化和認同辯證的情況下，台灣的「後殖民」論述有了另一層轉折，而更見豐富。

《逆寫帝國》的作者群對「後殖民」的定義如下：

> 我們用「後殖民」這個詞來涵蓋從被殖民的時刻開始到目前為止，受到殖民過程影響的文化……當下後殖民文學的形式乃建立在殖民經驗之上，並凸顯其與帝國勢力的張力，強調其與帝國中心的不同。這是「後殖民」的特色。（Ashroft et al. 1989: 2）

根據這個定義，後殖民論述最重要的特色乃在於質疑帝國中心價值體系，強調殖民地文化與殖民勢力文化的差異。這正是台灣「本土派」論述長期以來努力耕耘的方向。以台灣本土論述代表人物、民間學者葉石濤的一段有關台灣文學史的代表性文字與上面的引言相對照，本土論述的「後殖民」性格立見：

台灣有它自己的面貌，它有獨特的殊相。台灣人是漢人同時又是台灣人，這兩種意識是並行不悖的。因此，一部台灣文學史必須注意台灣人在歷史上的共同經驗；也就是站在被異族的強權欺凌的被壓迫的立場來透視才行，這台灣人的三百多年來的辛酸經驗，除非是現時的台灣居民以外，無人能有這種深刻的內心感觸。（1990: 99）

這段話固然隱含不自覺的漢人中心傾向，但是其強調台灣特殊的被殖民歷史經驗以及建基於此經驗上的台灣與中國大陸的文化差異，主張台灣文學和歷史寫作的自主性，在在見證從鄉土文學論戰之後逐漸發展出來的台灣本土論述強烈抵制中國本位主義的企圖。從此角度來看，說台灣本土派論述為後殖民論述並不為過。

那麼，「後殖民」在九〇年代成為流行的學術符號，但是長年耕耘本土論述的民間和學院學者如葉石濤、彭瑞金、林瑞明、陳萬益、呂興昌等等卻不見於有關台灣後殖民論述的文獻，這究竟反映了什麼？解讀這樣的論述典範鋪陳，我們或許可以說這是因論者未將本土論述和後殖民論述做分析概念上的連結，但是另外一個原因也可能是搬弄西方理論更能引起學界注意，在後現代資訊取向為主導的台灣社會，較有「市場賣點」。這樣說當然是化約了後殖民理論在台灣文化場域的複雜意義，但是卻也提出探究台灣的後殖民論述現象時一個必須處理的問題：針對台灣「後殖民」論述流行現象裡的論述結構作分析，或許更能彰顯台灣的

「後殖民」如何是一種「後現代」與「新殖民」情境互相鑲嵌的表徵。

不過，意識到台灣「後殖民」論述流行現象的這些「媚俗」的層面，並不意味我們就該一概否定在此場域裡引發的討論對台灣文化論述發展的建設性貢獻。台灣本土論述固然表現了後殖民的精神，但是，西方後殖民論述的引進，卻也開拓了不少思考的面向；值得注意的是，引用西方後殖民理論的學者，在認同和發言位置上經常有對立性的歧異，這使得有了西方理論介入後的台灣「後殖民論述」發展出多元的面向，其影響所及，「本土」這個符號產生相當複雜的質變；所謂的「本土」這個概念的意義不再那麼穩定。這是台灣後殖民演繹在西方理論介入之後一個頗值得探究觀察的發展方向，對於殖民地抗爭運動念茲在茲的「建設新國家」運動提供不少反省的切入點。這一點我將在底下討論陳光興的論點時再做進一步的說明。

本論文將嘗試對一九九二年以來西方後殖民理論切進台灣文化論述界之後，對有關台灣文化的思考所產生的衝擊做一綜合性的概論。由於目前已有幾位學者（如江宜樺、廖炳惠）對這幾次的辯論內容詳加整理闡述（江宜樺 1998；Liao Forthcoming），本文將以勾勒後殖民論述在台灣發展的脈絡為重點，不擬在理論往返上做深入辯證，對論文裡所提及之議題和尖銳對話的深刻內涵，感興趣的讀者宜自行再就原文研讀並參考江宜樺和廖炳惠的文章。在結構上，本論文將分兩部分進行。第一部分，論文將就此領域所發生過的幾個我較熟悉的尖銳對話所產生的意義和效應提出個人的淺見。第二部分我將針對幾個台灣後殖民理論的議題做比較深入的追究：一為有關「後殖民」之為一個論述分析概念的澄清，嘗試對此論述領域做比較清楚的界定。此部分的定義討論主要引據阿馬德（Aijaz Ahmad）的論點。另一個議題則為後殖民理論涉及階級，特別是「底層人民」政治的部分。這部分的討論主要以史碧娃克（G. C. Spivak）的相關論點和法蘭克福學派的意識形態批判觀點為參考重點。最後，我將試圖整理台灣後殖民「左翼」路線的脈絡，比較日據左翼運動與當前台灣後殖民左翼路線的異同。這樣一個溯源的動作或許更能了解「後殖民」的台灣演繹情況。

不過，進入正文之前，有一個經常在分析論述時往往被論者忽略的概念必須在此特別提出。現在我們談文化研究，總強調「去脈絡」閱讀的危險。所謂"To historicize"是文化論述者常掛在嘴邊的口號。然而，如同伊格頓（Terry Eagleton 1976: vi）在*Marxism and Literary Criticism*（《馬克思主義與文學批評》）的〈序〉中所言，我們知道研究文學必須將作品放在其生產的歷史背景裡來分析，但是我們卻往往忽略了理論的產生也有其特定歷史情境。社會學家布赫迪厄（Pierre Bourdieu 1993: 30-1）也指出，每一個文化產品、每一次的論述動作其實都表達了某一種立場（position-taking），而這特定論述的意義乃建基於論述動作產生時，此特定論述與當時論述場域裡其他不同立場的論述的對話關係之上。例如，當後來閱讀法蘭克福學派理論的論者在抨擊阿多諾（Theodore W. Adorno）的菁英傾向時，應該記得阿多諾文化理論產生的背景乃在二次大戰德國納粹主義大行其道之時，阿多諾目睹群眾的力量如何被利用轉化成極度毀滅性的非理性行為。同樣的，我們在分析台灣後殖民論述各家立場之時，也需盡可能照應到各路論者的論述姿態所隱然回應的當時較大之論述環境；光局限於論戰中對立雙方的理論往返，恐怕無法真正掌握當時論辯雙方之所以會採取的立場，進而產生特定對話內容的深層意義。我覺得這是論述分析最困難之處。

幾回「後殖民理論」的辯論

一九九二年後殖民理論與本土論述的交會

頭一次挪用「後殖民」一詞，將西方後殖民理論搬上檯面，並引以用來討論當時台灣文化關切的問題，或許可推至廖朝陽與我在一九九二年全國比較文學會議會裡和會外的後續辯論。原先我在大會提出論文，乃想借用西方後殖民理論對文化、殖民等等問題的反思，切入當時台灣文學界有關台灣文學定位問題的紛爭，為本土派文學主張的理論支撐略盡棉薄之力。當時這個紛爭的情況可以馬森於同年稍早（一九九二年三月；比較文學會議於五月召開）於《聯合文學》發表的〈「台灣文學」的中國結與台灣結——以小說為例〉略窺一二。當時我認為西方後殖民理論的介入，可進一步合理化本土派抵制傳統中國中心文學史觀，重整台灣文學典律的理論思考。但是，另一方面，我也認為本土文化重整運動所觸及的語言問題的確有令其他族群不安的福佬沙文主義危機；[2] 由於當時「福佬人」通常指涉「台灣人」，而所謂的「台語」亦即「福佬語」，為了避免母語運動不至被轉化成「台語」／福佬語運動，而如李喬所說的對其他弱勢族群產生另一次「語言暴力」，也因為當時本土教義派往往有排斥「國語」，強調「本土」（亦即：福佬）「純種」文化的傾向，我當時挪用了後殖民理論裡巴巴（Homi K. Bhabha）的文化混種（hybridity）、學舌（mimicry）概念，主張台灣國語可視為「台灣的」語言，用來做為不同母語族群的溝通工具，不必斥之為「外來語」而敵視之。簡言之，當時論述所採取的立場是贊同本土運動但卻反對「本土」被化約為「福佬」以及本土運動潛在的「福佬沙文」傾向。

不過，如此處理台灣本土運動所牽涉的語言問題，卻也有所缺失——亦即淡化了殖民歷史情境裡語言和文化的殖民暴力問題。而這也是廖朝陽抨擊我的論點時多所著墨之處。廖朝陽認為，採取接受殖民地文化變奏（我當時用的是「雜燴」一詞）的看法，視台灣國語為台灣的語言並反對回歸本源的主張，無異接受殖民暴力，合理化殖民暴力所造成的文化權力結構。在這種情況下，反殖民的動力極易被消解，無形中收編了原先以批判殖民架構為號召的本土運動。另外，廖朝陽也進一步追問，所謂殖民地的文化混種究竟性質為何？我認為這個問題其實探觸到一個相當重要的問題，亦即，殖民結構下的「本土」文化的實質內涵究竟是什麼？在融合與抗爭之間，文化研究者究竟該採取什麼樣的態度來討論台灣文化的走向？

從後殖民理論與本土論述交會的角度而言，我認為此次論戰有幾個層面的意義：

㈠就論述傳統的問題來看，鄉土文學論戰以來「本土派文學」以鄉土為著眼點和（以陳映真為代表的）「第三世界文學」觀往往呈現分裂、對立的局面（葉石濤 1987: 171-2）。一九九二年的這次論戰挪用西方後殖民論述來探討本土文化問題的結果，使得台灣本土論述有結合第三世界文化論述的契機，可以放在一個較宏觀的理論格局裡來探討，「第三世界文學」觀不必然和中國民族主義的認同掛鉤，而可以和本土認同連結。

㈠就台灣島內文化論述資源的匯集而言，從白先勇和王文興的現代主義時期以來，外文系的論述傳統一向對文學、文化的政治面採取迴避的態度，對台灣文化論述的爭辯多半保持緘默，不多參與。究其原因，除了戒嚴時期的政治高壓氣氛之外，這當然也和美國自一九二〇年代新批評以降，學術研究傾向於將學術抽離於政治以外有關（Ahmad 1992: 50-8）。台灣自戰後在政治經濟和資訊吸取上多所仰賴美國，「外文系」其實在某一層面上形如美國的「文化殖民地」。美國學術傳統的非政治傾向正好符合台灣學術界在戒嚴時代緘默自保的需求。西方後殖民理論的引介雖然仍不脫對美國學術風潮亦步亦趨的外文系傳統，卻也提供了整合外文系西方文化理論與台灣文化研究的契機，一方面促使理論在地化，一方面也深化了本土論述的理論。這間接促使外文界的論述不再顯得有如「化外之地」，與本土文化不甚相干。無論就跨科系跨領域的資源整合、互相衝擊，或是對外文系本身學術研究的方向和定位而言，我認為西方後殖民理論的引進自有其正面的效應。

一九九五—九六年於《中外文學》的辯論

如果說一九九二年廖朝陽與我的辯論呈現了同屬本土派學者論點上的歧異，《中外文學》從一九九五年二月一直延續到一九九六年十月，多位學者在這個期刊上的激辯更呈現了台灣後殖民課題與族群、國家認同互相鑲嵌的複雜關係。這次的戰火由一九九五年二月陳昭瑛的論文〈論台灣的本土化運動——一個文化史的考察〉和與陳昭瑛立場對立的本土派學者陳芳明、黃琪椿的回應文章點燃，接下來包括廖朝陽、廖咸浩、張國慶和我都在當時《中外文學》編輯吳潛誠的邀請下參與辯論。檯面上學者之間砲聲隆隆，但是吳潛誠其實是這次論戰的策動者。這場論戰到後來演變成廖朝陽和廖咸浩兩位外文界理論高手的過招，一直延續到次年十月雙方才同意休兵（參見文末附錄）。一九九二年論戰裡涉及但未真正在理論上深入論辯的議題——如身分認同、民族建構、語言問題，令其他族群不安的本土派之福佬沙文傾向隱憂，以及族群融合或抗爭的問題等等——在這次論戰中透過廖朝陽和廖咸浩兩位（族群）身分（國家）認同觀點相當不同的學者深入地理論辯證，更凸顯了這些課題於台灣後殖民論述的重要性和棘手性。

值得一提的是，這次論戰的發生時間正值海峽兩岸關係極其緊張的時刻：李登輝於一九九五年五月訪問美國康乃爾大學，中共於同年八月先小試飛彈發射，後又於一九九六年三月台灣第一次總統全民直選的前夕連續以飛彈恫嚇台灣，引來美國派遣航空母艦至台灣海峽做政治軍事宣示的動作。兩廖的尖銳對話其實反應了當時大環境裡台灣論述場域的動盪緊張，許多總統選戰和台灣兩峽對峙裡台灣人民所關切的議題，都在兩廖的對話往返中找到理論的支撐。

由於這次論戰延續了一年半，所觸及的議題相當廣泛，而且兩位學者多次一往一返之間的細膩理論辯證，必須花費相當篇幅來爬梳複述，以免產生化約和斷章取義的論述暴力。整體而言，我們可說這次的論戰可能是台灣有史以來有關身分認同在理論層次上，最大規模而且最深入的一場辯證。台灣的認同問題向來為本土論述及運動的關鍵議題，但是過往的相關討論在理論上都稍嫌薄弱，廖朝陽於此次論戰過程中提出的「空白主體」說對身分認同理論思考特別引人注目。根據廖朝陽的說法，

> 這裡所謂空白主體至少有兩層意思。第一，主體的觀念通常是以自由（自主、自律）為基礎。但是真正的自由不能含有實質內容，因為內容來自獨立存在的實體，有內容也就表示自由在特殊性的層次受到具體條件的限制（Laclau/Zac 1994: 11f）。第二，空白並

不是虛無，主體空白也不是「主體的死亡」。自由超越實質內容，但是依然必須依附有實質內容的具體秩序才能進入理性的層次，發展創造、生發的可能（11f）。同理，空白主體在自觀的層次具有絕對性，對客體卻不能形成絕對命令，反而必須不斷藉「移入」客體來調整內部與外部的關係，在具體歷史經驗的開展中維持空白的效力……

> ……如果本文的看法可以成立，那麼這個問題的正解恰恰是：「台灣性」不但不必剩下什麼，而且還要進一步在這個絕對主體的層次排除所有剩餘，只留下一片空白……只有接受一個可以移出的層次，只有讓主體變成一無所有，才能保存主體進入現實發展的所有可能（包括文化認同與政治組織的選擇），也才能確保主體不會因為自體絕對化而走向壓制對體（Other）的極端……如果現階段的中國文化與台灣文化形成對立，那正是因為台灣文化已經要走向移出自己的層次，中國文化卻不能捨棄占有自己的要求。（1995: 119-21）

廖朝陽的空白主體說可以用來為不同歷史階段台灣人轉化的認同做註解，即使目前台灣本土運動者的台灣認同和日據時代台灣反殖民運動者反日親漢的認同並不相同，這並不足以剝奪本土運動認同的合理性，因為主體本身的認同成分原本就是隨情境而不斷移出移入。但是，這種主體論強調主體的不穩定性、主體內容「自由」移出移入，並無法解釋特定歷史情境中經常產生的集體認同。恐怕必須把有關意識形態的理論——如盧卡奇（György Lukács）、阿圖塞（Louis Althusser）的相關討論一併放進來考量，才有辦法對身分認同的複雜性做較周全的思考。

在一九九二年的論戰裡，參與的雙方都屬外文系，在一九九五年的這場論辯當中，外文系和中文系的學者總算在正式場合針對台灣文化、文學、政治問題有所對話。論戰後來演變成以兩位外文系學者為主角，固然削弱了這次跨科系對話的意義，然而兩位學者扎實的理論對話卻具體地以本土實例作佐證，對西方理論做一番細膩的台灣後殖民論述演繹，使後殖民理論進一步在地化，也使得許多本土論述在傳統裡反覆辯證的關鍵課題（如身分、認同、國家、文化等等）得以理論化。同時，本次辯論亦隱然勾畫出台灣文化課題與其他地區的後殖民課題之異同研究前景，進一步具體呈現台灣文學納入一個較宏觀的文化研究範疇裡作探討的研究方向。另外，這次辯證也顯示，台灣後殖民論述並不等同於本土論述；本土論述者固然可以與後殖民論述結合，深化其理論根基，站在與本土論述對立的那一方亦可挪用後殖民理論，做為其辯證基礎。

認同問題一向是台灣文化論述傳統裡相當重要的一個課題，這次於此方面的思考之辯證無論就理論或實質內容都有相當大的貢獻。就我較熟悉的台灣小說領域而言，從日據時代作家張文環、呂赫若、吳濁流，歷經鄉土文學的宋澤萊、陳映真，到當代的朱天心、李昂，小說家的創作在在印證台灣身分認同問題不僅是歷史大敘述的抽象問題，也深刻影響台灣各階層人民的日常經驗。我認為一九九五至九六年間這次兼具深度和廣度的身分認同理論辯證，對台灣從日據以降認同混亂的歷史現象做了一番爬梳整理的功夫，並對其中牽涉的問題做深度的思考辯證，於此領域的貢獻不可忽視。芭芭拉・哈絡（Barbara Harlow）論殖民地文學與反殖民抗爭運動之間的關係，強調在文化層面所進行的思想改造乃是政治抗爭的基礎，理論辯證雖不似政治動作一樣具有立竿見影的效果，但是其對當代文化論述的衝擊、大環境意識形態的形塑卻也不可等閒視之。兩廖的辯證可以放在這樣的脈絡來思考。

陳光興與廖炳惠的後殖民理論

以上這兩場論戰在進行之時，正逢台灣國族論述產生劇烈轉變，本土運動逐漸取得其正當性，而統獨爭議成為論述場域尖銳對話的焦點。兩場辯論都環繞著本土運動和國家認同、國族打造等等議題。廖咸浩選擇與本土國族運動正面衝突，陳光興則迂迴前進，提出「後國家」的概念介入統獨爭議。陳光興的主要論點呼應馬克思派學者阿馬德對第三世界國家獨立運動的批判。阿馬德（Ahmad 1992: 68）指出，第三世界國家獨立運動的結果，往往是殖民地的資源為本土中產階級所接收，弱勢團體並未蒙其利；獨立運動為眾所矚目的焦點之結果往往造成社運議題在論述場域的邊緣化。為了避免台灣國族打造運動產生如阿馬德所抨擊的第三世界國家獨立運動的弊病，陳光興（1996）主張跨國弱勢團體結盟，以弱勢團體抗爭議題取代統獨議題抵制國族運動。陳光興認為，反殖民運動往往以種族為焦點，卻漠視階級、性別和性偏好等等認同所產生的壓迫關係，這些議題在獨立運動以（國族）集體認同的（同質化）號召下被犧牲掉。在一九九六年〈去殖民的文化研究〉這篇文章裡，陳光興對「去殖民」重新定義：

> 去殖民運動深刻的認識到它不是殖民主義的翻轉，繼續維持殖民主義所強加的範疇，而是全面性地打破殖民思維與殖民範疇；它的政治認識論不再以種族、族群為優先，將性別、年齡、階級劃入種族、族群之內；認可差異性、改變差異性的層級化，進一步的內化差異性是它的政治倫理學。在這個意義之下，去殖民運動是永恆的抗爭，對宰制關係的挑戰。（101）

值得注意的是，「左翼」的陳光興和「馬派」的阿馬德有一個重要的歧異：陳光興視國族主義為當然之惡（Ang and Stratton 1996: 72），而阿馬德（Ahmad 1992: 11, 318）則認為殖民地的國族運動雖有「中產階級化」的危險和弊病，卻有其必要性。國族主義並非只有單一的面貌，其政治意義究竟保守或基進，必須視各國族主義發展的情況而定，不能一概而論。

如果陳光興提倡弱勢跨國聯盟，意在避開像國族打造這種集體認同運動所產生的塗拭內部差異和內部權力壓迫問題，廖炳惠則指出，弱勢團體成員之間同樣有各種層次的差異和不對等的權力位階。以跨國聯盟來對抗國族運動，並無法真正處理所有運動共有的同質化問題，反而模糊了殖民地抗爭在政治改革與文化重整的意義。針對跨國聯盟並無法解決同質化和內部權力壓迫的問題，廖炳惠認為：

> 這些不同國家的人民有著千差萬別的民族文化生活經驗、情感與認同，真的能跨越國界，在階級、性別這些範疇下，締結同盟，形成後國家嗎？在這種後國家中難道就沒有剝削與迫害，甚至於一切是由人民來自決！用什麼方式的制度、語言去達成人民民主呢？（1994: 113）

對本土運動者而言，陳光興的論點深具威脅性，可能消解台灣反殖民運動的凝聚力。廖咸浩對本土運動的疑慮，著眼點在於族群間的排他性和權力壓迫；陳光興一樣對本土運動深感不安，不過他迴避台灣歷史裡的殖民暴力問題，而以批判國族運動的同質化傾向來反制台灣的統獨爭戰吸納社會論述資源。就後殖民論述在台灣的發展來看，顯然台灣的後殖民論述在陳光興筆下又有另一番演繹，與本土派的後殖民論述大不相同。不過，陳光興的後殖民理論卻隱然瓦解了「本土」這個符號的穩定性。「本土」究竟代表什麼？代表哪一群「台灣人」的聲音和利益？這個論調再推進一步，所謂的「台灣人」究竟是什麼？「台灣人」的浮現意味什麼樣的台灣內部權力壓迫之機制？我認為陳光興在他的理論裡提出這些問題，促使本土國族運動進一步反思本身權力壓迫結構的問題，這是新國家運動者不得迴避的課題。

幾個台灣後殖民研究的課題

台灣後殖民理論幾年下來已累積不少論述資源。而這些論述思考的重點雖與統獨議題、國家認同、國族運動脫離不了關係，但也並非僅止於此。幾次的論辯其實拋出不少議題。有關身分認同（國家認同自然也包括在此範疇之內）的辯證在台灣後殖民研究裡最有詳盡的討論；但是，尚有不少議題有待更深入的探究。目前廖炳惠和陳光興似乎都試圖向外開疆闢土，試圖以較宏觀的亞太區域的觀點來探討台灣後殖民議題。在台灣「後殖民」國際觀的拓展之時，台灣「後殖民」的本土傳統脈絡也是個豐富而值得仔細爬梳的脈絡。此外，有關後殖民理論的重要概念之澄清將有助於我們釐清在做台灣後殖民論辯時的問題所在，減低理論探討時「雞同鴨講」的混亂狀況。底下，我將就「殖民」與「底層人民」這兩個後殖民理論最混亂的概念做進一步辯證。

㈠「殖民」概念的釐清以及「後殖民」論述範疇的界定

「後殖民」在當前西方理論裡是個意義相當含混的詞彙。根據 *The Empire Writes Back* 的三位作者解釋，所謂「後殖民」「涵蓋從殖民時刻開始到目前所有受到帝國主義影響的文化。」（Ashcroft et al. 1989: 2）。「後殖民」的特色乃在於「凸顯與帝國勢力的張力，強調其與帝國中心思考的差異」。按照這個定義，「後殖民」必須與殖民經驗有關，但是「後殖民」不必然指涉殖民地獨立後的種種現象（或問題）；「後殖民」似乎是一種抗拒帝國宰制的精神，不必然用來標示特定歷史（脫離殖民統治）階段。

那麼，在台灣，「後殖民」究竟代表什麼意義？廖炳惠的說法似乎以「後殖民」來標示歷史階段，政治結構的改變是最重要的「後殖民」內涵：對台灣內部認同「中國」的人而言，一九四五年台灣脫離日本殖民統治，正式進入後殖民時期；對本土陣營的人而言，要到一九八七至八八年台灣解嚴後由李登輝掌權並且出現政治結構的大洗牌，台灣才算進入後殖民時期；如果以原住民族群的觀點來看，何時「後殖民」則更加曖昧不清。陳光興的說法看似和廖炳惠類似，卻有重要的差異。陳光興在 "Not yet the Post-colonial Era: The (Super) Nation-State and Transnationalism of Cultural Studies: Response to Ang and Stratton" (Chen 1996:

54）這篇文章裡提出的看法，有關一九四五和一九八八年部分的說法與廖炳惠大致一樣，但是他接下來說：「對原住民、工人、同志、女同志和女人而言，殖民主義仍存在，而且將持續存在，直到種族中心、階級、異性戀和父權結構被剷除和去殖民化。」換言之，弱勢族群仍處於「被殖民」的狀態，因為種族、族群、階級、性偏好和父權壓迫仍未消除。也因此，「去殖民運動是永恆的抗爭，對宰制關係的挑戰」（101）。這似乎是將不同結構裡的壓迫關係都視為「殖民關係」，「殖民」被用來泛指所有的壓迫關係，而「去殖民」的意思其實就是反抗各種不同類型的壓迫。

這樣談殖民論述和後殖民論述有個潛在的危機：那就是架空了「殖民」這個概念的意義。借用阿馬德的看法，目前文化研究往往籠統地以「殖民」概念來指涉不同權力結構中的壓迫關係，其結果是：

> 殖民主義成為一個「跨歷史」的東西，老是存在而且老是正在這世界的某一地區瓦解當中，這樣一來，每個人遲早總有機會成為殖民者、被殖民或後殖民——有時三種身分同時具備（如：澳洲）。（1995: 9）

建構這種全球化的跨歷史性殖民主義最重要的效應乃是架空了這個字的意義，擴散其意義的結果是我們不再能談特定結構下的特定歷史……

換句話說，這樣擴張「殖民」的概念，以之用來統攝非常不同的權力壓迫結構，只會造成這個概念的「跨歷史化」，而失去了做為一個分析概念的價值（Ahmad 1992）。阿馬德故而主張：

「殖民」與「後殖民」這些詞……乃關鍵性的分析類別，用來標示為外來政權統治的國家人民不同的歷史時期；用來處理國家層次上的去殖民所產生的重大轉變，和不同國家結構、資本階級經濟單位的關係；用來探究當殖民地產生了主權政府時，國家內部人事的重組、治國形式、以及國家和國際生產剩餘價值的流轉等等問題。（1992: 204）

台灣「後殖民」研究的範疇究竟為何？陳光興以「去殖民」來代替原先指涉「反殖民抗爭」的「後殖民」（參考上附 Ascroft et al. 1989 的定義）。但是，「去殖民」是否可用來泛指對不同權力機制的抗爭？用「去殖民」取代「反（異性戀或性別或階級）壓迫」，來形容不同權力結構脈絡裡的抗爭，是幫助或混淆了抗爭的脈絡處理？這是台灣後殖民研究分析概念上有待澄清的一點。

以女性主義切入殖民論述的相關討論，其實提供不少值得台灣後殖民研究者可以借鏡之處。針對先前女性主義在處理殖民文本時，通常採用「被殖民者＝女人」的論述方法，多納森（Laura E. Donaldson）、夏譜（Jenny Sharpe）等都已提出精闢的批判，指出這樣的隱喻混淆不同脈絡的壓迫，其結果不僅潛意識裡提升「女人」為「他者」的優先符指（a privilegd signifier for "otherness"），視性別壓迫為所有壓迫關係的典範，淡化了其他壓迫結構的特殊性，也因而產生不少缺乏對特殊歷史情境深入了解的謬誤解釋。如果我們採取同樣的做法，只是顛倒女性主義處理殖民文本時的隱喻，將女人比喻為被殖民者（而非將被殖民者化為女人），不免重蹈前者「去歷史」、「去脈絡」思考的含混缺失。如果被殖民者不等同於女人，女人也不等同於被殖民者，混淆兩者壓迫情境的探討，並無法幫助我們釐清、思考台灣社會歷史的過去和當下種種問題。

陳光興曾在不同的場合裡針對他有關「去殖民」內涵概念提出說明；他指出他這樣的論述取向其實傳承了法農（Franz Fanon）的殖民批判傳統（陳光興 1996: 78）。但是，法農的相關討論和陳光興的論述取向其實有重大差異之處，這在兩者處理國家認同的議題上特別明顯。陳光興立論的重點在於援引法農談到反殖民抗爭中產階級化的危險。法農在 "The Pitfalls of National Consciousness" 這篇文章裡，特別將反殖民抗爭分為兩種：一種為中產階級國族主義，其目的只在接收殖民者的資源，進而與全球資本主義掛鉤，其結果是國家大部分的人民並未在此國族主義的領導下得到解放；另一種國族主義乃是以全民福祉為目標的國族主義，在爭取獨立的同時不忘以國家內部結構的重組為志業。值得注意的是，這個為陳光興援引為其「去殖民」理論重點的基進國族主義和陳光興的理論最大的不同，在於陳光興避談國家認同問題，但國家定位議題仍是基進國族主義運動的一大重點。一般而言，阿爾及利亞的「國家解放先鋒」組織通常被視為基進國族主義取向的運動代表，與法農所提的中產階級菁英分子領導的國族主義是大不相同的，但是，根據Anouar Abdel-Malek的說明，此類運動的目標，

> 除了清除國家領土、達成國家獨立和自主、徹底驅除前殖民勢力（重新取得國家各層面生活的決定權）之外……無論就歷史而言、就基本層面而言，奮鬥的目標是為了國家的解放，其手段則是重新定義一切所本的身分認同。（轉引自Lazarus 1994: 198）

對法農而言，「去殖民」的奮鬥是兼具國家獨立和內部權力結構重組的浩大工程；對於「國家」和「國家獨立」的重視是他理論裡不可忽視的部分（Lazarus 1994: 202）。法農曾說：

> 政治上教育群眾即是讓每個國民意識到國家的整體乃是個事實，也就是讓國家的歷史

成為每個國民個人經驗的一部分……個人的經驗不再只停留於個人的層面，有限而萎縮；正因為個人的經驗乃是國家的並且是國家存在的一環，個人經驗因而可以開展成為國家、乃至世界的真理。

（To educate the masses politically is to make the totality of the nation a reality to each citizen. It is to make the history of the nation part of the personal experience of each of its citizens...Individual experience, because it is national and because it is a link in the chain of national existence, ceases to be individual, limited and shrunken and is enabled to open out into the truth of the nation and of the world.）（Fanon 1976: 161）

陳光興雖然師承法農，但是對國家、國家認同等議題的處理和法農顯然大相逕庭，而採取強烈抵制的策略。陳光興與法農在談「去殖民」概念時的歧異不宜率爾輕忽。有關這一部分的問題，我將留待文末討論日據時代左翼運動的章節再進一步探討。

(二)「底層人民」的聲音

另外，不少對後殖民理論頗有微詞的批評家，如德里克、阿馬德、馬克林脫（Anne McClintock）都特別提醒我們後殖民論述發言位置隱含的階級層次問題。在史學方面，對這個問題最有深度探討的可算印度「底層人民研究」（Subaltern Studies）。「底層人民」（subaltern）原為義大利馬克思派批評家葛蘭西（Antonio Gramsci）用來指涉臣服於統治階級霸權之下的人民。「底層人民研究」群透過研究挖掘、呈現底層人民（如農民、工人、女人）歷史經驗過程中的種種問題，反制傳統歷史學術論述以菁英階層為分析對象的傾向。此研究群深入分析底層人民的歷史經驗和以菁英為主角的主流歷史論述所呈現的歷史經驗有什麼樣的落差。總而言之，此派研究想要開拓的思考和論述方向乃「人民」的政治，防止國族論述淪為中產階級國族菁英派的論述。

不過，史述想要呈現底層人民的聲音，或是，放在陳光興思考的脈絡，弱勢團體想要浮現底層人民的聲音，就牽涉到相當複雜的問題，因為並非讓底層人民現身說法，發出聲音即算呈現底層人民的聲音。我想從兩個層面來談這個問題。第一個層面涉及「媒介」、「再現」的問題，第二個層面關於意識形態理論。

A.「底層人民」聲音的再現與媒介問題

有關這個問題，我們可以借鏡史碧娃克（G. C. Spivak）所提出的寫作底層人民歷史論述所牽涉的「媒介」問題。史碧娃克提醒我們，所謂「底層人民的歷史」是想要呈現「底層人民」的聲音和觀點，但是底層階級人民往往不具備論述能力，論述者（往往為菁英知識分子）在採集底層人民觀點，加以匯集整理為歷史論述，最後的論述必然牽涉到論述機制的問題。

透過菁英論述媒介過程所呈現的觀點是否真正能據實代表底層人民的觀點？論述在撰述過程裡層層媒介（mediation）所造成的不可避免的扭曲和誤差，使得所謂「底層人民自己的聲音」顯得問題重重。史碧娃克因此強調，底層人民「出聲」，並不表示他們真正「發言」（Landry and MacLean 1996: 287-92；亦可參考廖炳惠 1997: 127-8）。

把這個問題放到最近台灣口述歷史採集的脈絡來看，更能凸顯問題的重要性。在後殖民文化重整的領域，召喚過往被壓抑的記憶和重述歷史乃是兩大重點工作，因為這兩者與新國家的建構息息相關（Smith 1995: 15-6）。台灣解嚴後大量口述歷史的出現顯然可以放在這個脈絡來解讀。晚近二二八口述歷史整理堪為此台灣後殖民現象的代表（邱貴芬 1997）。口述歷史被採訪的對象多半是不具備論述能力的底層人民，而採訪和紀錄整理的往往是知識菁英分子，透過預先設定的論述藍圖和設定的問題來進行採訪。口述歷史採訪和紀錄整理過程在問答和錄音內容的篩選整理層面上，就已牽涉到採訪者和被採訪者對歷史認知和關懷重點的差異，那麼，被訪者的發言和觀點透過論述形式呈現，這過程涉及程度不等的媒介；採訪者的歷史切入點以及其預設的採訪藍圖，都對口述歷史最後呈現的面貌有不可忽視的（無形）影響。「底層人民」聲音再現涉及什麼樣的再現機制和媒介問題？顯然並非讓底層人民說話，由他們來回述歷史，即使是呈現所謂「底層人民的歷史觀」。同樣的，在弱勢運動裡，底層人民發言涉及什麼樣的意見匯整機制和傳播媒介問題？讓底層人民自己說話，就是讓他們說出自己的心聲？那麼，所謂底層人民的心聲究竟是什麼？

B. 底層人民與激進政治的內涵

從這裡我想再推進一步，討論底層人民和激進政治觀的問題。倡導「人民政治」的論述往往隱含一個假設：如果菁英論述代表文化、論述霸權，那麼，與菁英思考對立的底層人民觀點必然代表激進的政治觀。這是目前文化研究常有的論述傾向。但是，假如這個假設可以成立，應該就沒有所謂的社運推廣可言——底層人民的意識原本就是前衛的，不需要任何人去「教育」他／她。女權運動者只要登高一呼，必然四方響應，大夥兒萬眾齊心向現有父權體制挑戰，瓦解父權壓迫結構。然而事實證明並非如此。顯然意識形態批判必須被放進來考量。根據阿圖塞（Louis Althusser）的看法：（一）意識形態展現於個人所相信的他／她與現實生存狀態的關係。（二）無人存在於意識形態之外。（三）而意識形態最大的特色即是讓人深浸於意識形態當中，卻仍相信自己是「自由的主體」，以為個人乃是憑自由意志決定自己的所作所為。意識形態透過家庭、學校、公會、媒體、和各式各樣的文化機構傳播，無人能超越意識形態而存在，底層人民也不例外。「純淨不受污染」的底層人民是不存在的。儘管像盧卡奇、馬庫色、班雅明等人仍懷抱傳統馬克思的主張，認為無產階級或社會底層社群為社會革命的動力來源，但我們卻也無法完全忽視阿多諾所提出的反向思考：我們必須避免對無產階級或底層社群產生過度浪漫的想像（Adorno 1978: 28）。生活於高度支配性社會

（administered society）和文化工業結構中的群眾，可能已高度「物化」（reified）（Horkheimer and Adorno 1972: 131）。討論人民政治不可忽略主體意識形成的種種媒介過程（mediation），而過度相信人民「自然的力量」（Kellner 1989: 40, 105-6）。人民的聲音是否透露激進的政治意味需要更深層的分析，而非視為理所當然。

小結：日據左翼運動與當前「左翼論述」

最後，我想回到歷史脈絡來看台灣的「後殖民」演繹。從國外相關辯論的觀點來看，台灣後殖民辯證所提出的問題，大約不出法農談中產階級國族主義（bourgeois nationalism）和考慮底層人民需要的激進解放國族主義（nationalitarianism）分野時所勾畫的思考範疇（Lazarus 1994: 198-205）。從台灣本土相關歷史脈絡來看，當下後殖民辯證的許多議題，其實也多見諸於日據時代「台灣文化協會」分裂所凸顯的當時殖民地台灣左右兩翼運動路線之爭。了解日據時代左翼運動對階級與民族議題的看法，再與目前以陳光興為代表的左派對相關議題的論述方法作互相對照，將有助於我們更深刻地掌握台灣殖民與階級複雜的瓜葛糾纏。

如眾所周知，日據時代一九二七年台灣文化協會改組，代表台灣殖民抗爭運動的重要思想轉向。就文化思想領域而言，成立於一九二一年十月二十七日的「台灣文化協會」可算是一個重要的里程碑，因為這個以文化為志業的組織，開展了台灣第一個以反殖民為目標的重要文化啟蒙運動。根據其創辦人蔣渭水醫師的說法，協會的成立乃在於做全面性的台灣文化思想改造：

「台灣人現在有病了……我診斷台灣人所患的病，是知識的營養不良症，除非服下知識的營養品，是萬萬不能痊癒的，文化運動是對這病唯一的原因療法，文化協會，就是專門講究並施行原因療法的機關」。（李筱峰 1999: 138）

葉石濤在《台灣文學史綱》裡言簡意賅地點出了台灣文化協會殖民抗爭的意義：「文化協會是台灣反日民族運動的大本營，它雖然以文化啟蒙運動為其實踐方式，其實它的最終目的在於獲得台人的政治上的自治」（1987: 37）但是，民族路線與階級路線之爭自始即存在於台灣文化協會之中。一九二七年台灣文化協會產生左右翼分裂，這個反殖民文化組織從開始運作即存在的民族路線與階級路線的衝突正式浮上檯面，左傾的連溫卿等人奪得台灣文化協會的主導權。陳芳明在《殖民地台灣：左翼政治運動史論》裡針對當時左右翼立場衝突做出如下的分析：

右翼認為，台灣的資本主義尚未萌芽，所以應該先扶助資本家發達起來，使其壯大到足以與日本資本家對抗的地步。要達到這樣的目的，就必須以民族運動去進行。他們主張設置台灣議會，使資本家有發言權，進而獲得政治上的獨立。這種見解，正是日後台灣民眾黨遵循的政治路線。

左翼的觀點，卻恰恰相反。資本主義事實上在台灣已奠下基礎，只是，資本家受到控制而未獲獨立而已。在殖民地社會，受到壓迫的當不止於資本家與地主，大多數的勞動者與農民也遭逢嚴重的剝削。要獲得全體台灣人的解放，左翼堅持必須進行階級鬥爭。如果僅是走議會路線，只不過是在協助統治者所標榜的「內地延長主義」而已。（1998: 201）

施淑在〈文協分裂與三〇年代初台灣文藝思想的分化〉裡指出：

一九二七年台灣文化協會的改組，標誌著第一次世界大戰後受西方影響的台灣新知識界的分裂和思想的分化，改組後由左翼知識分子領導的文協，在活動方針上由文協成立時的民族主義的文化啟蒙運動轉變為無產階級文化運動的形態。（1997: 5）

一九二九年台共勢力介入文協，連溫卿失去領導權，文協進一步激進左傾。激進左派認為應斷絕與民族資本家的合作，將革命力量集中在農工階級上。

表面上看來，日據時代文協分裂所凸顯的左右兩翼反殖民路線之差異，似乎與九〇年代以來台灣後殖民論述路線的歧異有類似之處。如果說，九〇年代初期引進的後殖民論述有呼應本土論述，在幾次身分認同的激辯當中強調台灣反殖民論述裡民族解放的重要性，那麼，以陳光興為代表的「左派」台灣後殖民論述則刻意拉抬階級議題，不僅將階級議題視為比國家認同和「民族解放」更為重要的台灣後殖民議題，並且認為國族論述是反動保守的象徵。這個傾向在陳光興一九九六年一月發表於*Cultural Studies*的"Not yet the Postcolonial Era: The (Super) Nation-State and Transnationalism of Cultural Studies: Response to Ang and Stratton"裡展現得最為清楚。

而日據時代左翼運動裡有關階級與民族解放的瓜葛糾纏又是如何呢？楊翠在其《日據時期台灣婦女解放運動》裡指出，一九二〇年代之「台灣言論菁英」所發表的言論中將「民族、階級、婦女」標示為台灣殖民地三大解放目標，其中又以「民族解放」為最高原則（1993: 76-99）。但是，所謂的「台灣言論菁英」一詞畢竟過於籠統，當時左翼路線主張階級解放之餘，是否也如九〇年代台灣「左派」後殖民論述者一樣避談民族解放，企圖解構國族的概念？還是他們處理國族與階級的瓜葛有所不同？左傾後的台灣文化協會由台灣共產黨掌權。一九二八年台共召開建黨大會，會中推舉林木順為黨組織書記長，並在會中通過對台共運動走向具有相當標示作用的〈政治大綱〉。根據陳芳明的分析，〈政治大綱〉的重點提示顯示當時左翼運動與以台灣獨立為目標的民族解放運動有密切結合：

> 整個大綱的重心，在於提出「台灣民族」、「台灣革命」的主張。既如前述，台灣革命的力量有賴農民與工人的結合，那麼革命的目標又在哪裡？林木順以「台灣共產黨與民族獨立運動」一節來總結大綱的全文。台共所領導的革命運動，終極的目標就在於追求台灣獨立。林木順指出，在殖民地社會並沒有「民族自決」或「民族平等」的存在，而只有經過革命方式的民族獨立……他強調，階級鬥爭不僅不會和民族革命有絲毫矛盾，而且還更有助於民族革命。（1998: 70）

梁明雄在《日據時期台灣新文學運動研究》裡的說法大致與陳芳明相同：

> 台灣共產黨除了主張無產階級革命以外，還以「台灣民族的獨立」和「台灣共和國的建設」為其綱領。「台灣文化協會」也在台共的操縱控制下，而於一九二七年一月三日轉向為台共的外圍組織。（1996: 172）

即便如此，我們仍須注意，左翼運動發展過程裡有關民族解放和階級議題的發展過程情況其實相當曲折。施淑在分析三〇年代左右翼思想分化時特別提醒讀者，一九三一年由許多曾參加過無政府主義運動者（如王詩琅、張維賢等）組成的台灣文藝作家協會在成立之時，接到一份寄自東京，署名「J. G. B.書記局」的賀電，站在國際普羅文藝運動的立場，對台灣文藝發展方向做出指示和批判，台灣文藝作家協會對J.G.B.書記局的賀電做出的回應當中針對台灣文化及民族的問題，強調台灣必須是個主體的角色，方能解決台灣所有的問題（施淑1997: 20-1）。

不過，這並不表示，階級運動和民族解放運動自始即水乳交融。就我目前所看過的分析和評論，許俊雅的一段剖析最言簡意賅地標示了日據時代左翼運動走向的轉折，並展現其中所涉及的複雜議題：

> 社會主義運動者所關注的是台灣各階層利益之衝突，他們認為殖民地台灣內部的階級矛盾遠勝於日本異族的統治，因此關注焦點乃在於社會內部的階級問題，其對抗的對象乃是日本殖民資本主義與台灣土著資產階級、地主，而不再完全是日本這一異族的統治。雖然他們反對日本資本主義的同時，亦帶有民族主義之意味，但對中、台文化之水乳難分、前途之息息相關等問題，則並非其關注之焦點。以此意識形態論文學，那麼台

灣本土自是主體，內部的資產剝削、地主貪淫等問題遂為描寫重心。雖然如此，他們所持之心態，猶屬「一島改良主義」。等到台灣共產黨成立之後，奉行日本共產黨所擬之「台灣民族」政治綱領，而左翼分子受此影響，其所操持之意識，除「鄉土情懷」、「現實意識」之外，復增添了「台灣民族主義」與「台灣政治獨立」二者。此等獨立建國之「台灣民族」觀適與台灣文學本土論聲氣互通，桴鼓相應。（1994: 70）

雖然戰後台灣本土論述對農工階層的關懷依然存在，但是在鄉土文學論戰之後逐漸與台灣獨立運動結合的本土論述基本上強調的是民族解放，著墨較多的乃是國民政府遷台之後日益嚴重的族群問題，階級議題在本土論述裡的分量相形之下減輕許多。日據時代的反殖民論述，無論左右翼都不敢輕忽階級議題，因為即使右翼都清楚，農工階級是他們推展反殖民運動不可或缺的群眾基礎，台人內部族群議題反而不是重點。相較之下，台灣本土論述即使仍關懷底層勞工社會，卻不標榜「階級」意識。我想，主要有兩個原因讓本土論述者在有意無意間避免高舉「階級」的旗幟。第一，台灣本土意識在戰後受到政治環境的極度壓抑，到了七〇年代鄉土文學時期才再度抬頭（葉石濤 1987: 137-65；彭瑞金 1991: 103-94）。鄉土文學論戰爆發之時，反對鄉土文學的作家認為鄉土文學將關懷重點放在農、工、漁階級，顯然具有左傾的危險；余光中並在《聯合副刊》上指稱鄉土文學等同於毛澤東在「延安文藝座談會」

上所主張的「工農兵文學」。回顧歷史，我們當然應該注意到，在戒嚴時代，這樣的指控不可謂不重。根據葉石濤的敘述，

> ……鄉土文學論爭，終於得到一個官方的答覆；那裡面最重要的一點含有警告意味；便是鄉土文學不可為某一個特定的階層為其描寫的主要對象，不可在唯物史觀的意識形態下寫作。本來鄉土文學並不為任何一個特定的階層服務，它只是現實主義文學，注重本土民眾的現實生活的描寫，而佔本土民眾的大部分剛好又是以窮苦大眾為多，所以它的文學題材多來自農人、勞工，自是無法避免的結果。（1987: 149）

在這樣的政治氣氛之下，本土論述雖然堅持其對社會底層人民的關懷，但為了回應反鄉土派作家與官方的警告，為了撇清與中共「工農兵文學」的關聯，本土論述「階級」議題的進一步發展受到某個程度的壓抑乃是毋庸置疑的。另外一點，本土化運動在解嚴後的走向與台灣國族建構運動有相當密切的關係，本土論述者對堅持「台灣是中國的一部分」之中共深懷戒心，連帶對「階級」論述也相當謹慎處理。在此情況下，本土論述即使展現對底層人民的關懷，卻不標榜「階級」，也自可理解。這是我們在探討這一部分台灣後殖民論述版圖時應該注意到的一點。

相對的，陳光興的「左派」後殖民論述則高舉階級旗幟，避開本土論述所著重的「國家」、「族群」；日據時代左翼論述終究主張民族解放的重要，陳光興的「左派」則不談民族解放，我想，隱性的論述者族群位置影響其對本土派主導的國族建構運動的態度、當前文化研究對國族主義所帶來的負面影響之思考，以及全球化時代「國家」不再是最重要的認同對象等等論述傾向都是重要的原因。

乍看之下，九〇年代以來逐漸發展的台灣後殖民論述取向的不同，似乎隱然與日據時期左右翼的分裂有相似之處？亦即，民族解放VS.階級解放。但是，以上的分析企圖展示，日據時代的左翼運動和當前台灣後殖民論述的「左派」有不可忽視的差異之處。更重要的，日據時代的左翼論述所展現的細微思考和對民族解放、階級解放等等問題的瓜葛糾纏之體認，在在顯示台灣後殖民論述不僅在日據時代就有相當成熟的發展，而且其精采豐富與辯證之複雜性，恐怕不在九〇年代台灣後殖民論述之下，讓我們看到了這個論述領域裡有深厚的傳統與寶貴的文化思維遺產。台灣後殖民理論借鏡西方辯證，已有不少收穫，從縱向的本土歷史脈絡來爬梳後殖民議題的辯證，應該是未來「後殖民」的台灣演繹進一步「在地化」的努力。

附錄：1995-96《中外文學》論辯論文一覽表

發表年／月	作　者	論文篇名
1995.2	陳昭瑛	論台灣的本土化運動——一個文化史的考察
1995.2	陳芳明	百年來的台灣文學與台灣風格——台灣新文學運動史導論
1995.2	黃琪椿	日治時期社會主義思潮下之鄉土文學論爭與台灣話文運動
1995.3	廖朝陽	中國人的悲情——回應陳昭瑛並論文化建構與民族認同
1995.3	張國慶	追尋「台灣意識」的定位——透視〈論台灣的本土化運動〉之迷思
1995.4	陳昭瑛	追尋「台灣人」的定義——敬答廖朝陽、張國慶兩位先生
1995.4	邱貴芬	是後殖民，不是後現代——再談台灣身份／認同政治
1995.5	廖朝陽	再談空白主體
1995.5	陳芳明	殖民歷史與台灣文學研究——讀陳昭瑛〈論台灣的本土化運動〉
1995.9	廖咸浩	超越國族——為什麼要談認同？
1995.9	陳昭瑛	發現台灣真正的殖民史——敬答陳芳明先生
1995.10	廖朝陽	關於台灣的族群問題——回應廖咸浩
1995.10	邱貴芬	國家認同與文化認同不可混為一談
1995.12	廖咸浩	那麼，請愛你的敵人——與廖朝陽談「情」說「愛」
1996.2	廖朝陽	面對民族，安頓感情——尋找廖咸浩的敵人
1996.5	廖咸浩	本來無民族，何處找敵人？——勉廖朝陽「不懼和解、無需民族」
1996.6	廖朝陽	閱讀對方
1996.10	廖咸浩	狐狸與白狼——空白與血緣的迷思

註釋

1 有關台灣後殖民與後現代議題的討論，請參考陳芳明。2000。〈後現代或後殖民——戰後台灣文學史的一個解釋〉。《書寫台灣：文學史、後殖民與後現代》。周英雄、劉紀蕙編。台北：麥田。41-63。廖炳惠。〈台灣——後現代或後殖民？〉。《書寫台灣：文學史、後殖民與後現代》。85-99。

2 有關這個問題當時在台灣文壇引起的爭議情形，請參考本土派學者林瑞明教授原於一九八九年發表於《台大評論》的〈現階段台語文學之發展及其意義〉，收入《台灣文學的歷史考察》。51-72。

參考書目

中文部分

江宜樺。1998。〈當前台灣國家認同論述之反省〉。《台灣社會研究季刊》29 (1998.3) : 163-229。

李筱峰。1999。《台灣史100件大事（上）：戰前篇》。台北：玉山社。

余光中。1977。〈狼來了〉。《聯合報・聯合副刊》1977.8.20。

林瑞明。1996。〈現階段台語文學之發展及其意義〉。《台灣文學的歷史考察》。台北：允晨文化。51-72。

邱貴芬。1997。〈塗抹當代女性二二八撰述圖像〉。《中外文學》27.1 (1998.6) : 9-25。亦見本書。183-207。

馬森。1992。〈「台灣文學」的中國結與台灣結——以小說為例〉。《聯合文學》8.5 (1992.3) : 172-93。

施淑。1997。〈文協分裂與三〇年代初台灣文藝思想的分化〉。《兩岸文學論集》。台北：新地文學。3-28。

陳光興。1996。〈去殖民的文化研究〉。《台灣社會研究季刊》21 (1996.1) : 73-139。

陳芳明。1998。《殖民地台灣：左翼政治運動史論》。台北：麥田。
許俊雅。1994。《日據時期台灣小說研究》。台北：文史哲。
梁明雄。1996。《日據時期台灣新文學運動研究》。台北：文史哲。
彭瑞金。1991。《台灣新文學運動四十年》。台北：自立晚報。
葉石濤。1987。《台灣文學史綱》。高雄：文學界。
———。1990。〈「台灣文學史」的展望〉。《台灣文學的悲情》。高雄：派色文化。97-100。
楊翠。1993。《日據時期台灣婦女解放運動：以《台灣民報》為分析場域（一九二〇—一九三二）》。台北：時報文化。
廖炳惠。1994。〈族群與民族主義〉。《台灣民族主義》。施正鋒編。台北：前衛。101-16。
———。1997。〈後殖民研究的問題及前景——幾個亞太地區的啟示〉。《認同，差異，主體性：從女性主義到後殖民文化想像》。簡瑛瑛主編。新店：立緒文化。111-52。
廖朝陽。1992a。〈評邱貴芬〈「發現台灣」——建構台灣後殖民論述〉〉。《中外文學》21.3 (1992.8) : 43-6。
———。1992b。〈是四不像，還是虎豹獅象？——再與邱貴芬談台灣文化〉。《中外文學》21.3 (1992.8) : 48-58。
———。1995。〈中國人的悲情——回應陳昭瑛並論文化建構與民族認同〉。《中外文學》23.10 (1995.3) : 102-26。

英文部分

Adorno, Theodore W. 1978. *Minima Moralia: Reflections from damaged life.* Trans. E. F. N. Jephcott. London: Verso.

Ahmad, Aijaz. 1992. *In Theory: Classes, Nations, Literatures.* London; New York: Verso.

——. 1995. "The Politics of Literary Postcoloniality," *Race and Class* 36.3 (Jan-Mac, 1995): 1-20.

Althusser, Louis. 1971. "Ideology and Ideological State Apparatuses," *Lenin and Philosophy and Other Essays.* Trans. Ben Brewster. New York: Monthly Review P. 127-86.

Ang, Ien. Jon Stratton. 1996. "A Cultural Studies without Guarantees: Response to Kuang-hsing Chen," *Cultural Studies* 10.1 (January, 1996): 71-7.

Ashcroft, Bill et al. 1989. *The Empire Writes Back: Theory and Practice in Post-colonial Literatures.* London; New York: Routledge.

Benjamin. Walter. 1992. *Illuminations.* Ed. Hannah Arendt. Trans. Harry Zohn. London: Fontana P.

Bourdieu, Pierre. 1993. *The Field of Cultural Production: Essays on Art and Literature.* Ed. Randal Johnson. Cambridge: Polity P.

Chen, Kuang-hsing. 1996. "Not yet the Postcolonial Era: The (Super) Nation-State and Transnationalism of Cultural Studies: Response to Ang and Stratton," *Cultural Studies* 10.1 (January, 1996): 37-70.

Dirlik, Arif. 1994. "The Postcolonial Aura: Third World Criticism in the Age of Global Capitalism," *Critical Inquiry* 20 (Winter, 1994): 328-56.

Donaldson, Laura E. 1992. *Decolonizing Feminisms: Race, Gender, and Empire Building.* Chapel Hill: U of North

Carolina P.

Eagleton, Terry. 1976. *Marxism and Literary Criticism.* Berkeley: U of California P.

Fanon, Franz. 1976. *The Wretched of the Earth.* Trans. Constance Farrington. Penguin: Harmondsworth.

Harlow, Barbara. 1987. *Resistance Literature.* New York: Methuen.

Horkheimer, Max. Theodor W. Adorno. 1972. *Dialectic of Enlightenment.* Trans. John Cumming. London: Allen Lane.

Kellner, Douglas. 1989. *Critical Theory, Marxism and Modernity.* Baltimore: Johns Hopkins UP.

Landry, Donna. Gerald MacLean. 1996. Eds. *The Spivak Reader: Selected Works of Gayatri Chakravorty Spivak.* New York: Routledge.

Lazarus, Neil. 1994. "National Consciousness and the Specificity of (Post) Colonial Intellectualism," *Colonial Discourse, Postcolonial Theory.* Eds. Francis Barker. Peter Hulme and Margaret Iversen. Manchester; New York: Manchester UP. 197-220.

Liao, Ping-hui. "Postcolonial Studies in Taiwan: Issues in Critical Debates,"Forthcoming in *Postcolonial Studies.* Mellbourne: U of Mellbourne.

Lukács, György. 1971. *History and Class Consciousness; Studies in Marxist Dialectics.* Trans Rodney Livingstone. London: Merlin P.

Marcuse, Herbert. 1989. "The Reification of the Proletariat," *Critical Theory and Society: A Reader.* Eds. Stephen Eric Bronner and Douglas Mackay Kellner. New York: Routledge. 288-91.

McClintock, Anne. "The Angel of Progress: Pitfalls of the term 'postcolonialism'," *Colonial Discourse, Postcolonial*

Theory. 253-66.

Sharpe, Jenny. 1991. "The Unspeakable Limits of Rape: Colonial Violence and Counter-Insurgency," *Genders* 10 (Spring, 1991): 25-46.

Smith, Anthony. 1995. "Gastronomy or Geology? The Role of Nationalism in the Reconstruction of Nations," *Nations and Nationalism* 1.1 (Mar, 1995) : 3-23.

Spivak, G. C. 1988. "Can the Subaltern Speak?" *Marxism and the Interpretation of Culture*. Eds. Cary Nelson and Lawrence Grossberg. Urbana: U of Illinois P. 271-313.

附錄

論文出處及說明

研究方法篇：

〈台灣（女性）小說史學方法初探〉：宣讀於「殖民地經驗與台灣文學：第一屆台杏台灣文學學術研討會」，台杏文教基金會、靜宜大學中文系、台灣日報主辦，一九九八年十二月十九—二十日。並發表於《中外文學》27.9 (1999.2) : 5-25。收入《殖民地經驗與台灣文學：第一屆台杏台灣文學學術研討會論文集》。江自得主編。2000。台北：遠流。85-112。八十八年度國科會計畫NSC88-2411-H-005-006部分研究成果。

〈從戰後初期女作家的創作談台灣文學史的敘述〉：宣讀於「中國符號與台灣圖像學術研討會」，輔仁大學比較文學研究所主辦，一九九九年十二月十七—十八日。並發表於《中外文學》29.2 (2000.7) : 313-35。八十九年度國科會計畫NSC89-2411-H-005-009部分研究成果。

〈落後的時間與台灣歷史敘述——試探現代主義時期女作家創作裡另類時間的救贖可能〉：宣讀於「現代主義與台灣文學學術研討會」，國立政治大學中文系主辦，二〇〇一年六月二—三日。並發表於電子報 *Intergrams: Studies in Languages and Literature* 3.2 (2001)。八十九年度國科會計畫NSC89-2411-H-005-014部分研究成果。

〈後殖民之外——尋找台灣文學的「台灣性」〉：初稿宣讀於「台灣文學史書寫」國際學術研討會，國立成功大學台灣文學系主辦，二〇〇二年十一月二十二—二十四日。本論文為修定稿，其中部分內容來自另一篇論文〈從家族譬喻到全球化敘述——新世紀台灣文學史的寫作〉，宣讀於「第二二屆中國學國際學術大會：從中國學看家族」，韓國漢城：韓國中國學會主辦，二〇〇二年八月二十三—二十四日。感謝劉亮雅教授提供修改意見。八十九年度國科會計畫NSC89-2411-H-005-014部分研究成果。

〈文學影像與歷史——從作家紀錄片談新世紀史學方法研究空間的開展〉：宣讀於「多媒體・文學・台灣」學術研討會，國立中興大學外文系主辦，二〇〇一年十月十三日。並發表於《中外文學》31.6 (2002.11): 186-209。九十年度國科會計畫NSC90-2411-H-005-008部分研究成果。

作品現象探討篇：

〈塗抹當代女性二二八撰述圖像〉：發表於《中外文學》27.1 (1998.6)：9-25。八十六年度國科會計畫 NSC86 -2411-H-005-007 部分研究成果。

〈《日據以來台灣女作家小說選讀》導論〉：宣讀於「新世紀華文文學發展國際學術研討會」，元智大學中國語文學系主辦，二〇〇一年五月十八—十九日。收入《日據以來台灣女作家小說選讀》。2001。台北：女書文化。3-51。八十九年度國科會計畫NSC89-2411-H-005-009部分研究成果。

〈「後殖民」的台灣演繹〉：初稿宣讀於「文化研究的回顧與展望討論會」，行政院國科會人文處主辦，中華民國文化研究學會策畫，一九九九年九月十八—十九日。並收入《文化研究在台灣》。陳光興主編。2000。台北：巨流。285-315。本文撰述承蒙楊翠提供有關日據時代左翼運動的看法，廖朝陽教授、陳芳明教授提供寶貴資料和意見，以及李有成教授建設性的批評與建議，特此致謝。本篇論文為修改稿，除部分論述修改之外，並補增文末日據時代左翼運動與當前台灣後殖民論述關係之探討。八十八年度國科會計畫NSC88-2411-H-005-009部分研究成果。

國家圖書館出版品預行編目資料

後殖民及其外 = Rethinking postcolonial literary criticism in Taiwan／邱貴芬著. -- 初版. -- 臺北市：麥田出版：城邦文化發行, 2003 [民92]
面； 公分. --（文史臺灣；1）

ISBN 986-7691-73-3（平裝）

1. 臺灣文學 - 評論

820.7 92015258